# 轉業軍人

维平 著

作家出版社

## 维　平

1958年生于呼和浩特，典型的北方汉子。中小学与十年“文革”重叠，基本上是在动乱中度过的。后在工厂打过工，在中学当过教师。1979年考入辽宁大学哲学系，毕业后参军，为国防奉献了十个春秋，其间曾在军事院校当过教官，在部队机关搞过宣传教育，先后出版、发表过一些书籍与文章。转业后经过商，现任职于政府部门。为此，该人常在朋友中自嘲，“工、农、兵、商、科、教、文、卫、干”这九大类行业，干过七类了，行医济世、治病救人专业性太强，这辈子恐无力从事，但只要有机会还想着去种地，当几天农民。

# 引子

从广州开往北京的42次列车，在冀中站停靠时，一个年轻人急匆匆地挤了上来。

火车缓缓开动了，车上很拥挤，且又是中途上车，所以根本没有座位，这位年轻人只好就近找了一个车厢连接处，站在那儿点了支烟，先深深地吸了一口。他上着一件深色夹克，下穿一条绿色军裤，给人一种不合时尚的感觉，但这落伍的装束并不能掩盖他周身所迸发出来的英武之气，虽说身着便服，但还是能感觉出这是一位经过严格训练的军人。近一米八的个头，身材修长、强健，此时棱角分明的脸上，因上车时好一阵拥挤正弥散着热气。这位年轻人叫龙剑飞，二十六岁就已当上了连长，这在和平时期的军营里是不多见的，但这称谓却叫不了几天了，龙剑飞所在部队即将被撤编，转业成了他这些天不得不面临和思考的迫切问题。

随着所在部队将撤编的消息被证实，他的将军梦也将就此破灭了。想来真是背运。为了实现这一梦想，更准确地讲是父亲的而非自己的梦想，自己高考时，只报了军事院校。随后便是紧张的军校生活和基层连队打拼，吃苦受累，摸爬滚打，苦行僧般的生活，刚刚提拔为特务连连长还不到一年，可现在……这一切都已显得毫无意义了，眼下让他着急的是今后怎么办，自己的出路又在哪里？

其实这次部队撤编，像他这般年龄的正连职军官如果自己不提出走，也是可以留下来的。但插到别的部队，去挤占他人的位子。龙剑飞想仰人鼻息的庶出的滋味太没意思了，从一个连队转换到另一个连队从头开始干，那还不如一步到位，脱军装算了，早晚总是要脱嘛，早脱总比晚脱好。龙剑飞和几个要好的战友商量了一番之后，便拿定了主意。

脱军装，回地方，设法自己干点儿什么事情。但这事儿绝不能让家里知道，要是让老爷子知道了，不气出毛病来才怪。

对未来的憧憬而引发的兴奋与冲动，使他很快就向上级递交了转业报告。时过几天，心情平静下来后，他内心却一片茫然。虽说自己始终认为转业回地方是正确的选择，可现在的问题是自上军校以来，从没有想过这么快就转业，总觉着既然穿上了军装，就应当在部队混出个样儿来，也好给家人、给自己一个交待。部队撤编，提前转业，这一切来得太突然了，自己这一决定是否太过轻率？随着火车行进时的震动，他的思绪也在不停地翻腾……

此时的龙剑飞不会想到，他正在迈出一生中最为关键的一步。这列火车将他拉到了一个巨大而崭新的天地，使他还没有来得及脱下军装，就只身跃入了风起云涌的改革大潮中，成为一个时代的弄潮儿，实现了一次庄严的转身。

# 一

火车进入了北京站，还没有停稳，人们便抢着往外拥，说是走，还不如说是一路小跑更准确些。龙剑飞被裹挟在人群中，随流而出，过去他也曾来过北京，但此时踏上首都的土地却让他感到莫名的兴奋和紧张，首都在他的心目中是神圣而向往的地方。如今自己实实在在地踏上了这块土地，如果运气好，或许还能融入其中，种种梦幻般的想象让他激动不已。今后干什么？如何才能在北京找到立足之地？这一切在他的头脑中没有丝毫的景象和答案，而这一切又让他感到惶恐不安，一片茫然。

在地下通道中，他不经意地看到一个十三四岁的女孩子拖着一件与她那娇小身材不成比例的偌大行李艰难地往外走着，行李太大，或许还太重，她根本无法将其提离地面，只能拖着，走走停停，不时四处张望，当她与龙剑飞的目光相对时，一种企盼的目光投射了过来。见她那可怜兮兮的样子，龙剑飞虽说没穿军装，但多年解放军叔叔的角色意识此刻涌了上来，他快走了两步，低下身子问道：“小姑娘，就你一个人?”

那姑娘点点头，紧接着又说道：“俺叔在外面等着呢。”

“这么小就独自出门儿，还拿这么多的东西。”龙剑飞用赞许的目光看着这小姑娘，“来，我帮你拿吧。”

小姑娘面对这好心人，迟疑了片刻，上下审视一会儿，看了看龙剑飞手中的提包，最终还是将手中的行李慢慢交给了他。

可他接过来之后才发现，这行李不仅大，还很重，他用一只手怎么也无法提着行走，又不能像这女孩儿一样拖着前行，那也太丢人了。扭头看看另一只手中自己的提包，便对那姑娘说，“我的提包不重，你帮我提着。”他两手一用力，将姑娘那偌大的行李扛了起来。走在前边，那姑娘在后跟着，一同向外走去。当走到距检票口不远处时，突听旁边有人向他问道：“同志，请问出站后坐公交车怎么走？”

那是一个三十多岁模样的男子。

看到对方那双焦虑而真诚的目光，龙剑飞停下脚步转过身来，不好意思地摇了摇头。

“真对不起，我也不很清楚，你可以问一下站上的工作人员。”

那人看了看四处，无奈地转身去找工作人员了。

可当龙剑飞转身再向后看时，那小姑娘不见了，或许是落在了后边吧，龙剑飞并没有太在意，只是放慢了些脚步。

快到检票口了，那小姑娘还没有跟上来，他停住了脚步，向后张望着。时间过去了五六分钟，这一蹚车的人都快走光了，可怎么也不见她的身影。他开始不安起来，难道说碰到了骗子？可她……这年龄……那纯真的眼神……这怎么可能？他不断地否定着自己的猜测和担忧。低头看看姑娘这行李，一个大编织袋内装着一个纸箱子，箱子里面不知是什么东西，他又四下张望了好一番，还是没有发现那姑娘的身影，内心开始焦虑了起来，想了想，索性将纸箱撕开一个角。

“啊？”

他这才感觉大事不好，猜测得到了证实。原来，里面尽是些破报纸，再往下翻，都是些石块砖头，难怪这么重。

“妈的，被骗了！”此时的龙剑飞，着急与愤恨交加，紧咬着牙关。他怎么也不相信这样一个纯真朴实的小丫头竟会是骗子，还有那个问路的，似乎也是一伙儿的。他不光是恨他们利用自己的同情心和助人之意下手，更加懊悔的是自己居然被这等下三滥手段所骗而毫无警觉。

虽说军官证他是从不离身的，总是放在贴身的内衣口袋里，提包内也没有什么值钱物件，只是些换洗衣物和洗漱用品，还有就是打印好的几份个人简历……但他突然意识到了问题的严重性，钱和通讯录！临出来时，自己将整整七百元钱放在了提包内，而身上只带了些零用钱。他急忙将所有的衣服口袋翻了一遍，总共还剩八十六元四角五分，这还是他在冀中站用一百元买车票时找回的钱。如果找不回自己的提包，这可就是他拥有的全部盘缠了，仅剩的这点儿钱可怎么在北京呆呀。他内心十分焦虑，也显得有些恐慌。脑海中竟闪现出了马上买票返回部队的念头，但这念头也只是一闪而过，很快就被他否定了，就这样回去，怎么和战友们解释呢，如果他们得知自己被一个小丫头骗了个精光，没出北京车站就打道回府了，还不知会怎样嘲笑自己呢。

天无绝人之路，管他的呢，只能是先出站台再说了。

他最后又四处张望了一番，确认再不会找到她时，无奈地走到通道边上，随手将编织袋丢在一个角落，便想随着人流向站外走去，可没走几步，两个与自己年龄相仿的人一左一右将他挟住，其中一个说道：

“那行李是你的吧？”

看得出，他们都保持着高度的警惕。“里面是什么东西？”其中一人用低而严厉的口吻又问道。

龙剑飞意识到自己这样丢弃行李确是一件不合常理的事儿，这两位一定是便衣警察或是车站的保安人员，想必是将自己当做什么破坏分子了。他再不敢大意，一边将自己的军官证拿给其中一人看，一边把事情的经过一五一十地讲述给他们，为了证实自己所言非虚，他重又走到那行李旁，低下身子打开让他们看了看那些砖头与石头。只见那两人忍不住笑出了声，他们一定是在嘲笑自己，那么精明强干的军官，怎么会让一个小丫头骗了。龙剑飞内心极为恼火，可又无法发作，只能是任由人家嘲笑自己了。

“为什么不报案？”

“提包中也没什么贵重的东西，就不想给你们添麻烦了。”龙剑飞嘴上是这么说着，可内心却想，就是报了案你们又能怎么样，难道说还能帮我找回来不成？

“那你也不能随地丢弃呀，这儿可是北京，又是重要的公共场所……”

龙剑飞别提有多懊恼了，强忍着胸中怒火，不住地点头认错，不停“是，是，是”地接受着对方的批评。总算是放行了，龙剑飞只好一脸淡定地继续扛着这装满废弃物的大包出了站，走了近二百米，才找到了一个垃圾桶，将那所谓的行李丢了进去。

真是倒霉，龙剑飞感到自己像一个武士还没有上战场，就已丢盔卸甲，好不狼狈。

人们都说北京好，地方大，机会多，可自己一来就败下阵来，还败得如此之惨，提包没有了，钱没有了，更为要命的是，自己的那个通讯录也在提包内。

# 二

二十世纪九十年代初的北京，虽还没有现在这么多高楼大厦，但四处塔吊林立，街上人头攒动，一片生机和躁动。龙剑飞无心欣赏和体验这都市的繁华与热闹，几经转车，来到了三里河附近。

龙剑飞只身一人，两手空空，在大街上游荡着，显得很是孤独。钱只剩下不到一百元，这使他连瓶水都舍不得买。通讯录没有了，又无法与韩涛的叔叔联系上，如果说他这次来北京还有可投靠之人的话，也就是这一个了，可现在连这一个也……他知道今天一大早连队就外出支农，很晚才能返回营区，于是乎根本无法电话联系上韩涛，只能等到明天了。他内心很是焦虑和茫然。

韩涛是特务连一排长，两人在同一陆军学院毕业，只是韩涛比自己晚两届。在连队，当着大家的面，他们是上下级关系，可在背地里，两人却是无话不谈的哥们儿，是可为对方出生入死的兄弟。龙剑飞说起自己面临转业并想去北京看看有没有机会时，韩涛极为赞许，在他心目中，自己的这位连长和学兄是一个干大事业的人，他极力怂恿着龙剑飞，用他的话说，那就是现如今体制内的工作没什么意思，费力找个拿固定工资的地方，还不如自己干，自己当老板。

韩涛的叔叔多年前转业留在北京，现在是一个区的卫生局副局长，他或许能帮上什么忙，为了龙剑飞，韩涛与叔叔通了电话，也不知他如何吹了一通龙剑飞，反正在龙剑飞临走之前，韩涛将叔叔家的地址和电话给了他，让他一到北京就去找。

可现在具体地址和电话号码都没有了，龙剑飞只记着韩涛叔叔家在三里河附近。

天儿已黑了下来，吃饭问题还好解决，但晚上住哪儿？龙剑飞真是有点儿犯愁了，原先说好住宿问题是由韩涛叔叔安排的。如果要自己花钱找宾馆，可身上这点儿钱……

龙剑飞望着灯火通明、人头涌动的大街，身上略感一丝凉意，内心涌起了一股无奈的挫败感。多年的军人生活，将他造就成为一个十分理性和有计划的人，不论在什么情况下，都绝少将自己处于如此尴尬和无奈的境地，如果说有，也只是在军校当学员时的那一次。

那还是在龙剑飞入伍上军校不久后的一个周末，他到市里会老乡。傍晚，他是计算着时间返校的，可万万没想到开往学院设在市区班车点的公交车坏在了半路。当他换车赶到班车点时，最后一蹚班车也已发走了。周末学员外出必须于晚点名前归队，这是铁的纪律，而学院在远郊，离城区足足有二十七八公里。时间已快八点了，距晚点名只有一个多小时的时间。情急之下，他只好强行截顺路车，先后截了三辆才赶到了距学院三公里的地方。天儿早已黑了下来，在乡间偏僻的公路上，就是大白天，过往的车辆也不是很多，况且黑灯瞎火的这会儿，龙剑飞眼看着再也无法截到车了。情急之下，他竟然将一个骑自行车的老乡二话没说就拉了下来，自骑上，硬让那老乡坐在后面，边向人家解释边拼命地往前蹬，距学院还有一里多路时，发现后面有车灯射来，心想这条路上一定是学院的车，不管三七二十一，他又将自行车横在路当中，等汽车停下来时龙剑飞才发现，是院长的车！他顿时吓得周身冒汗，但事已至此，只好硬着头皮上了车，在车上他向院长说明原委时，院长只面无表情地说了一句："你小子胆子不小，谁的车都敢截。"但他说是这么说，却让司机先将车开到了龙剑飞所在的学员队楼前。龙剑飞下车时，晚点名的集合哨声正在响起，总算是按时归队，从此，龙剑飞在院长心目中挂了号，后来他听说，院长曾在多个场合以赞赏的口吻提起过这事儿——"这兵今后一定有出息。"

可那次只是时间与距离的问题，好办得多，而现在……只身一人，置身京城，举目无亲，几近身无分文，堂堂中尉军官，弄不好真要在首都露宿街头了。妈的，这帮小毛贼，他越想越来火儿，心中暗暗骂着。

就在他束手无策之际，偶然注意到街对面不时有人进进出出的一家酒吧。在店门的显眼处挂着一个“招聘服务员”的牌子，他犹豫片刻，一咬牙，便穿过马路走了进去。

龙剑飞环视了一下，只见两名女服务员在不时应对着顾客们的要求，跑前跑后地忙着，吧台后面坐着一年近四十的女子，看上去像是这儿的老板或管事儿的。龙剑飞在靠近吧台的地方找个位子坐了下来，本想要一杯啤酒或其它什么，但他一想到自己身上那俩钱儿，还是忍住了。几次想与那女老板搭话，可又几次咽了回去，他不知如何开口，脸涨得通红，窘迫到了极点，只好呆呆地坐着。

时间一长，那女子好像发现了什么，便隔着吧台对他说道：“先生，有什么需要我帮忙的吗?”

听到对方的话音，他这才十分无奈地站起身来走了过去，他并没有马上开口说话，而是将自己的军官证怯生生地递给对方，那女子被这突然的举动搞得莫名其妙，不解地看着他。

看到对方那不解的神态和保持戒备的身姿，他的脸憋得更红了，好一会儿，才艰难地开口说话，将自己来北京的目的和被骗的经过及眼下的困难一五一十地述说了一遍，这可能是他有生以来最为艰难的一次开口说话，但已经开了口，他便不想停下来，生怕一停下来就再没有勇气讲下去，而自己后面要说的话才是关键。没等对方接话说什么，他抢着继续说道：“我可以在晚七点到十二点为你工作，干什么活儿都行，不用你发我工资，只是在这儿给我找一个睡觉的地方就成。”

“你是当兵的?”那女子仔细地看着军官证，冷冷地问道。

“是的，在部队干了七八年了。”

“在军队干不是很好嘛。”对方一副不甚理解的神情，“为什么要回地方来?”

“为什么要转业?”这个问题再一次被问及，而且出自一个对部队并不了解、与己毫不相关的人之口，龙剑飞一时难以回答。

虽说促使自己下决心脱军装的直接原因是这次裁军和部队撤编，但从内心讲，他也并不是不愿转业回地方，甚至于在最近这两年，内心还渴望能脱掉军装，离开部队。在他看来，中央都一个劲儿地讲要“以经济建设为中心”，而自己呆在部队，着实离经济建设这个中心远了点儿。战争年代最可爱的人，现在好像成了最没用的人。甚至你穿着军装走在大街上，还会不时遇到鄙视的眼光。他也曾多次思考过，或许自己更适合在地方干。军队架构紧密，等级森严，在和平年代，个人的作用很难发挥出来，倒不如在地方上，特别是经商做生意，八仙过海，可以各显其能，凭自己的本事和努力谋一份事业。可这也不是一两句话就能说清的。想了想，龙剑飞便说道：

“总不能一辈子在部队干，现在想回地方做点儿自己喜欢的事情。”

“噢，是这样……”

女老板可能从来没有碰到过这样应聘的，更没有听说过这样的应聘条件。“可我这儿没有住的地方呀，就是她们几个也是在外面租房子住的。”她边解释边用手指了指那两个服务员。

“我可以住店里，就在沙发上睡，这样一来，我也可以给你们值夜当保安呀！”

女老板上下打量着他：“那你这样要住多长时间？”她似乎有点儿动心了，再次看了看军官证。心想店里全是女的，有个大男人壮壮胆儿，确也是件好事儿。

“少则一两天，多了我们再说，行不？”龙剑飞心想，等明天一俟与韩涛联系上了，谁还会在你这儿睡沙发，当保安。

“那好吧，谁都会碰到难处。”说着，她喊道，“娟子，你把最里面那小包间收拾一下，让这位大哥住一两天。”

那个叫娟子的服务员一直在侧耳听着他们的对话，现在十分欢快地应答着，跑到后面收拾房间去了。是啊，这种店面很少有小伙子来应聘打工，收入太低了，现在来了一个帅气十足的，而且还是一名军官，这对于一个二十出头的女孩子来讲，不管怎么说也是一件令人兴奋的事儿。

“你也别说为我干什么活儿了，你也不算是店里的员工，就算大姐帮你个忙吧，谁都有碰到沟沟坎坎的时候。但我们说好，只能等客人全走了你才可以进去睡啊。”

“一定，一定。”龙剑飞不住地点着头。

自从在连里吃过早饭出来，整整一天了，他滴水未进。现在总算有了落脚的地儿，心情也平稳下来，才感到饥肠辘辘。他借口要出去买点东西，跑到不远处的小摊上花了一块多钱买了几个烧饼，胡乱填饱了肚子。包间内没有被褥，自己也没有了换洗衣物，只能是和衣而眠了。

第二天一大早，龙剑飞就跑到邮局与韩涛通了电话，他并没有说起自己被骗的事儿，只是说不小心将通讯录弄丢了，重又要来了地址和电话。

按照地址，龙剑飞很快便找到了韩家。看看表，时间还早，他便一个人在大街上四处游荡起来，一直等到下午五点左右，估计都下班回家了，他才叩响了韩涛叔叔家的门。

可能是因为韩涛事先打过招呼或者是因自己怎么着也是韩涛的领导，韩涛的叔婶对他还算热情，但要在北京找工作谈何容易，如果是想找个地方打打工，那还可以试试，但要想转业进北京被安置个正式工作，他的条件远达不到转业军人进京的要求。其实，龙剑飞早就知道自己要想通过转业安置在北京绝没希望。他此次来也只是想了解一下在北京自己是否能生存下去。

正在交谈着，韩家的女儿，也就是韩涛的堂妹韩晴从学校回来了。这位理工大学三年级的学生，瘦高个儿，穿一套紧身牛仔服，上衣小得有些夸张，秀丽的脸上挂着矜持和傲气。得知来客是当兵的，满脸不屑一顾的样子，冲着龙剑飞点了一下头，算是打过了招呼，说是要准备明天的演讲，就火急火燎地进了自己的房间，将门“砰”的一声关得死死的，再没有出来。那关门声虽说并不大，但却在龙剑飞心头引发了一阵颤栗，一股受辱的感觉涌上了心头，双手紧紧地握在一起，一时无语。细细想来也是，自己一个八竿子都打不着的穷大兵，双手空空闯进人家家里来。唉，想到这儿，龙剑飞还多少有些自惭形秽。

与他们拉东扯西地聊了一会儿，无非是龙剑飞想更多了解些北京的情况，而韩涛的叔婶则更希望多知道些韩涛在部队的情形。龙剑飞感觉到再呆下去也没什么意思了，只能是自取其辱，让人家小看，便起身告辞。韩叔还真为他事先联系好了住宿，是自己单位的招待所，内部价一天才十六元，将地址给了他，让他自己去。

临出门，韩涛的叔叔很关切地说道：“在北京有什么困难尽管说，只要我们能帮上忙的，一定尽力。”

“谢谢韩叔叔，以后免不了要给您添麻烦的。”

“我们都是当兵的出身，你又是小涛的战友和领导，都是自家人，好说，好说。”

此时对龙剑飞来说，最为紧迫的是眼下怎么办，身上就那么几个子儿了，连三天都混不下去。在进韩家之前，龙剑飞还在想是否从韩涛叔叔这儿先借点儿钱，但直到告别了出来，他也没有张开口。那姑娘的神情，那关门声，都足以让他将想提出的要求生生咽了回去，他心想算了，在这种情况下开口借钱，人家不知会怎么想呢，还是自己想办法吧。

龙剑飞并没有去找那招待所，已有不花钱的地方住，为什么还要找花钱的地儿呢，十六块住宾馆，虽说便宜得不能再便宜了，但对此时的龙剑飞来讲，也是一笔不小的开支，省下来就能解决一天的吃食和车费。在回酒吧的路上，他心情沉重，感到从未有过的彷徨，心中无奈地思量着，看来还真得当几天保安了。他将钱掏出来，又细细数了一遍，最后从中拿出两张十元的钞票，小心翼翼地插在了军官证的夹层中，这钱在任何情况下都不能动，这是他最后的退路，以备返回部队时买火车票用，这条路必须确保畅通。随即，他又数了数剩下的钱，还有不到六十块。唉，能坚持几天算几天吧。好歹也要在北京闯荡闯荡，能了解一下北京的情况也好。

在“老树酒吧”已住了两个晚上了，老板姓刘，大家都叫她刘姐，原是一家国营企业的会计，后因效益不好，还不到四十岁，厂里给了不到两万元，就算是买断了她近二十年的工龄，她被“失业了”。为了生计，只好东凑西借了几万元开了这家酒吧，生意还算不错。用着三名服务员，前两天走了一个，这才挂出了招聘启事，意外地得了龙剑飞这个不要工资，但也无活儿可干的男保安。

龙剑飞每天一大早就出去，虽说他几年前曾随部队来京执行任务，呆过两个多月，但那时部队纪律极严，很少有机会能出来游玩，就是故宫、颐和园、长城这样的著名景点，也都没有去过。记忆中的北京，天色总是灰蒙蒙的，街上的行人也远没有现在这么多。按理说，这次说什么也应当去看看的，哪怕就是在外面照几张相，也可向家人和战友们证明自己曾来过。但他此刻根本没有游玩的心思，更没有那么多钱来支撑他坐车买门票。他像战前侦察地形般在北京的几个商业区四处观察着，不时与一些小商小贩聊上几句，希望能从中发现什么机会。他还根据报纸上的招聘广告，去了几家需要用人的公司，他并不认为自己能被录用，从内心讲也没有被别人录用的打算，他只是想了解一下在北京找个工作是否真的很难。

几天来的四处转悠和考察，使他对现实有了更多的了解。现在这世道，真可谓是猪往前拱，鸡往后刨，各有各的生存之道，有的人是靠自己的力气和汗水打拼赚钱养家糊口，有的人是靠关系、门路和手中的权力来发家生财，也有的人却是已完成了资金的积累，是靠钱来生钱，也不知他们的钱过去是从哪儿来的、怎么来的。可自己靠什么呢？想想，还真的什么也没有，虽说自己有着一身的力气，但也不能真的像那些拥进城里的农民工那样去打工糊口吧。此时的龙剑飞内心十分焦虑，对未来一片茫然，甚至内心对自己不要组织安置、自谋出路的决定产生了怀疑，可事已至此，只能硬着头皮往前走了，说什么也应在北京闯一闯。

但不管自己去哪儿，他总是设法在晚上七点前回到酒吧，这是他答应人家的，那就要做到。

其实，就是他在，店里也没有适合他的活儿可干。娟子和另一叫小梅的服务员都是湖南人，很勤快。特别是娟子，别看她只二十出点头，但只身出来打工已近三年了，在南方女孩儿中，娟子的个子算是比较高的，偏瘦，一双水汪汪的大眼睛，透着湘女特有的那种灵性。有她们在，招待客人之类的活儿无需他插手，其实他也插不上什么手。在店里，他既不像干活儿的，也不像管事儿的，一个很尴尬的角色。客人少时，两个姑娘就凑到他身边，听他讲军校生活，讲部队的事儿，几个人相处得很好。

对此，刘姐也不烦他。她很明白，这是一笔合算的交易，白天店里基本没什么生意，晚上虽说他干不了什么，但店中有个大男人总要胆气壮些，反正也不需要付他工钱，只是一个睡觉的地方嘛，店里也算是有个值夜的人了，更为重要的是刘姐这两天来已感觉出这人诚信而严谨，是个很优秀的小伙子。

龙剑飞总想着能为店里做点儿什么，自己一个大男人，被几个弱女子收留下来，还无事儿可干，呆在这儿吃软饭，实在不是个滋味。他对整个酒吧仔细观察了一番。第三天，在酒吧快要关门时，他对刘姐说：

“刘姐，我觉着应当将台位的布局调整一下。”

“这样不是挺好的吗？”

“你看，从道理上讲，台面和坐位越多越好，多了，能容纳的客人也多。但事实上，店里不可能同时来那么多客人。三天来我发现，客人最多时也只是占用了三分之一的位子，人家来这种场所，为的是寻找一个温馨、安静、浪漫、私密性好的地方，或是会朋友谈生意，或是偷偷与情人约会。”说到这儿，龙剑飞微微笑了笑，其他人也会意地笑出了声。他继续说道：“可现在这样，显得有点儿拥挤，台与台太近，相互影响不说，视觉效果也不是很好。我想……”

“没看出来，你好像真懂似的。”刘姐用好奇的目光看着他，“那好吧，你就帮姐策划一下。”

第二天一早，娟子她们还没有来上班，龙剑飞不仅是策划，而且是行动了。他将最边上的一排桌子直接靠在墙边上，由原来的一桌四椅改为一桌两椅，将最里面的三张台面原有的屏风朝向也做了调整，整个酒吧顿时宽敞了许多。用了近两个小时，店内已是焕然一新。

当娟子她们两人进来时。惊呼道：“啊，龙哥，真有你的，这样一来不仅宽敞了许多，而且走道也方便了。”刘姐来了看到这一切，也十分地满意。龙剑飞内心有些暗自得意，总算是为店里做了点儿事情，也不枉你们给我提供住处了……

# 三

晚上九点多了，这时段正是酒吧里客人最多的时候，一位二十多岁学生模样的女子，只身一人在酒吧看书，坐了许久才起身离去，可她走出店门没多久，外面突然传来一阵吵闹声：

“你们怎么不讲理呀，明明是你碰了我，反而要我赔。”

“今天就让你赔了，怎么着吧！”一个男子蛮横的声音传了过来。

“如果你赔不起，那就陪着我们出去玩玩也成。”接着便是一阵淫邪的笑声。

随后便是撕扯声，夹杂着哭喊。听到这动静，龙剑飞本能地快步抢了出去，只见刚才出去的那女子，正与两个男子扭在一块儿，可能是由于紧张和害怕，她细嫩的面孔显得十分苍白，她边哭边喊，拼命想挣脱两人的纠缠，而周边的行人，不是装着视而不见，快步离去，就是躲到远处看热闹。

“放手！”话音未落，龙剑飞已到了他们身边，一把将那女子拉到了自己身后。那两个家伙没想到竟会有人出头管这闲事儿，先是一怔，随后其中个子大点儿的说道：“你丫是哪儿的呀，老子的事儿你也敢管！”大个子一副不可一世的样子。他用手指了指地面——“她将我刚买的包子碰掉了，她就得赔！”说着，一步步向龙剑飞逼近。眼前这俩小子，看上去略比自己年龄小点儿。

“兄弟，欺负一个弱女子，这可不像是爷们儿干的。”龙剑飞冷冷地盯着走向自己的那大个子。

他不想与这些小混混发生争斗，但他也绝不能眼看着这样的事儿在自己眼皮底下发生，便对那女子说：“你先回酒吧坐会儿再走吧。”说着，转身拉着那女子就向店里走。那大个子被甩在一边，有点下不了台。

他恼羞成怒：“你丫——站住!”说着，便怒气冲冲地向龙剑飞扑了过来。恰好此时刘姐也闻讯跟了出来，她绝不愿得罪这帮小混混，本想分开他们，平息事端，但为时已晚。

就在大个子将要扑到龙剑飞身上时，龙剑飞稍一转身，闪过的瞬间，右手顺势搂住对方脖子，左拳顺势挥了过来，狠狠地打在大个子脸上，整个动作一气呵成，一瞬间就完成了。只见那大个子鼻子和嘴巴流着血，他下意识用手摸了摸，这下可好，顿时一个满脸花。看着对方那样子，龙剑飞也有些吃惊，这么大个家伙，怎么这么不经打呀，但事已至此，也就管不了许多了，他转身看了看另一个，那小个子被眼前发生的一切吓呆了，傻呆呆地站在那儿。“滚!”龙剑飞并不想扩大事态。

刘姐眼睁睁看着这一切发生，却来不及阻止，急得直跺脚，她想上前帮扶大个子，以向他示好，但被龙剑飞硬生生拉住了：“别管他，这帮人渣!”他一手一个，将两个女人硬是带回了店里。

店内的客人看到发生的一切，胆小的，一个个赶紧结账离去。

“得罪了他们，我这生意还怎么做?”刘姐愤愤地看着龙剑飞，“我这儿可无法留你了，你还是快走吧。”

刘姐扭头又瞪了一眼缩在角落里混身发抖的女子：“你也是的，这么晚了一个人跑出来干什么呀，这下可好，你们这一闹，我可怎么收拾，这店还怎么开?”

看得出来，刘姐十分惧怕这两个人。

“他们住这儿附近吗?”龙剑飞此时也有些后悔，这倒不是怕了这些家伙，而是觉着自己出手也许重了些，无端地给店里找了麻烦。但那是一种近似本能的反应，在一瞬间自己也难以掌握好力度和分寸。活该那小子倒霉。

“这两个不是，他们好像都是胡强的哥们儿，胡强住在不远处，是这个街区的一霸。”

原来这几个混混整天价混在一起，有时也进店里来，吃喝一通，给几个算几个，不给钱也就算了，刘姐总是用这种退让来求得安宁，生意人嘛，不到万不得已，哪个愿得罪这些人呢。

“唉，现在说什么也晚了，你们还是快点儿走吧，估计他们一会儿就会来找你们报仇的。”刘姐忧虑地催促着，一副六神无主的样子。

龙剑飞并不想走，他从来就不是个怕事儿的人，再说了，他也无地儿可去。他先对那女子道：“没事儿了，你快点儿回家去吧，最好打个出租车。”

望着她离去的背影，略带责备地补了一句：“以后晚上最好别一个人出来瞎转悠。”

看着那女子上了出租车，龙剑飞这才转过身来：“刘姐，你放心，事儿是我惹的，和你的店没有关系，要走，我也要摆平了这事儿再走。”

他沉思了片刻，对娟子说：“店里有铁丝吗？”

在场的人都不解地看着他。

“我去找找看。”娟子满脸疑惑地望了他一眼，便飞一般转身到了后面的库房，不一会儿拿出一根三四米长的电线来。

“这个成吗？”

龙剑飞接过来，自言自语道，也就是它了。他没有更多的解释，先是走到柜台边，在下面放餐具的格子中拿了点儿什么，便转身进了自己睡觉的那个小包间，将门轻轻关上了。没多大工夫，开门了，龙剑飞走了出来，周身上下并没有什么异样。他在靠近门口的地方抽出一把椅子坐了下来，点了支烟，深深地吸了一口。

还真让刘姐说着了，不一会儿，只见四五个身影向这边奔来。跑在最前面的正是那个大个子，血迹是洗掉了，但嘴巴肿得老厚，使整个脸看上去歪到了一边。

看到奔来的几个人影，龙剑飞站起身走出店门，他选了一个背靠墙的位置，面无表情地站着，从脸上看不出惊慌和紧张，也没有愤怒的神情，充满寒光的双眼盯着这帮小子。来北京几天了，事事不顺，先是在车站被骗走了提包，后是无处栖身，只好跑到酒吧当保安，今天又碰到这帮小混混。他越想越感觉窝囊。妈的，反正在北京也呆不下去了，今天就拿你们这帮人渣出口恶气。

“强哥，就是这小子。”大个子嘴肿得厉害，讲话有点儿不太清楚。

那被称做强哥的人，可能就是刘姐所说的胡强，大约二十五六岁，中等身材，满脸横肉，一看就不是什么善良之辈。他原本以为对方一定早跑了，自己赶来也只是想借此机会狠狠敲老板娘的竹杠。没承想龙剑飞不但没跑，好像是在这儿有意等着他们。

“是你把我这哥们儿弄成这样？”

“光天化日，天子脚下，欺负一弱女子，他欠揍。”龙剑飞冷笑着，言语中丝毫没有胆怯的样子。

胡强感觉这事儿无法善了了！有点儿后悔自己不问情由就冲了出来，但眼下这情势自己已没有了退路。好在对方只是一个人。他突然从后腰抽出一把半尺多长的刀来，在两手间来回把弄着。从一见面，他就感觉对方绝不是善茬子，一股无形的气势压得他喘不过气来。但他不能示弱，更不能退却，别看这几个哥们儿平时对自己毕恭毕敬、服服帖帖的，只要他此时稍显胆怯，那在他们心目中自己的架子就算是倒了。他打量着龙剑飞，他想，一定要先动手，先下手为强嘛，如果能将对方镇住或吓跑了最好。

想着，胡强上前一步，猛地挥起手来，只见一片寒光劈向龙剑飞。在店内隔着窗子观望着的三个女人被这情景吓得闭上了双眼。

按理说，龙剑飞是能躲开这一刀的，胡强也这样认为，其实他并不想也不敢真的伤着对方，但他必须要有这架式，以此来镇住对方，也好让身后的哥儿几个看看自己的胆量和勇气。挥刀的动作很大，显得有些夸张。

可谁也没有想到，龙剑飞并没有像常人那样后退和躲闪，他想，如果你是直刺过来，那还真的要小心点儿，这样劈来，算你小子倒霉，他不退反进，抢上一步，抬起左臂迎了上去，只听“噌”的一声，刀与手臂接触的瞬间，却发出一种怪怪的，似金属非金属的碰击声。就在胡强一怔的工夫，握刀的右手早已被对方铁钳般的五指抓住。龙剑飞猛地用力一扭，将胡强的手臂反转过来，用另一只手狠狠一磕，“啊”，胡强杀猪般惨叫了一声，右胳膊无力地垂落了下来，“咣”的一声，刀脱手掉在了地上。这种擒拿动作，龙剑飞不知练过多少次，但从没有实际运用过，没想到如此管用。胡强的右臂已脱臼，钻心般的疼痛使他蹲在地上无法起身。

剩下的几个家伙，被眼前的一幕惊呆了，他们万没有想到，连看都没有看清楚是怎么回事儿，自己心目中能打善斗的强哥就这么着转眼即被对方制服了，望着倒在地上的带头大哥，他们全都吓傻了。此时龙剑飞用目光物色着下一个猎物，他的眼盯向哪个，哪个便想跑，可手脚怎么也不听使唤，只能是向后一步步挪动，躲闪着可能落在自己身上的打击。还是距离龙剑飞最远的那个先于他人恢复了状态，转身就跑，在他的示范下，其他人这才意识到跑得越快、越远，越好。

“站住！”

龙剑飞的喊声并不大，但此刻却有着让他们无法抗拒的震慑力，几个家伙像被点了穴道般钉在了地上。

龙剑飞用手指着胡强：“他折在这儿了，你们就这么跑了？也太不够朋友了吧。”声音不大，但充满了鄙视。

“都给我回来！”

在龙剑飞的授意下，这哥儿几个将胡强扶进了酒吧。他不想让更多的人围观。

“时间长了，他这条胳膊就算废了。”说着，龙剑飞将胡强的胳膊拿起来拉直，用力一扭，再一推，疼得胡强杀猪般“啊呀，啊呀”地叫喊着，豆大的汗珠滚落了下来，但经这么一折腾，他感觉到胳膊开始回到了自己身上，听使唤了，只是一动就疼痛难忍。

“娟子，拿些冰块来。”

龙剑飞将冰块用餐桌布包起来，敷在了胡强的胳膊上。这才坐下来，点燃了一支烟，深深吸一口。

胡强面对着这个将自己整得半死的人，不知该将他视为敌人还是救星，无奈地听任对方摆布着。那哥儿几个围站在四周，龙剑飞瞥了一眼那个站在自己身后的家伙，那家伙赶紧转过来，挤了挤，站在了对面。三个女人躲得远远的，不敢凑近。

“你们说，今天这事儿怎么了吧？”

几个人谁也不敢接话。

“这事儿与店老板没关系。但也不是我多管闲事儿，我是这店的员工，以后我还想入伙呢。”他吸了口烟，“如果来店里的客人在店门口出了事儿，你们说，我们这店还能干下去吗？哪个客人还敢来？”

“这……”

胡强无言以对。

“如果你们觉着今天这事儿不能就这么着完了，那好，等几天你的伤养好了，我们再做计较。”龙剑飞冷冷的目光盯着胡强，继续说道，

“如果大家就此罢手，那兄弟我在此向几位道歉了……”

没等龙剑飞把话说完，胡强便趁势下台：“都是误会，都是误会。”他从心里着实怕了这个神秘的人物。心想这哪儿是什么酒吧招待呀，真他妈是个凶神。

紧张的气氛开始缓和了下来。

“娟子，给哥拿几瓶啤酒来。”龙剑飞扭头向躲在一边的娟子喊道。

“来、来、来。”

龙剑飞举起杯：“算是兄弟我给几位赔罪了。”说罢，端起杯来，一饮而尽。

几个人下意识地用颤抖着的手也跟着举起了杯，但不知该喝还是不该喝，不约而同地望着胡强。只见胡强尴尬的面孔红一阵白一阵，在龙剑飞的目光逼视下，无奈地伸出左手慢慢端起了酒杯，说道：“都是道上的朋友，不打不相识。来，干了。”在他的带动下，几个人都干了。他们几个平时就喜欢喝啤酒，可今天这酒味道有些异样，异样在哪里，他们也说不清，总之与过去喝的有点儿不同。

这时刘姐才敢走近前来：“哥儿几个不能这么着干喝呀……娟子、小梅，你们快去给强哥他们弄几个菜来。”她怎么也没有想到，一场天大的风波，竟这样平息了下来。

已是深夜，经他们这么一折腾，店里面早没了客人。娟子和小梅忙前忙后，几个人喝了起来。

娟子一直在端详着龙剑飞的胳膊，明明看到刀砍在了他胳膊上，上衣袖子还被刀划破一道有三寸多长的口子，可他好像并没有受伤，也没有血迹。突然，她透过衣服上那裂口发现龙剑飞胳膊上密密麻麻缠着电线，里面还绑着一把吃西餐用的钢勺。原来是这样。她没敢再多看，怕别人也发现，心中却一个劲儿地暗暗叫绝。

第二天，龙剑飞没有像前几日那么早就出去，几天来的考察和了解，使他认识到，仅靠一己之力，要想在北京呆下去不难，有的是打工的机会，但要想有所成就、有所发展却是极为困难的，找个正式的工作根本没有希望，而且这也不是自己所愿。打工是没问题的，但打工的收入并不高，还需要自己解决吃饭和住宿问题，两者相抵，每月下来基本也不剩什么了。自己可以经商做点儿小生意什么的，这次来也发现了一些好的项目，但这都需要前期投入，最少也得几万元。自己从哪儿搞这么多钱啊。

身上的钱也已快花光了，他萌生了退意，好在离办理转业手续还有四个多月的时间，一切都来得及。想到这儿，他决定离开北京，先回部队再说，这世界这么大，总能找到出路的。拿定了主意，那今天索性就在北京好好玩玩，明天一早离开酒吧，离开北京。

他刚要出门，刘姐从外面走了进来。今天她来得比平时早了许多，只见她满脸笑意。

“剑飞，我还怕你走了呢。来，试试。”说着，从挎包里拿出一件上衣，上面还带着商标，递给龙剑飞。

“这可不行，我已经给你添了不少麻烦，昨晚上的酒钱我还没有付呢，怎么可以还让你破费。”龙剑飞推辞着。

“什么酒钱不酒钱的，再这么说你可就见外了，这两天你帮了姐这么多忙，你看这店内变化多大呀。特别是昨晚……或姐弟，或朋友，姐是认定你了。”她看了一眼龙剑飞的左袖，伸手摸了摸，“再说了，你这件衣服破成这样，也不能穿出去了呀。”

龙剑飞也就不再坚持。换上了衣服，还特意看了看标签上的价格，临从店中出来时，他对刘姐说道：“刘姐，咱们一码是一码，这衣服钱和昨晚儿的酒菜钱记在我名下，等我回部队后，一定设法寄回来。”

“剑飞，这可就是你不对了，我们是姐弟，如果你把我当姐，当朋友，就别再提这些鸡毛蒜皮的小事儿了。”

前两天刘姐怎么称呼自己，一时想不起来了，但现在她一口一个“剑飞”、一口一个“兄弟”的，听着的确是十分的亲切。望着刘姐那真诚的面孔，龙剑飞内心充满了感激。

先去故宫，后进军事博物馆。从军博出来，已是下午四点多。再到别的地方时间不够了，索性不如早点儿回酒吧，自己就要离开了，能为她们做点儿什么就做点儿什么吧。

他一踏进酒吧门，娟子就迎了上来：

“龙哥，你猜今天中午谁来看你了?”

龙剑飞一时摸不着头脑，在北京自己没有熟人，就是有他们也不知自己在这儿，怎么可能有人来看望自己呢。

娟子用异样的语气说道："就是昨晚那个女的，人家还是一个大学生呢。"

此时，刘姐走了过来接着说道："对了，那姑娘让我一定转告你，一会儿她还来，请你一定要等等她。"

还不到六点，那女子就急匆匆来了。她一见龙剑飞就道："龙哥，真要好好谢谢你，如果昨晚没有你，我可就……"说着面对龙剑飞深深地鞠了一躬。

其实，她今天中午路过这儿时，还是心有余悸的，并不敢进来，只是忍不住想看看昨晚发生的事儿对酒吧有什么影响，她十分担心酒吧真的因为自己而不能再开张了。发现酒吧一切正常，照旧开业时，这才萌发了进来向那个出手解救自己的酒吧服务员当面道谢的念头。没想到龙剑飞不在。

她从娟子嘴里了解到龙剑飞的大概情况和昨晚自己走后这儿发生的一切时，对这个在危难中救了自己的年轻男子有一种说不出来的感觉。怪不得他那么沉着自信，满身的豪气，原来他并非是什么酒吧服务员，而是一名军官。

面对着龙剑飞，她似乎有点儿害羞，腼腆地自我介绍道："我叫张小瑜，是师大三年级的学生，家离这儿不远。昨晚上我从学校回家没带钥匙，碰巧家里没人，只好在这酒吧坐会儿，没想到会……真的太感谢你了。龙哥，我爸妈也知道了昨晚的事儿，她们一定要当面感谢你，今晚请你到我家吃饭好吗?"说完，她红着脸，望着龙剑飞，在等待着龙剑飞的答复。

虽说昨晚为了这个女子自己与一帮混混干了一仗，但他头脑中对这女子还真没有什么印象。他上下打量几眼，只见对方中等身材，十分的苗条，穿着一身浅色衣服，脑后的马尾飘落在肩上，显得文静而素雅，还算是一个美女吧。

"这种事儿，碰上了就不能不管。你也别在意。"他带着点儿调侃的口气继续道，"像你这样一个如花似玉的大姑娘，以后晚上出门还真是要小心些。"

他瞟了对方一眼，继续道："吃饭嘛，就算了。我还要在店里干活儿呢。再说我明天就要……"可话到嘴边了，他又觉着没有必要再说什么了，自己要离开北京，这与对方没有丝毫关系。说不说的没什么意思。

自己的邀请被拒，张小瑜脸刷的一下子更红了，自己一个大姑娘家，邀请一个陌生男子到家吃饭，本就令她十分局促，难以启齿，好不容易说出来了，却居然被对方拒绝了，她一时不知如何应对，呆呆地站在那儿，踌躇了好一会儿，才蚊鸣般说道：“可我刚才已经和家里说了你要来的……”

还是一旁的刘姐打破了这令人难堪的僵局：“去吧，去吧。店里也没你什么事儿，再说人家姑娘也是一片诚意。”她边说，边向外推着龙剑飞。

# 四

小瑜的爸爸张忠是一家机械厂的党委书记，妈妈是中学教师。老两口对龙剑飞十分热情，特别是小瑜的妈妈，不停地为龙剑飞夹菜，不时还表达着感谢之意。张忠虽说也插几句话，但可以感觉到，他好像心事重重的，不时起身到客厅接听着电话。

“老头子，别总是你厂里的那点儿事儿，家里有客人嘛，你就不能让他们明天上班时再说?”小瑜的妈妈责怪着。

“小龙，真是对不起。”张忠抱歉地看看龙剑飞。又对小瑜妈妈解释道：“没办法啊，香港那边催得紧，可施工单位怎么也找不到，哪家也接不下来这活儿啊，眼看时限就到了。”

原来，张忠所在的红星机械厂正在搞改革，费尽心机，才通过香港引进了一条新的生产线，可新的厂房却迟迟无法开工。这也不能怪施工单位，当时签合同时只是盖厂房，并没有将拆除原有建筑包括在内。可新址上一个废弃多年的大烟囱现在却成了问题。急着找施工单位拆除，可找了几家，不是要价过高，就是施工期太长，眼看着新设备到货的日期一天天临近，可新厂房却迟迟不能开工，现在还八字没有一撇，这怎么能不让他这个当家人着急呢。

“拆个烟囱就这么难，是砖砌的吗?”龙剑飞好奇地问。

“是的，原来是为家属区供暖的，多年前北京已改为集中供暖，它也就没用了，现在周边又建了些临时建筑，大型机械进不去。这不，我们已出价五万了，建筑公司还是不干，好不容易找到一家民营的施工队，可他们说怎么也无法在一个月内拆完。”

“是这样。”龙剑飞没再说什么。

吃完饭，已是晚上八点多了，龙剑飞急着告辞。小瑜送了出来。

“你爸的工厂离这儿远不远？”

“就在旁边。”小瑜用手向左侧指了指。

“带我去看看好吗？”

小瑜不解地望着龙剑飞。

“咱们去看一下是什么样的烟囱，竟把你爸爸愁成这样。”

小瑜没再说什么，带着龙剑飞向左转，穿过一个小门，进了厂区。只见不远处一个高高的大烟囱矗立在那儿。拐了几个弯，绕过两排临时建筑，他们站在了烟囱下。龙剑飞围着烟囱转了两圈，用手抠了抠砖缝间的水泥，又顺着狭窄的通道向后退了二十多米，伸出拇指，目测了一下高度。

他心中暗自思量着，这烟囱足有四十米高。这儿进不来大型机械，如果用传统的方式施工，光搭脚手架就得十天，还需要很多的人手。如果……

经过反复思考，他拿定了主意。

“小瑜，你回去和你爸爸说，我能将这烟囱在十天内拆了。具体情况，我明天一早到厂里和你爸爸谈。”

“什么？你能拆了它？”小瑜满脸的好奇。

龙剑飞没有再说什么，只是重重地点了点头。

第二天一大早，龙剑飞没有按计划去火车站，而是来到了机械厂。张书记的办公室很大，但几件陈旧办公用具和四处堆放着的机械部件、旧报纸，使其更像一个库房。龙剑飞心想，看来工厂的日子真的不好过啊，“一把手”的办公室都是这个样子，别的地方就可想而知了。

“张叔叔，小瑜昨晚和您说了吧？我想我能够在十天内拿下这任务来。”

张忠用怀疑的目光看着他：“小龙，这可不是儿戏啊，市建筑公司专门来人评估过，如果进不来大型设备，拆掉它可不是一件简单的事儿。”张忠喝了口茶水，“再说你只一个人，这怎么可能。”他并没有把龙剑飞的话当真。

“当然不是我一个人，这样的高空作业，对一般工人来说可能是有难度，但对我们特务连的官兵来说，并不是什么特别难的事情。”龙剑飞停顿一下，接着说道：

“请您相信我，我们保证按期拆除它，只是有关费用不知是否能按给建筑公司的价给我。”

“这……”

可能是拆除烟囱已是厂里最为紧迫的事儿，厂里再没有其他办法可想了。张书记犹豫了片刻。

“你真的能？”

“是的，而且我一定能按期完成。”龙剑飞回答道，满脸的自信。

看着龙剑飞那坚定的态度，张忠拿起了电话：“喂，老李呀，你来我这儿一下。”

从机械厂出来，龙剑飞跑到邮局不停地打着电话，先是接通了连队，要来了几个复员老兵的电话，再一个一个地打，总算是联系上了三个。从邮局出来，他一刻不停，急匆匆赶回了酒吧。

“刘姐，这两天我有三个战友来北京，能不能让他们也在店里落个脚？”刘姐很痛快地答应着。“是你的战友，那没问题，只要不影响营业就成。”

龙剑飞思忖再三，说道：“你现在能帮我找一下那个胡强吗？就对他说我有事儿和他商量。”

如果韩涛能来就好了，但他知道现在连队正处在撤编的关口上，军官们多数面临转业，士兵们也人心慌慌，韩涛根本无法请下假来，也就没有和他说什么。

第二天上午九点多，先是高小东，随后二牛和大李也赶到了。这三位是龙剑飞带过的兵，都是河北人，去年才复员，由于在当地没有什么过硬的关系，二牛和大李是从农村出来的，只好回家种地了，小东家在县城，是城镇户口，可也没有找到理想的工作。

二牛一进门就嚷嚷：“连长，这是什么地方呀，好难找，我六点半就下火车了，现在才摸过来。”

“连长，碰到什么难事儿了？俺可是接到电话连夜赶过来的。”大李说道。

几个战友聚在一起，相互问候着。

龙剑飞上下打量着自己这几个战士和兄弟，高兴之余，心里不免涌出一丝苦涩。三个人当中，小东的衣着算是最好的，一身儿半旧的西服松松垮垮地套在身上，显得有点儿肥大，一看就知道是捡别人的洋落，脚下虽说蹬着一双八成新的皮鞋，但那款式城里人已有好多年不穿了。大李就更寒酸了，一件蓝色上衣，领口已磨破了边儿，裤子可能是洗的次数太多的缘故，竟短得像时下里女士们穿的七分裤，挂在两条长而壮的腿上，看上去真有点儿滑稽。而二牛竟然还穿着他那套军装，只是没有了领章帽徽，也比离开连队时更旧了些。

龙剑飞好奇地用手拍了拍二牛那坚实的肩膀："离开部队这么长时间了，还是喜欢穿军装……"

二牛脸红了一下："走得急，在家翻了翻箱底儿，也就这身儿还算能穿出去，咱这不是来首都嘛，怎么着也要穿戴好点儿吧。"

看到连长关注的眼神，几个人也相互瞅了瞅，都有点儿不好意思地笑了起来。看来情况差不多，哥几个离开连队后混得都不怎么样。龙剑飞没再说什么，他看了看时间。

"好了，我们在路上说吧。"

出门后，龙剑飞在对面的早点铺买了些烧饼，分给大家："你们还没吃早饭吧？边走边吃。"

招手要了辆跑出租的小面包车，四个人挤挤坐了进去。

进了机械厂。龙剑飞说："你们看，就这个大烟囱，我们要用八天的时间拆了它。你们看有困难吗？"

"怎么上去？"二牛问道。

"爬！"

"那拆下来的砖和土方怎么办？"

"这不用你们管，我另有办法。"龙剑飞接着说道，"任务完成了，每人五千块。"

"啊，五千？"

"是的，五千！"

"那好，咱们干他娘的！"

任务就这样下达了，战前动员也只短短几句话。

回到酒吧，龙剑飞向刘姐借了五百块钱，买了一条长约四十多米的安全绳，到土产店买了一个大号的箩筐和两根铁钎，在酒吧后院找了一根长约两米多、近碗口粗的木棒，这些就是他们拆大烟囱的全部装备了。

下午，胡强气喘吁吁地进了酒吧。

“龙哥，真让你说对了，城边上有许多人家都想盖简易房，好出租给外来打工的人，他们需要旧砖。”

胡强接过娟子递过来的茶杯“咕咚”喝了一大口，继续道：“我们哥儿几个打听了一下，旧砖如果是整的话，现在能卖到五分钱一块儿，半头砖就只能按车卖了。”

“好，多联系几家，让他们今晚八点以后开始来拉。”

龙剑飞想了想又道：“一定是一家一家地来，一下子都来了，我可没有那么多。”

“没问题，一切包在兄弟身上。”

“对了，和他们说清楚，那儿进不来机动车，只能用手推车……”

下午六点多了，人们已经下班。龙剑飞他们吃饱了，带着他们所谓的装备到了机械厂。

天色已慢慢暗了下来，虽说二牛他们几个都抢着要上，但龙剑飞没有同意，自己踏上了烟囱外侧用钢筋做成的把手，小心翼翼地向上爬去。每上一步，他都要检查一下把手，以确定它的承受力。他担心这些把手年久失修，会松动或脱落，现在又无法系保险带，万一出了事儿，可是人命关天的大事儿，他可不愿让这几个愣头青冒险。事情正像他所担心的那样，就在他攀爬到离地面约三十米的时候，一个把手在踩踏下，因承受不了他的体重，突然脱落了下来，他左脚猛一下踏空了，整个身子全凭两只手的抓握，悬空吊在了半空中，幸好他的双手分别抓在两个把手上，较为平衡地分散了身体的重量。龙剑飞惊出了一身冷汗，他长长缓了口气，镇定了一下紧绷着的神经，抬起左脚慢慢踩在更高的一个把手上，设法恢复了身体的平衡。此时天儿已完全黑了下来，在这个高度，已无法看到地面，他休息了片刻，再向上爬去。

足足用了十多分钟，龙剑飞才一步步爬到了烟囱顶部。一阵微风袭来，将因紧张而湿透的衣裳紧紧地贴在背上，感觉到一些凉意，低头望了一眼夜幕下的厂区，突然涌出了一股莫名的悲壮之情。别人做生意都是拉关系找门路，在吃吃喝喝中赚钱，而自己却要带着弟兄们挣这玩儿命钱。而这或许又是自己在北京安身立命的起点和基石，别无他途，只能是背水一战了。他双脚夹着烟囱顶部的避雷针，一屁股坐在烟囱上，休息了一会儿，将带上来的一根细绳放了下去，把各种所谓的工具一件件吊了上来。先把安全绳牢牢地系在避雷针上，又将木棒横在烟囱口上，最后他把箩筐系在木棒上，从烟囱口放下去了有两尺多。这样一来，人便可站在筐里面，转着圈儿拆了。龙剑飞小心地站在了筐里，用力踩了踩，试着用铁钎拆了几块砖，还好，并不很费劲。一切就绪后，他系好安全带，慢慢爬了下来。

“好了，你们上去时一定要注意安全，特别是在上下烟囱时，必须系好安全带。上下一次不容易，所以上去的人一定要尽可能多干些，需要什么，用绳吊上去。其他人在下面休息，我们轮着上。”龙剑飞交待着，“另外，从下向上数第四十六个把手已脱落，你们一定要小心。”

“我先来。”二牛抢先将安全带系在了腰间，二话没说就爬了上去。三小时后，小东上去了。再后来是大李。一块块砖被撬起推了下来，虽说因距地面太高，许多都在落地时摔碎了，但还是有一小半是整的。天亮时分，烟囱已矮了有七八米。下面胡强哥儿几个也卖了不少的砖，开始还数块儿，后来干脆论车卖了，半头砖就白送给了来买砖的人，条件是装半车砖的同时，拉半车废土走。一晚上下来，竟也收了二百多元。

“哈哈哈……照这样干，我们三天就能拆完。”二牛咧着大嘴笑着。

“不成，白天我们不干活儿。全体休息。”

“为什么?”二牛不解地问。

“没有那么多为什么，必须休息!”

吃过早饭后，他们回到了酒吧。白天店里基本上没有什么客人，特别是上午，二牛他们三个挤在包间内，倒头便睡了。龙剑飞和娟子交待了几句，便直奔机械厂。

他并没有去找张忠，而是进了副厂长老李的办公室。“李厂长，这下你们放心了吧，我保证十天内拆完它。”

分管基建的老李，一上班就发现那多日来让他发愁的大烟囱矮了一大截，暗自吃惊，他怎么也想不出，这年轻人是怎么干的。说实话，他从一开始就认为这个小伙子是个目空一切、眼高手低的家伙，说说大话可以，事到临头就抓瞎了，当不得真的。只因是张书记的关系，昨天自己当面不好回绝。心想他们真要干起来，就会知难而退了。所以，虽说昨天自己亲口同意了，但内心就从没相信他能做到，就是昨晚他还在为如何尽快拆除这烟囱而犯愁呢。可哪曾想到，他今天就……而且竟然拆了这么多！

“小龙，我算服了你们这些当兵的了，一晚上就拆了这么多。”老李高兴得合不拢嘴，“这下可解决我们的大难题了。”

“白天干起来就更快了吧？”

“白天我们不能施工。”

“为什么？”李厂长不解地问。

龙剑飞并没有马上回答，他思考了片刻才说道：

“白天上面的人容易发晕，下面围观的人也多，我怕安全上出问题。”

“噢，是这样。”李厂长好像明白了似的，也就没有再问。

其实，龙剑飞更担心的是他不知道这种拆法是否符合施工要求，怕有关部门会出面干涉，对这样的高空作业，谁知地方上有什么规定。但这一点无论如何是不能向厂方说明的。

“李厂长，我们说好的，按进度付给拆除款，您看……”

“啊哈，你要是信不过我，还信不过张书记吗？”

“李厂长您别误会，我不是这意思。为了完成这任务，我调集了一些人手，还购置了必要的工具，这一切都得花钱。实在是支持不下来啊。”龙剑飞满脸的真诚。

“这倒也是，”李厂长想了想，“那好吧。先付你一万元如何？”

“谢谢李厂长了，我也是真的没办法了。”

“但我们事先讲好的，因你无法给厂里开发票，财务上需找一个施工单位走一下账，人家要收百分之三的手续费。”

“好的，一切按说好的办。”

说真心话，龙剑飞还真怕厂方在付款上出问题，车站被骗，使他不得不更为小心了，这世道，连十几岁的小丫头都能骗人，那除了自己，还能相信谁呢。

又一个晚上，大烟囱只剩下一半多了。

可是到了第三天，进度开始慢了下来，一来是因为几个小伙子这样黑白颠倒地干，体力已急速下降；二来越往下，烟囱的壁墙也越厚，拆下来的砖也越多，而且多数是整块的。虽说拆的难度大了不少，进度也慢了许多，却乐坏了胡强他们几个，不停地叫人来拉，不住地收着钱。

经过六个晚上的鏖战，四十多米高的大烟囱，外加一个废弃的锅炉房，居然被龙剑飞他们几个用最原始的工具搬走了，比原定时间整整提前了四天！

龙剑飞与厂方结完最后一笔款。望着三个衣衫褴褛的好战友、好兄弟，鼻子有点儿发酸。

“走，我们先洗个澡，好好吃一顿再说。”

他转头对胡强道：“强子，带他们去北京最好的洗浴中心先洗个澡。”他又吩咐道，“你再叫个人去买三套运动服送到洗浴中心。告诉他们，买最好的！”

龙剑飞带着他们三个在北京玩了两天，几个人来时并没有和家中说明原委，其实他们当时也不知道来北京做什么，只说有急事就离家上路了，一晃近十天，必须回去了。

几个人拿着厚厚一沓钱，双眼仿佛都要冒出绿光来，复员后一直没有找到工作，身上也从没有揣过上百元的钱款，现在手里是整整五千块啊。哥儿几个手都攥得紧紧的。

可惊喜和兴奋过后，大家好像突然意识到了什么，沉默了一会儿，小东先开口了：

“连长，我知道你想在北京创一番事业，需要钱，我这钱就留在你这儿，算是我入伙儿吧。”说着，他低头又看了看刚刚到手的那一沓厚厚的钞票，慢慢伸手递到了龙剑飞手中。他是一个不善言谈的人，却每每有着惊人之举。

看到小东这样，二牛想也没想，也递了过来：“那也算俺一份吧。如果你做起来需要人手时，叫一声，俺跟着你干了。”

大李思忖了好一会儿，面有难色地说道，“连长，家里准备在十月份为俺娶媳妇，正为钱犯难呢，要不，我留下三千元吧。”

“这怎么可以，我们说好的，干完了你们每人五千。”

“连长，我们知道你是一个做大事儿的人，真是想跟着你干。”

龙剑飞望了望这几张真诚的面孔，内心也有些激动：“那好吧，钱就先放我这儿，如果我在北京站住脚了，就叫你们过来。”

送走了他们，龙剑飞回到酒吧，交给刘姐一千五百元：“这五百元是我借的，现在还给店里。另外这一千元算是我们几个在店里落脚的花费吧。”

刘姐望着龙剑飞，对她来说，一千元并不是一个小数目，酒吧一天的营业额才几百块，纯利也就五六十块钱。

“这怎么成，我们说好的，你不要工资，我不收住宿费的。”刘姐不好意思接过这钱，推辞着。

“我们可是患难之交，是姐弟俩，小弟发财了，理应有姐一份。”

胡强带着他那几个哥儿们也过来了，将卖砖和拆下来的钢筋所收的近三千元钱拿了出来。龙剑飞接过来，数出一千五百元又递给了胡强：“这钱算是你们哥儿几个的，这几天你们跑前跑后的，这是你们应得的酬劳。”听到这话，哥儿几个高兴得屁颠屁颠的。大个子嚷嚷着：“跟着龙哥干就是爽，今后用得着兄弟时，招呼一声。”

晚上，在距老树酒吧不远处的一家咖啡厅里，龙剑飞与小瑜面对面坐着。

“这钱你一定要收下。”

龙剑飞再一次将装着三千元的信封推到小瑜一边。

“没有你，我不可能见到你爸爸，也就不可能得到这信息，这钱也就赚不来了。”

“其实，是你帮了他们的忙，前几天我爸为了这烟囱都快愁死了。”

“那是另外一个问题。”

“这钱我真的不能要。”

“这样吧，你用这钱帮我买一件上好的皮大衣，代我转送给你爸爸。以后还需要他老人家多关照啊。”

“这么说，你不准备离开北京了？”小瑜关切地问道，显得有些兴奋。

“前几天听娟子说你要走了，我想这不会是真的吧？”小瑜那双清澈的眼睛望着龙剑飞，她企盼着否定的回答。

“是有这想法，原本想来北京落脚，干点儿自己的事儿，但太难了，像我这样的外来人，一没关系，二没资金，难以生存下去啊。”龙剑飞苦笑着回答道。

“龙哥，你别走，你是一个干大事儿的人，总有办法的。”

是啊，虽说认识没几天，但在小瑜心目中，龙剑飞的形象在急速膨胀着，如果说酒吧门前出手相救使小瑜认识了一个敢作敢为、英勇无畏的男子汉的话，那将偌大的烟囱奇迹般拆除，这简直就是超人所为了。在龙剑飞他们施工的几天里，小瑜一反常态，天天晚上跑回家来住，或在现场，或在家里，始终注视着龙剑飞他们，随着烟囱不断地矮下来，她内心也从开始时的怀疑、担心和紧张，演变成了敬佩、兴奋，甚至有些欣喜若狂。

当她知道龙剑飞可能要离开北京时，不知为什么，发自内心地不想让他走，她渴望能时时看到这个英俊强健、似乎无所不能的男人。

“要不你到我爸厂里做临时工，先这么干着，以后再想别的办法……现在什么人都能办公司，我想你也应当办一家公司，不管做什么生意，你一定能成功的。”她那充满了企盼的双眼望着对方，看到对方没有说话，显得有些着急，“如果你同意，我这就和爸爸说去。”

龙剑飞若有所思地听着，脸上没有任何表情，好一会儿，他才说道：“谢谢你了，小瑜。我暂时不准备离开北京了，看看情况再说吧。到工厂打工嘛，我想还是算了，一来这会让你爸爸为难，二来这也不是我来北京的目的。”

临分手时，小瑜又将那钱推了过来。“你现在需要钱，就算是我给你的投资吧。如果需要，我还可以和家里要，全交给你来做。”她用一种充满信任和敬佩的目光望着龙剑飞，“不论你做什么，我相信你一定能成功，到那时，我也会跟着你沾光的。”

“这……”

龙剑飞抽空回了一趟部队，一进连部，几个战士就围了上来。

“连长回来啦，听说你也要转业?”

龙剑飞笑了笑，没有回答。

“今天连里没有安排训练?”

“副连长也回老家联系工作去了，连里就刘指导员在。他整天到团里开会，这些天训练基本停了下来。”

龙剑飞心想，也是，马上就要撤编了，哪还有心思搞训练。

晚上，龙剑飞和韩涛让炊事班炒了几个菜，在小卖部买了一瓶洋河大曲，在龙剑飞的房间喝了起来。

“我决定在北京呆下去了，设法自己干点儿什么。”

“太好了，在这个动荡和飞速变化的年代，像北京这样的大都市，机会要比其它地方多得多。”韩涛从不怀疑这一点。

他举起了杯：“预祝你马到成功。干了！”

他一边往两人的杯中倒着酒，一边思索着。

“主攻方向选准了吗？”

“北京可做的事儿不少，但一时无法确定。试试看吧。关键是如何扬己之长，克己之短，事儿不怕小，只要选对了，小可以做大。”

“是啊。现在关键是选对方向，成不成功的那是后话，但我相信你一定能成功的。”两人一块儿共事有几年了，韩涛从没有怀疑过这位比自己大几岁的连长的能力。

龙剑飞用欣赏的目光看着自己这位聪明机智的战友和小兄弟，举起杯碰了一下，一饮而尽。

两人整夜未眠，边喝边聊，龙剑飞将自己在北京一个多月来的所见所闻及自己的设想向韩涛大概说了一下。当说到龙剑飞他们几个拆大烟囱时，韩涛显得有些遗憾。

龙剑飞看出了他的心思，解释道：“当时第一个就想叫你去的，可事情紧急，怕你无法请下假来。只好叫他们这几个已经复员回家的老兵了。”

不知不觉，天已蒙蒙亮。

“那你怎么办，排级干部这次是否能转业还没有明确吗？”

“听说不成，要将我们重新分配，插到别的连队去。”

“唉，要是我们能一块儿干就好了。”

“等我能脱身了，就去找你。”

“目前也只能如此了。”

龙剑飞好像想起了什么：“对了，韩涛，你留意选几个战士，要精明强干，为人忠实，能够长期共事的，说不定我要用。但现在别告诉他们，等他们复员时或我需要时再说。”

龙剑飞临离开部队时，到团政治处汇报了一下自己的情况，只说还需一段时日联系工作。之后便返回了北京。

## 五

原本是想离开老树酒吧的，自己总在这儿睡沙发不是个事儿，再者说，此时他满脑子想的是办自己的公司，心想自己将是一个办公司当老板的人了，连个住的地方都没有，这如何取信于人呀。为此，他已看好了一间五十多平米的小两居，月租一百八十元，定金都交了。可当他正准备搬走时，却出了变故。

那天，刘姐心事重重地对他说："剑飞，姐有事儿想和你聊聊。"她看了看正在打扫卫生的娟子她们，"我们还是到里面说吧。"转身便进了龙剑飞睡觉的房间。

"姐知道，你是一个干大事儿的人，我这小地方你不一定能看得上。"她深深地叹了口气，"可姐现在确实碰到了难处。"

原来，就在前几天，刘姐的父亲突然中风，住进了医院，看来一时无法康复。刘姐虽说还有一个弟弟叫刘海，是建筑设计院的工程师，但去年被单位派到了深圳，参与设计和建造一栋大楼，近期根本无法抽身回来，母亲的身体原本就不好。这样，到医院陪床、照顾病人的事儿就全落在了她的身上。

"医院那边不能没有人。而这边，没有人盯着也不行的。姐实在是分身无术啊。"

她顿了顿："所以，我想将这店转出去，这就想到了你，你……你愿意接手做吗？"

事情来得突然，他没有任何思想准备，虽说那次在和胡强他们对峙时，确曾说过自己想入伙儿之类的话，但那是为了有意将这店与自己联系起来，一来可保护她们几个，二来也是想说明自己插手店中之事师出有名。可他从没有想过真的接手这店。

看着龙剑飞犹豫的神情，刘姐感觉到了更大的希望，继续道："如果你愿意接的话，或者姐将它转给你，我只要收回前期投入的钱就成，如果你一时无法拿出那么多，我们先说好，你可慢慢还我；或者将它租给你，由你全权经营，关于租金，我们姐弟俩好商量。"

龙剑飞急速思考着，前者绝无可能，虽说现在自己握有几万元现金，但不能用来接手这样一个小店。关于后者……

"刘姐，你让我想想好吗？"

"好的，我现在还得去医院，我们明天再谈。"刘姐急匆匆走了。

第二天，没用多一会儿，一切就谈妥了，龙剑飞每月交刘姐一千元，整个酒吧归他经营。就这样，酒吧保安摇身一变，成了酒吧老板。在龙剑飞心目中，对经营这家酒吧并没有多大兴趣，他更在意的是能有个落脚的地方。多日来，虽说刘姐她们对自己很是不错，但寄人篱下的感觉着实让他难受。现在自己做了老板，住在这儿也就再不用看别人的脸色了。

两个服务员对换了老板好像并不太在意，有人给发工钱就成。娟子还显得有些高兴。

而龙剑飞最初的几项决定却让她们兴奋不已，也感觉到了压力。

他先是决定，每人的工资不变，还是每月二百元，但从这个月起另设月奖，与营业额挂钩，营业额高，奖金也高。

没过几天，他又下达了一道命令。今后桌上的台布必须每日一换，不得有污渍，破损的椅子全部换掉。她们两人必须统一着装，服装按电影中看到的那种款式去定做。但还有一条却让她们感觉到了紧张。龙剑飞说："客人不进店里来，那是老板的责任，与你们无关。如果进来了，却没有什么消费，你们就有一定的责任了。"最为要命的是，他规定凡与客人发生争执，每发生一次，扣三十元。

转眼，他接手酒吧快一个月了，结算下来，营业额比过去略高了些，但利润并没有大的变化，除去成本，再交了租金，龙剑飞还剩五六百元。但娟子她们的收入却有了明显的提高。

小瑜一有机会就来坐坐，有时还带同学来。胡强他们哥儿几个路过时，也常进来看看。刘姐来过两次，但并不过问经营方面的事儿。一切显得平静而正常。但龙剑飞内心却从未平静过，他的注意力并不在酒吧上，他在不停地思索和设计着自己独闯京城的下一步，主攻方向选在哪里？自己的长处是什么？

# 六

北京五月的傍晚，气候格外宜人，酒吧内三三两两的有不少客人。她又来了，看上去与自己年龄差不多，或略小点儿，也就二十六七岁的一位女士。龙剑飞早已注意到，她可算是酒吧的常客了，每次都是一个人来，总喜欢坐在这同一位置上。她消费并不高，不是要杯红酒，就是喝听饮料。也绝少与他人讲话聊天，或看书，或翻阅着资料，给人一种清高矜持的感觉，但也不怎么令人反感，因此，龙剑飞也有意回避着与她的接触，两人好像从没有正儿八经地对过话。可今天不知为什么，她先开口了：

“你现在是这酒吧的老板了吧?”边问边环视着四周，她好像也发现了近期酒吧有了不小的变化。

突听对方问话，龙剑飞略感吃惊：“我哪儿是什么老板呀，原来的老板家中有事儿，我只是临时代管一段时间。”他从心里就不认为当这酒吧老板是件什么光彩的事儿。特别是在这样的女子面前，更不愿承认自己是这儿的老板了，在他心目中，开这么个小店可不是一个男子汉该有的作为。

“是这样。”她没有再说什么，低头又看起了书。

恰好此时胡强与一帮人路过酒吧，他探身进来，讨好似的叫了声：“龙哥。”

“是强子呀，进来坐。”

“不了，龙哥，我还有事儿，这几天生意不错吧？有用得着兄弟的地方，你就叫一声。”胡强说完便抽回身子，追其他人去了。

那女子看到了胡强那一脸媚态，微微冷笑了一下，停了停，待胡强走远了，转头对龙剑飞说道：

“前些天你上演英雄救美，将这人揍得半死，现在又要收为己用，可真算是以暴制暴、以力服人的典范了。”

听到这不褒不贬的评说，龙剑飞突然想了起来，那天这女子好像就在酒吧内，她可能目睹了一切。

“你是说我不应该出手相救？”

“我可不是这意思，现在有血性的男人越来越少了。”

“那你是说我不应该与他们来往？”龙剑飞盯着对方，“但这也并非我的意愿，他们要来，我有什么办法。”

“哈哈……”那女子笑了起来，“我并没有责备你呀，千万别误会。”

此时店内的客人不多，龙剑飞索性走了过来，坐在了那女子对面。

在交谈中他得知，这女子叫张凡，南京人，可算是我国改革开放后较早的一批出国留学生，在美国学习公共关系；已成家，先生是在美的二代华人，现在美国一家著名的实验室从事科研工作。她读完硕士后刚刚在美国一家公关公司找到工作，就被派回来做驻华代表，开拓在华业务，现住在离酒吧不远处的广利大厦。

“没看出来，你还是一美国友人呢。”龙剑飞有意将重音放在“美国”二字上，不无讥讽的味道。

“我可从没有想要入美国籍，我是中国人！”张凡显得有点儿生气。

“哈哈哈，”龙剑飞笑了起来，“开个玩笑，别当真。”

“谁和你开玩笑。”可话说完，看到对方那窘迫的样子，张凡忍不住“扑哧”一声也笑了起来。

过了两天，张凡又进了酒吧，还是那个位子，还是要了一杯红酒。

“龙剑飞，我听说是你将红星机械厂的那个大烟囱给拆了？”张凡好奇地问道。

“那只是为了挣几个外快。也算是帮机械厂一个忙吧。”龙剑飞有些得意，但他尽可能显得平淡无奇，好像这对他来说并不是什么了不起的事儿。

“你是怎么干的呀？”

“爬上去，拆下来，拉出去。”

“就这么简单?”

“就这么简单!”

“没有任何安全措施?”她接着说道，“这样做可是违法的呀!”

“是吗?我违了什么法?”

“有关安全的法!”

“那是在你们美国，我们这儿好像还没有这种法吧。”

龙剑飞以挑衅的口吻顶了回去。他从没有碰到过这样自以为是的女人。但他内心却没有丝毫反感，相反地有点儿担心自己在对方面前落了下风，让人家小看。

“你呀，真是一个争强好胜、充满野性的男人。”她无奈地道。

龙剑飞友善地笑笑。

“对了，给你点儿建议好吗?”张凡一脸的严肃。

看到张凡那认真的面孔，龙剑飞也收起了调侃的神情，走过来，坐在了对面。“你说吧，有什么好的建议?”

“酒吧与饭馆是两回事儿，你不能用开小饭馆的做法来经营酒吧……”

晚上，龙剑飞怎么也睡不着，他在思考着张凡对酒吧的责难及提出的改进建议，虽说当时为了使对方不过分得意而有意辩解，甚至是抬杠，但他内心不得不承认，她说的许多问题是存在着的，建议也是正确的，只是自己不好意思当面承认而已。

没过几天，他不知从哪儿买来了一些呼叫器，每个台面放了一个，对娟子两人说，以后客人不按呼叫器，你们就别总是在边上走来走去打扰他们，你们累不说，人家也烦。他还将顶灯取了下来，在墙上装了几个淡红色的壁灯，这使厅内的光线比过去暗了许多，但却给人一种柔和、浪漫的感觉。最后，他竟将酒吧门头上那块不知哪个名人书写的“老树酒吧”的牌匾也摘了下来，定做了一个写有“老树酒吧”的霓虹灯挂了上去，这就解决了过去那种能看清招牌时没有客人，上客时又看不清招牌的问题。他里外端详着，不住地点着头。

他突然想起了什么，对娟子和小梅吩咐道：“今后张凡来，就是总坐在这个座位的那位女士，不要向她收钱了，她签个字就成啦。”

娟子不解地问：“她消费什么都不收钱，只签字?”

“不收!”

“她来了就可以白吃白喝?”娟子不服地再次问道。

“不，她已付过了，她的那些建议值这个价!”

说来也奇怪，酒吧自从按张凡的建议进行了调整后，营业额开始上来了，先是增长了百分之五，后又上升了百分之十以上。更加让人不解的是，每天走进店里来的客人并没有比过去多多少，但进来的多数都会坐下来要点儿什么，再不像过去那样，大多数人进来只是看一看，转一转，一分钱不花就走了。

酒吧的生意渐渐好了起来。龙剑飞晚上一般都在店里盯着。白天，他更多的时间是在四处奔走，打听和了解着注册一家公司所需要的手续和有关情况，并设法与工商、税务、银行等不同部门的人员进行接触。离办理转业手续的时间不远了，在此之前，自己必须选定主攻方向，酒吧只可容身和糊口，并非长远之计。要想安身立命，要有自己的公司才成。

张凡因表妹结婚，回了几天南京老家，一返回北京，她就发现酒吧有了很大的变化。这家伙，虽说嘴硬，但还能听得进去忠告。她会心地笑了笑，进来坐在了那个老位子上，此时天还没黑下来，龙剑飞也还没有回来。

娟子走了过来：“你是张凡吧?”

“是的，有什么事情吗?”张凡诧异地看着娟子。

“龙哥说了，今后你来店里吃什么喝什么都不用花钱了。今天你要点什么呢?”看得出，娟子的神情并不友好。

“为什么?”张凡丈二和尚摸不着头脑。

正在此时，龙剑飞恰巧从外面走了进来。他先发现了张凡。

“你可有段时间没来了。”龙剑飞破天荒地主动问候着，并直接走向张凡，在对面的位子上坐了下来。

“是你说的我以后在店里消费不用付钱了?”

“这只是想表示一下对你的感谢。你看，我这不基本上照你的意见改了嘛。”

“哈哈……你的心意我领了，但钱还是要付的。”张凡笑了笑。心中暗想，你也有服软的时候呀。但她对这个从军营里出来的男人有了更深切的认识，看来这是一个不仅敢作敢为，而且还敢于正视自己不足与弱点的男人，她从内心喜欢这种敢作敢当又敢于承认自己不足的男人。

# 七

五月十一日，是小瑜二十二岁生日，她前几天就来老树酒吧订好了，说是要在店里开个“派对”，来的全是她高中时的同学，如果齐了，有十多个人，这也是高中毕业时，几个最要好的同学约定好的，谁的生日谁请客，大家也好借此不时聚一聚。前两年，小瑜就没有履行约定，因为她本就不是一个好热闹的人，今年她不想再违约了。

娟子她们从一早就开始忙了起来。跑出去买了许多水果、点心和干果食品，因为酒吧不能做热菜，只好在这些方面尽可能搞得丰盛些。下午五点刚过，小瑜就来了，可能是生日的缘故吧，她今天显得格外兴奋，穿了一件黑白相间的方格上衣，下配一条细呢长裙，这使她苗条的身材有了些许成熟的模样。

“龙哥还没回来吗?”

“他一早就走了，说是去哪个大学了。”

“他不知道今天是我的生日吧?”小瑜几天前来店里预订时，就没有见到龙剑飞。

“知道的，上次你走后，他一回来我们就对他说了。他还让我们一定要搞得好一点儿呢。”

是这样，小瑜没再说什么，内心有些失望。

娟子看出了小瑜内心的不快，悄悄说道：“他一定会回来的，他临走时还说不用我们为你准备生日蛋糕，说是他自己去买。”

小瑜邀请的客人三三两两地来了，看得出，他们虽说是高中同学，住得也不远，但平时大家很少能聚在一起，这样的机会并不多，相互问候着，不时地开着玩笑。

“小瑜，听我妈妈说，前些时，这儿的那几个混混让你男朋友狠狠揍了一顿，是真的吗?”一个住在距酒吧不远处的男生问道。可能是他妈妈那天正巧看到了。如此重大的新闻令在场的人全将注意力集中了过来。“是强哥那帮人吗?”有人急着问道，看来胡强他们几个在这一区域的知名度很高，他们被揍绝对是新闻，而小瑜有了男朋友在这帮同学看来可能是更大的新闻了。

“真的呀？你可是深藏不露，有了男朋友连我都不告诉。”一位与小瑜平时十分要好的女生责怪着。

“你们可别误会，我哪儿有男朋友呀。那天是……”可话到嘴边了，小瑜才意识到自己真不知如何才能解释清楚那天发生的事儿。

“是什么?”

“小瑜，我们现在可都是成年人了，不用再像在高中时那样搞地下工作了吧。”一位男生嬉笑着说道。

“去你的，当年咱们班就你做过地下工作。”

“哈哈哈……”这句话可能使大家回想起了当初在中学时搞“地下工作”时的情形，哄堂大笑了起来。

“那人可不是我的男朋友，他是……”

“是什么?”

“他是……”此时的小瑜窘迫到了极点，自己不仅难以说清那天发生的事儿，就是如何向同学们介绍龙剑飞都是一个很难的问题：是酒吧的服务员？还是酒吧老板？或是一个连职军官？她真不知如何向大家说明龙剑飞这个人。

在这些被社会誉为天之骄子的年轻大学生们看来，这三种职业都不是什么值得他们羡慕的身份。但在小瑜心目中，龙剑飞却是一个顶天立地、无所不能的男子汉。她将生日聚会定在这儿，一来是这儿既便宜又方便，人也熟悉。但内心最真实的愿望却是想让自己这帮高中时的同学见识一下龙剑飞。在她看来，与龙剑飞这样的人相识是一件很自豪、很荣耀的事儿。可他的身份……

“怎么说呢……不管怎么说吧，他是一个很了不起的人，或许今天你们能见到他的，到时你们就明白了。”

“是吗？他也要来参加你的生日聚会？”刚责备过小瑜的那个女生向大家挤了挤眼，大家会意地笑了起来。

“不是专门来参加我们的聚会，这酒吧现在就是他经营的。”

“是这样呀。”

娟子她们将准备好的凉菜和水果、点心之类吃食都摆上了桌。其实，大家不等上齐就已吃喝了起来，十分地热闹。

小瑜不时向窗外偷偷窥视着，他该回来了吧？内心盼着龙剑飞能早点儿出现。同时也涌出一丝委屈，今天是自己的生日，他又不是不知道，难道他就如此地不在意吗？

龙剑飞是七点多才回来的，他并非忘记了今天小瑜在酒吧开生日派对，而是从一开始就决定在聚会进行到一半时再回来，只要不耽误了切生日蛋糕就成。自己是出手解救过小瑜，但小瑜也是自己淘得第一桶金的关键人物，感恩的更应该是他。为此，他甚至没让娟子她们买生日蛋糕，他知道娟子一定会以商家的眼光选便宜的。而是自己今天一大早专门跑出去定做了一个很大的蛋糕，还特意要店家在上面用奶油写了“祝小瑜生日快乐”几个字，算是自己给小瑜的生日礼物吧。但他从内心就不想过多地与这帮在校学生混在一起。虽说自己比他们年长不了几岁，但在龙剑飞心中，学生就是学生，还是一帮孩子。

订好蛋糕后，他先是跑到中国人民大学旁听了半天的经济管理学，后又独自一人在学校图书馆呆了好几个小时。说起在人大听课，还要感谢那位几年前在北京执行任务时结识的学生，那时他还在读大三，可现在人家已是人大经济系的研究生了。是他将经济系的课程表抄了一份给了自己，只要有空闲时间或是碰到自己感兴趣的课程，龙剑飞总是设法混进去听听。他明白，这些课堂上、课本中的东西，并不见得对自己今后在江湖上打拼管什么用，但他更清楚，自己在军校和军营所掌握的那点儿知识是绝对不够的。估计时间差不多了，他才从学校出来，到商店取了蛋糕往回走。

小瑜始终留意着门口，龙剑飞还没有走进店里，她就隔着玻璃看到了他那高大英俊的身影。她情绪为之一振，脸有点儿发红，赶忙站起身来，向门口走了几步。

“龙哥，你回来了？”

她转身介绍道："这些都是我高中时的同学。"

她有点儿兴奋地又对着大家说道："这位是龙剑飞，我们都叫他龙哥，现在是这家酒吧的老板。"她说的"我们"也不知含不含自己这些同学，但她内心想当然地认为他们都应当这么叫。

听到她的话音，酒吧内的嬉笑声戛然而止，所有的目光一下子都投向了龙剑飞，在这众多目光的烧灼下，龙剑飞对自己的身份有点儿拿捏不准了。

是这酒吧的老板还是小瑜的朋友？身份不同，在这种场合要说的话也不同。他思量了一下。

"欢迎大家来我们这小店。"说着他将手中的大圆盒放在了桌子上，"今天是小瑜的生日，听说你们都是高中同学，那一定要好好喝几杯，热闹热闹。"说着，他将盒盖打开，是一个三层的大蛋糕。他扭头对娟子说："你到后面拿几瓶红酒来，算是我们店里的一点儿心意。"

安排完，他对小瑜说了几句祝福的话，便转身到了吧台后面，他无意与这帮学生过多地交谈，那儿才是他这个当老板应该呆的地方。

"龙老板，你也是小瑜的朋友，不和我们一起来喝几杯吗？"一个男生说道。

乍听这称谓，龙剑飞感到有点儿别扭。"你们这么多老同学难得聚在一块儿，我这外人就不过多参与了。"

"刚才小瑜说你是当兵的？"坐在角落里的一个男生用怪异的声音问道。

"是的，但我今年就要转业了。"

"当兵多牛！干吗要转业呀？"

龙剑飞听得出，这声音有些敌意，其实，他一来北京，就感觉到了许多人对当兵的有着一种说不出的排斥，能感觉得出他们并不想与你有更多的交往，可又不说出来，这使你无法解释也发作不得，只能是浑身的不舒服。他看了对方一眼，便没有再接话。

"听说你将附近的那几个混混狠狠收拾了一顿，是真的吗？"另一坐在角落里的男生发话问道。

"嗯？啊……那只是一场误会，都过去了。"

从一进门，龙剑飞就感觉到了这帮学生对自己并不友好。这样也好，自己从内心讲也不愿过多地与这些人接触，在他们身上，从小生长在北京的那种莫名其妙的优越感和在校大学生那目空一切的态度混杂在一块儿，真让人受不了。

学生们的聚会在进行着，龙剑飞并不过多地插话。多日的奔波，他真感觉有点儿累了。

此时，他怎么也不会想到，除了小瑜之外，还有一双眼睛自他进来就不时地盯着他。

“这怎么可能，怎么会是他！”那位原本十分活跃的女生，自从龙剑飞进来后，就突然沉默了起来，她百思不得其解。那天，妈妈明明说他是堂哥的战友嘛，只是路过北京来家里看看，怎么现在摇身一变，成了这酒吧的老板？而且好像还是小瑜心目中佐罗式的人物？更让她难堪的是，他进来这么久了，竟没有认出自己来。

这女生正是韩涛的堂妹韩晴。原来，张小瑜与韩晴是高中时的同班同学，两人十分要好，像姐妹一样无话不谈。她无法理解这个当兵的怎么会在这儿出现，怎么会认识小瑜。她更难以接受的是对方到现在竟还未认出自己来。看了一眼身旁因喝了点儿红酒而略显兴奋的小瑜，她再也忍耐不住了，决定不再等龙剑飞认出自己而主动前来打招呼，随即俯身对小瑜说了点儿什么。小瑜满脸惊愕：“是吗？”

“是呀，你一说他就知道了。”

小瑜一时没了主意，不知该不该相信韩晴所说的，这怎么可能，如果是真的那也太巧了吧。旁边的韩晴又推了她一下：“你去和他说嘛。”小瑜只好站起身来，迈着踌躇的步子，走到吧台前，又回头看了韩晴一眼，这才对着龙剑飞小声说道：“龙哥，我的那位同学叫韩晴，她说……她说你去过她家，她……她想让你过去坐会儿，好像有话要说……”

“韩晴？”龙剑飞顺着小瑜的目光望去。啊，这不是韩涛的堂妹嘛。他还隐约记得到韩涛叔叔家时见过的那个傲气十足的姑娘，再根据名字推理，他确认这正是韩涛的那个妹妹。可不知为什么，就在他准备走过去时，耳边又响起那“砰”的关门声，内心有一种被什么东西堵住了的感觉。

龙剑飞下意识地低头看了一下自己的衣着，边说边走了过去：“真对不起，没有认出你来。你父母身体好吧？”

“还好。”

“真没有想到，你和小瑜是同学。”

“更没有想到你摇身一变，从一个当兵的成了酒吧老板。”

“这算什么老板呀，我只是帮人家忙，在这儿干一段时间，也算有个落脚之地。”

“你一直没有回部队？”

“我已决定转业，下个月就办手续了。”

“是这样，我说嘛。”

“对了，你哥下周要来北京，我昨天才和他联系过。”

“真的？我可是有好几年没有见到他了。”韩晴看了一眼小瑜，显出了一丝得意。原本沉默的她，又活跃了起来。

# 八

五月下旬，北京的天儿开始热了起来，人们的穿着也更加多姿多彩。大街上熙熙攘攘，人头攒动。韩涛一下火车，就先奔叔叔家。因为是周末，全家人都在，一阵寒暄过后，话题就转到了龙剑飞身上。

“哥，你那个叫龙剑飞的战友，现在在北京开了家酒吧。”

“是吗？”龙剑飞并没有对他讲近来在北京做什么，只说是让自己来老树酒吧找他，没想到他竟然当了酒吧老板。但他更没有想到堂妹会知道龙剑飞的近况，感觉有点儿惊诧。

“他还认识我的一位高中女同学。两人好像还有点儿那个意思呢！”

“哪个意思？”韩涛好奇地问。

“就是两人相好或谈恋爱呗。”韩晴一副鄙夷的神色。

“不会吧？”这使韩涛更加摸不着头脑了。

“真的，上周我们还见过面的，他俩显得很是亲热。”韩晴用很不以为然的口吻说着。

“哈哈，不可能，他现在满脑子都是寻找出路，想办法在北京呆下去，哪儿还有别的心思。这次就是他叫我来的，说有要事商量。一会儿我们就见面了。”

“他也和你一样是军校毕业？”

“我们俩是同一军校毕业的，但他比我高两届，算是我的学长吧。”

韩晴从韩涛嘴里得知，龙剑飞当年高考时，很有把握上重点大学的，但他为了让父母高兴，只报了军校。这次大裁军，他们所在部队要撤编。连以上干部都面临着转业，像他这么年轻、这么优秀的连职军事主官是可以不走的。但他自己决意要回地方，想在北京自己干点儿事。

“他很优秀？我怎么看不出来。”

“在我们团，甚至在全师，他都是最好的连长。”

约定的时间快到了，韩涛来不及在叔叔家吃饭，急着要走。

“我带你去吧。”韩晴显现出极大的热情。

“不用了，我能找到的，龙连长已将地址告诉了我，离这儿并不远。”

“不，还是我带你去吧。”

“小晴，你哥他们有正事儿，你就别掺和了。”

“我去就不是正事儿啦？哼。”韩晴冲着妈妈努了努嘴。

“真拿你这丫头没办法。”

也不管韩涛是否愿意和父母的态度如何，韩晴说着换了件外衣就往外走。

刚过中午，酒吧内客人不多。两个战友见面了。

“没想到你当了这酒吧老板了。”韩涛很好奇地说道。

“我这算什么老板呀，原来的东家有些事情忙不过来，我只是暂时接手做些日子，也算是有个地方先容下身来。”龙剑飞边让坐，边解释着。他看一眼韩晴，显得有些惊诧。

“你也来了？请坐吧。一会儿你的老同学张小瑜也要来的。”

“是吗，小瑜也来？”韩晴偷偷看了一眼哥哥，那眼神儿的意思，再明白不过了，你看我说得对吧，他俩的关系一定不一般。

龙剑飞看了一眼四周，可能是怕影响酒吧的正常经营，便又站起身来，对韩晴说道：“我和你哥有点儿事儿要谈，你先在这儿坐一会儿，可能小瑜很快就到了。”说着将韩涛让进了小屋。

韩晴感觉自己受到了冷落，可又无法发作。只好无奈地独自坐在外面，不时四处观望着，在娟子她们不忙时，有一搭无一搭与她们交谈几句。

在小屋里，龙剑飞将自己的设想与打算及这些天来自己四处奔走了解到的情况向韩涛和盘托出。

“你是说办一个楼宇装潢公司？”韩涛不解地问道。

“是的，一家专门从事楼房外装修和清洁的公司。”

韩涛虽然一下子还无法理解其中奥妙，如这样的公司做什么、怎么经营、是否能赚钱、市场如何、发展前景如何等，但他相信龙剑飞的决断力。两人长时间地共事，韩涛深知龙剑飞的为人和行事作风，他是不会打无把握之仗的。正如熟悉他们两人的战友们评价的那样，自己善谋划，龙剑飞善决策，一个是当参谋长的料，一个是做主帅的材。看此时龙剑飞那毫不犹豫的态度。他一定有着充分的依据作出这样的决定。

“只要你思考好了，我想一定会成功的。”

“注册资金、场地租用及开办后经营方面的问题，虽有困难，但只要想办法，还是能解决的。我现在心里最没底的是人的问题。你一时无法转业，二牛他们几个干活是把好手，可让他们搞经营、谈业务就是赶着鸭子上架了。别说是他们了，就是我们俩不也同样如此。多年来只知摸爬滚打、舞枪弄炮，可说到办公司、搞经营、想法子赚钱，都是外行啊!”说完，龙剑飞深深地吸了口烟。

“对了，前天和大李通了电话，他不能加入了。因为他妈妈身体有病，家里现在正急着为他办婚事，说是要冲喜。在这种情况下他也不能离开家了。我准备把他留下的钱全部给他寄回去，看病和办婚事都需要钱的。”龙剑飞补充道。

“大李家中只他这一个儿子，有个姐姐听说也嫁到远处去了。他不出来也对。”大李复员前，就在一排，韩涛对大李家的情况更清楚些。

“兄弟，我是真心希望咱俩合起来做点儿事儿，可眼下你又转不了业。”龙剑飞用期待的目光看着韩涛。

“连长……”韩涛刚要说话。

“今后就不要这样称呼了，我马上就脱军装了，以后我们兄弟相称吧。”

“好的，连长……不，龙哥，只要我能脱身，我一定来找你，我们一块儿干番事业。”他迟疑片刻，用试探的口吻说道，“现在大李退出了，你看是否我能参加进来?”

“哈哈，好兄弟，我也是这意思，可一直不知如何开口向你说。关于出钱的问题，你能出多少就出多少，没有也不要紧。”

“那怎么成，我还是设法出五千吧，就算是我顶了大李的那份儿。否则他们几个会有看法的。”

“也好，你如果有困难，一时拿不出那么多，我来想办法。”

哥儿俩正说得起劲。听到外面有女子的说话声。龙剑飞心想可能是小瑜来了。“走，我向你介绍一下另一个合伙人。”

两人从小屋中出来一看，果然是小瑜，韩晴和小瑜两个老同学正说着什么。看到他们出来，还没等龙剑飞开口，韩晴就抢着说道：“小瑜，这是我哥，和龙哥是最最要好的战友。”说着，她撒娇似的用手挽上了韩涛的胳膊。

天儿快黑下来的时候，二牛、小东前后脚也赶到了。

龙剑飞带着他们到了附近一家不大的饭店，要了一个包间，简单地点了几个菜。

待大家落座后，龙剑飞站了起来，说道：“在开饭前，我有件关系到各位切身利益的事儿说一下。”龙剑飞好像又回到了连队，正面对着自己的战士。

龙剑飞将自己的决定告诉了大家，并用了足足半个多小时的时间向大家说明开办楼宇装潢公司的条件和发展前景。

“连长，你就别说这些鸡毛蒜皮的细小事儿了，你说干什么我们跟着干什么不就得了嘛。”二牛可能是饿了，或许也是他听不大懂龙剑飞所讲的内容，嚷嚷着要吃饭。龙剑飞无奈地摇了摇头，苦笑了一下。

“那好吧，但有一件事还是现在说清楚了的好。成立这家公司，我们五个为发起人。注册资金为六万元，其中我出四万，二牛、小东和小瑜各出五千，你们的钱都已在我这儿。大李因母亲有病，而且近期就要结婚，他退出了，他的那份由韩涛顶，也是五千。”

坐在一旁的小瑜听到这儿，刚想说话，被龙剑飞用眼神制止了。

他停了停，喝了口水：“如果你们哪位想退出，现在还来得及。如果没有意见，那从今往后，我们有钱大家赚，失败了大家一起赔。”

“龙哥，我们跟定你干了。我出的五千元，回部队后就寄过来，只是我一时还无法全身心地投入，等以后能转业了，我马上就过来。”韩涛这番话更多地是对着大家讲的。

“开饭啦，开饭啦。哪个孙子才想退呢！”二牛咧着大嘴又嚷嚷了起来。

不善言语的小东在旁接着说道，“连长，需要的话，我这次就可以不回去了。”

“小瑜，你呢?”韩涛向身边的小瑜问道，虽说是初次见面，但韩涛对小瑜显得十分关切。或许因为她是韩晴的同学，或许因为她是龙剑飞的朋友，还是因为自己对她有着一种说不出的好感，关于这一点，连韩涛自己也搞不清楚。

“是呀，你愿意和我们这些傻大兵混在一块儿吗?”二牛也看着小瑜。

小瑜见大家都盯着自己，有点儿害羞似的说道：“我可能为公司做不了什么，但我相信龙哥，相信你们这些当兵的。如果钱不够，我还可以和家里要，多出些。”

“注册这样的公司只需五万元。搞装潢也不需要很大的前期投入。我们有六万元，基本上够了。”龙剑飞环视了一下四周。

“那好，如果大家没什么意见，这事儿就这么定了。”

龙剑飞站了起来，端起了酒杯：

“来！为了公司的成功，干了这杯!”

坐在韩涛身边的韩晴，看着大家这种兴奋劲，感觉有点儿好笑，心想这些傻帽儿，办公司就这么容易呀，赚了好说，要是赔了呢。虽说她对小瑜能够参与其中，还是什么发起人之一，充满了羡慕和醋意，但让她自己拿出钱来，和这些傻大兵搅到一块儿，那是绝不可能的；五千元，虽不算多，可也不是个小数目，而且她从内心就没有看出来这些人能成功。

临走时，小瑜凑到龙剑飞身边小声说：“明后天我就把欠的两千元送过来。”

送走韩涛他们三个，龙剑飞便四处奔走，为注册公司忙碌着。他先是与一家生源严重不足的小学联系，谈好租用临街教学楼一层的两个教室。后就是跑工商、税务等相关部门。用了足足有一个多月的时间，营业执照总算办下来了，细一算，公司还没开张，为了办执照，请客送礼竟花了两三千元。

第二天，他原本想好好睡一觉的，但娟子却不放过他。连日来，龙剑飞很少在店里，酒吧基本上是由娟子她们俩支撑着。

“龙哥，你就这么相信我们呀，你不怕我们拿了店里的钱走人?”

龙剑飞听出了娟子的话外音，连忙说道：“好娟子，哥这些天不是忙嘛。再说了，哥信不过娟子那还能信得过谁呀?”

他看了看娟子递过来的账本，高兴地说："我不在店里，这不你们也干得很好嘛。"

他想了想道："娟子，我以后在外面还有别的事情要做，可能顾不过来这酒吧了，你能不能代哥多操点儿心，把这儿的一些具体事情管起来？"

"你是说让我管这酒吧？"

"是这意思。"龙剑飞微笑着，点了点头。

他用信任的眼光看着娟子那清秀而纯真的脸："如果你同意，你的工资暂时不动，但你月奖提取比例增加到百分之二，这样对小梅也好说。你看成吗？"

娟子对龙剑飞的信任感到有些受宠若惊，但她又有点儿担忧和害怕。

"可我怕自己做不好，那样儿会让你失望和生气的。"

龙剑飞用手轻轻地拍了拍娟子的肩膀："没问题的，你能成，这些天你干得不是很好嘛。再说了，就是出了什么问题，哥也不会怪你的。"

娟子因为激动，脸有些微微泛红，显得更加纯朴："那我一定好好干！"

娟子突然想起了什么："龙哥，那个叫张凡的这些日子来过多次，但她每次都坚持要自己结账，还总是问起你。"龙剑飞笑了笑，没有再接话。心中暗自想着，真是一个特别的女人，可特别在哪儿，他自己也说不清楚，论相貌，虽说张凡的身材很好，长相可也算不上十分漂亮。但她那气质，那神态，举手投足间，都透出优雅和知识女性所特有的那种温柔，这一切无不令龙剑飞怦然心动。

# 九

在西三环路的东侧，一栋建于五六十年代的六层楼被近几年新冒出来的高楼大厦紧紧挤着，深红色的外墙面，因长年的风吹雨淋，看上去变成了土褐色，有的地方的墙皮也脱落了下来。这与周围的大楼形成了鲜明的对比，活像一个夹杂在壮汉中间的小受气包。这是一家市级出版社的办公楼。龙剑飞早已注意到了它。

这些天，他总在思考着张凡提出的那个问题："不论你想做什么，怎么能让人们认识到你，让市场接受你，这才是创业初期最关键的问题。"是啊，公司是成立了，可知道它存在的人也就是参与其中的几个，在电视里、报纸上做广告之类的传统方法，他想都不敢想，那要花很多的钱。可总要让人们知道自己的存在呀。

他咬了咬牙，决然地走进了这栋大楼。

"你是说你们干这项工程一分钱不赚?"社长透过厚厚的眼镜盯着面前的这个小伙子。

"是的，甚至可以说我们愿意赔着钱来干。而且绝对保证质量。"

"你们是一家专门为了赔钱的公司?"社长讥讽道。

"不，我们也是为了赚钱，而且是为了赚大钱。但那是以后的事儿，在您这儿我不想赚。"

"那你到我这儿来的目的是什么?"

"让人们知道有这样一个公司，有这样一群人，还想让大家知道我们能做什么，做得有多么的好。"

社长抬头重又端详了一番这个闯进自己办公室的年轻人："这样说来你是想拿我这儿当样板，做广告？"

"可以这样说，但这对你们也有利，只需花些工本费，就可使这大楼焕然一新。"

社长认可似的点了点头。沉思了好一会儿道："你过两天再来，我们需要研究一下。"

回到酒吧，龙剑飞和娟子打了个招呼，就直接进了小屋，躺在了沙发上，可能是因为没有白天睡觉的习惯，虽说又累又困，可怎么也睡不着。两天之内，他再没有什么事情可做了。出租教室的学校几次来电话催着要他去签合同，但这事儿并不急，能拖一天是一天。酒吧已交给了娟子管理，这才刚开始，最好别过问得太多，让她自己干着看看吧。经过一段时间的观察，他发现娟子虽说只是初中毕业，但却十分地机敏，而且几年在外打工，使她竟比那些大学生们更显成熟些，像迎来送往、进货收账这些事儿，对她来说绝不在话下。

在百无聊赖之际，不知为什么，他突然希望能见到张凡。自打认识张凡以来，每到关键时刻，头脑中总是会出现她的影子。虽说两人相见的次数并不多，而且每次见面总是争来斗去，有意压制和取笑着对方，但龙剑飞不得不承认，这是一个自己所认识的最为心仪的女人，她的智慧和学识，她的超然与冷静，并没有掩去她作为一个女人的温柔与善解人意……他也知道对方已为人妻，而且还比自己略大一点儿，可内心还是渴望见到她，不知为什么，与她在一块儿时的感觉就是比与其他女人在一起时要好得多、特别得多。这倒不仅仅是可以从她身上得到许多自己所欠缺的知识与信息，每当与张凡在一起时，自己就沉浸在一种愉悦和兴奋的心境之中。

说来也巧，就在他独自回想着与张凡唇枪舌剑的情景时，忽然听到张凡的声音从外面传了进来。他一阵激动，立马跳了起来，刚想推门出去，可又猛地停住了脚步，忍了忍，从门缝往外瞅了瞅，转身重又躺在了沙发上。

不一会儿，随着几下敲门声，娟子在外面说道："龙哥，张凡姐来了。"龙剑飞这才推门出来，用手揉了揉眼睛，好像是要告诉对方自己刚刚睡醒似的："哟，你来了？有几天没有见到你了，近来一切都好吧？"

张凡刚坐在那个老位子上，扭头微笑着："你可真是大忙人呀。"

"哪里是什么大忙人，只是为了生存奔波而已。"

"听说你成立了一家装饰公司?"

"算不上是什么公司，只是几个战友合起来想做点儿事情，也好在北京有个落脚的地方。"

龙剑飞坐到了张凡的对面，将公司的情况简单地向对方说了一下。

"就是那几个拆烟囱的?"

龙剑飞点点头。

"哈哈，你们做这样的公司可真是用己所长了。"张凡认真听着，不时插着话，"北京刚举办过亚运，又在申办奥运，城市美化与包装是一个大课题。楼宇外装饰，市场需求应当很广泛，据我所知，北京很少有这方面的专业公司。亏你们能想得出来。"张凡用清澈的目光看着龙剑飞，充满了赞许。

"对了，我还准备赔着钱接第一单生意。"

"赔钱做生意?"张凡十分地不解，身子向前倾了倾。

龙剑飞将自己的打算和与出版社接触的经过告诉了张凡。张凡边听边思索着。"在目前你们所处的情况下，这倒不失为一个广而告之全社会的办法，但这也要冒很大的风险。人员集中起来了，要吃要住要工资，你还需购置必要的设备，如果局面一时打不开，你们的代价可不小啊。"

龙剑飞忧虑地点了点头："没有更好的办法，只能破釜沉舟了。"

"如果在没有其它生意和进项的情况下，你能坚持多久?"

"四五个月吧，如果把酒吧的赚头算上，最多能支持一年。要真是一年还没有什么起色，那我可就……"他没有再往下说，也无需再说了，其惨相不言自明。

"现在是七月份，我想'十一'前这段时间，应当是有机会的。但一定要好好地策划一下。"张凡关切地提醒着。

第二天下午，两人如约又来到了酒吧，张凡带着一大包资料："这些是西方国家有关公司内部组织、运营程控和人力资源管理等方面的书和资料，你有空时可看看，他们搞市场经济上百年了，一些经验和做法总有些参考价值的，特别是现在你的公司刚刚成立。"

张凡不停地说着，随后她又拿出几页纸来，有点儿不好意思地说道："根据你说的情况，我昨晚简单地搞了一个项目策划，还有工作服的式样，也不见得有用，仅供你参考。"看着张凡递过来的这几张纸，龙剑飞内心十分感慨，多年来他很少近距离地接触女人，更别提一块儿共事了，在他心目中，女人一般是做不成什么大事的，而且越是漂亮的女子，越是绣花枕头。但面前这个女子却让他不得不服。两人一项一项地讨论着，一直到深夜。

在出版社社长的办公室。除了社长和龙剑飞，办公室主任和后勤处长也被叫了进来。

社长低头端详着龙剑飞上次来时留下的名片。"龙经理，我们研究了一下，大楼确有装饰一下的必要，只是不知你们的报价如何？"

"我这次不做报价，你们只需考虑用料的进价就成。如果你们认为合理，能管我的员工一日三餐，那我就万分感谢了，如果有困难也就算了。"

"你真要赔钱干这活儿？"

"是的。"

一边的后勤处长话中有话地问道："由你们负责购进所用材料吧？"

"也可由你们备好所需材料，我们来施工就成。"

这样只考虑单方面利益的谈判进展得十分顺利，不一会儿就敲定了。社方备好各种材料，由龙剑飞带人施工，施工期为二十天，一周后进场开工。

最后，社长望着龙剑飞那张充满真诚的脸说道："我们社的食堂中午开，你的员工可免费就餐，但早晚就不成了。"他看了看办公室主任和后勤处长，内心估算了一番说道："这样吧，你的施工人员每人每天补三十元，以八人为限，算是餐费和工资吧。你看如何？"随后他冲龙剑飞笑了笑，"不管怎么说我们也是正儿八经的国家事业单位，总不能让你们白干活儿的。"

龙剑飞万没有想到对方会这样慷慨和体谅自己的难处，看这情形，他们好像是事先就商量好了的，内心十分感动。

"这样的话，就太感谢你们的关照了，我们一定保质保量地做好这一工程。"

"那好吧。"社长又对后勤处长说："具体细节你们谈，尽快签订合同，一周后开工。”

拿着这纸合同，龙剑飞既兴奋，又有一种说不出的感觉，心里沉甸甸的。自己的军友楼宇装饰公司，开张签的第一份合同竟是赔钱的合同。虽说合同内容比事先估计的要好一些，但总体上说还是一个赔钱生意。

与学校签房屋租用合同时又出了问题，这也怪自己，当时并没有考虑到电话的重要性，但按照张凡的设计，电话是必不可少的。可租用的教室内原来就没有电话，要是新装一部，还不知要等多长时间。为此，龙剑飞与校方交涉了好半天，总算将一位快退休的副校长的办公电话移了过来，为此，月租金又加了一百五十元。

两天后，二牛、小东带着行李来了。韩涛那边选定的几名战士虽说已确定今年复员，但还没有到离队的日子，只好请假来了四人。人员基本上够了。他们几个用了足足两天的时间，将一间教室用木板从中隔了起来，小的作为龙剑飞的办公室兼卧室，大一点儿的哥儿几个住。另一教室留做办公和接待用。

小瑜此时已放假，当她得知公司就要开张时，内心一阵兴奋和好奇，不管怎么说自己也是合伙人之一，她不时跑来想帮着做点儿什么，可也插不上手，只好站在一边呆看着。“这儿的活你干不了，你只要多陪陪我们龙哥就成了。”二牛揶揄着，说完咧着大嘴哈哈笑了起来。小瑜好像做了什么错事被别人发现似的，脸一红，低下了头。这帮兵哥，没深没浅的，怎么能这样说话。但她从内心并不反感，甚至还有些高兴。

买了些必备的办公和生活用品，龙剑飞他们全部搬了进来。军友楼宇装饰公司的牌子就这样挂了起来。

“妈妈，你看，蜘蛛侠！”西三环的辅路上，一个三四岁的小男孩儿突然对拉着他的妈妈喊道。顺着他所指的方向看去，只见三个穿着纯黄色工作衣、头带纯白色安全帽、系着安全索的人，在半空中飘来荡去。每个人背后印有“军友装饰”几个红色的字，下面还有电话号码，十分地醒目。“这不是蜘蛛侠，是工人叔叔们在工作。”但小家伙说什么也不走，仰着头看了好半天。

“龙哥，照这样干，我们十一二天就能完活儿。”午休时，二牛说道。

“不，要注意安全，控制好进度，活儿做得细一点儿。”

“那也用不了二十天呀。”

“那就再细点儿！”

“要不我们中间停几天，顺便也好腾出手来把咱那吃饭睡觉的地方好好收拾一下？”

“不成，这儿就是没事儿了，你们也要给我在半空中挂着！”

看着龙剑飞那严肃的面孔，二牛不敢再吱声了。

龙剑飞再一次重申了安全纪律：“你们给我记住，每次上去前，必须相互检查安全设施，绳索、扣环、绞盘等要一项一项地查，自己查的不算，必须由别人查。检查者对安全负责，出了问题，唯检查者是问！”

龙剑飞十分明白，干这种活儿，修补破损，刷涂料并没有什么技术含量，虽说他们过去没有干过，但马上就可学会并熟练起来。高空作业更是这帮兄弟的拿手好戏，在部队不知练过多少次了。但也正是因为这一点，他怎么也放心不下。这些家伙，凭着自己在部队练就的身手，可能根本就不把这活儿当回事儿，万一出了闪失，公司完了不说，这可都是自己患难与共的兄弟，怎么向他们的家人交待啊。

安排好一切，龙剑飞抽空又回了一蹚部队，办理了转业手续。与战友们喝了一顿大酒，算是正式与军队告了别。突然之间脱下了军装，内心没有了归属感，他感到一阵孤独和恐慌，将军梦彻底破灭了，新的梦想是什么？他自己一时也没有清晰的构想，只能是走一步看一步了。

回到北京，工程还在进行之中。按照龙剑飞的要求，二牛他们精雕细刻，严格控制着进度，几个人穿着公司定做的工作服，像杂技演员般在半空中荡来荡去，引来众多路人的驻足观望。二十天的期限到了，才算正式清场完工。

结算下来，因定做了二十套工作服和购置了三套安全索，承接这单生意不但没赚到钱，还赔了近两千元。这在二牛他们看来，无疑是出师不利，首战告负。几个人就像溃败的散兵游勇，耷拉着脑袋回到了公司，而龙剑飞始终一言不发，脸上既没有兴奋的表情，也没有丝毫沮丧。不管怎么说，公司正式亮相了，一切都在按计划进行。效果如何，此时谁也无法断定。他在焦急地等待着，等待什么连他自己也不知道，只是在等待，等待，等待……

几天过去了，龙剑飞很少离开他那办公室兼卧室，就是张凡相约，他也推掉了，就这样，他一直守在电话边，电话曾响过几次，他的心总是随着电话铃声响起而激奋，又在接听后跌入低谷，都是找那位副校长的。渐渐地，他心情越来越沉重，甚至开始怀疑起自己的计划来，折腾了近一个月，赔了两千多，兄弟们累了个半死，难道一点儿反应都没有？此时的他，脑海中甚至闪现出了应对最坏情况的念头，开始计算起公司现有资金还能支持多久，如何善后等事项来。

就在他的信心即将消失殆尽的时候，突然，桌上的电话嘟——嘟——地又响了起来。龙剑飞赶忙拿起话筒。

“是军友装饰公司吗？”

“是的，这儿是军友公司。”听到对方这问话，龙剑飞激动得手有点儿微微发抖，“你是哪里？”

对方并没有回答，而是继续问道：“你们是专门从事室外装饰的吗？”

“是的，您有什么需要吗？”

他边听边用笔飞快地记着。

第二天一早，他叫上高小东，赶到了红都饭店。

这是一家老牌的涉外饭店，随着改革开放，北京的高档饭店雨后春笋般冒了出来。红都往日的风光已去，面临着激烈的竞争。改变一下外在形象，设法吸引游客的眼球，这或许也是红都应对市场竞争的一招吧。

六层大楼，外加一个大餐厅，重新粉刷一遍。包工包料，出价六万。龙剑飞估算了一下，用料约需两万七八，利润还算丰厚。但对方要求的时限很紧，必须在两周内完成，而且还不能影响饭店的正常经营。

“两周内完成，又不能影响正常经营，这……”龙剑飞并没有马上答应，“特别是餐厅，一日三餐，人来人往，白天无法施工啊！”

“这样吧，我们再加五千，算是加急费，不能再多了。你必须保证两周内完工。”原来红都下个月要接一个境外的大型旅游团，一定要在他们入住前结束施工。

离开红都饭店，龙剑飞长长叹了口气。多日来紧绷着的神经舒缓了下来，他开心地笑了笑，只要有活儿干，就能生存下来，而且他十分自信，只要公司在初创阶段能生存下来，那以后就能生存得更好。

“十一”马上就要到了，可能是许多单位都想以崭新的面貌迎接国庆，展示自己吧，红都还在连夜施工，联系业务的电话就不断地打了进来，有的干脆直接找上门来。刚被龙剑飞从老树酒吧调到公司专门负责内勤、接待和接听电话的小梅忙个不停。

从承接红都饭店工程开始，公司又一连签下几份合同，将“十一”前的两个来月基本上排满了。虽说因公司刚成立，龙剑飞除了有几个患难与共、得心应手的兄弟之外，真可谓是一穷二白，干起来不是少这就是缺那，需不断添置家什才能维持运转。但每单下来总还会有些赢余。总的一算账，两个多月下来，竟也赚了三万七八，公司生存下来不成问题了。

# 十

临近“十一”时，龙剑飞决定放假一周，也好让大家伙儿回家看看，特别是刘猛和赵敏杰他们四个刚从部队复员的小伙子，有两年多没有回过家了。原本自己也想回蹚老家，但韩涛来电话说节日期间设法来北京，加上还有些工程款需要在节前结算，龙剑飞只好放弃了回家的打算。

送走大伙儿，公司上了锁，龙剑飞又回到了酒吧。不知为什么，在龙剑飞内心，酒吧有种“家”的感觉。这可能是因为这儿是他只身闯入北京的第一个归属和落脚点吧。

新招的两名服务员虽说很勤快，但一眼就知道她们从未干过这种工作，手脚忙乱，眼中没活儿，显得木呆呆的。娟子不时提醒、调教和催促着。酒吧在她的打理下，生意还算正常。

整整睡了一天，这可能是他到北京以来睡得时间最长，也是最安稳的一次。直到韩涛来了，娟子才轻轻叩门，将他叫醒。

韩涛是先到叔叔家将行李放下后才来酒吧的。

距上次韩涛来北京的时间并不长，但这段时间以来确也发生了巨大的变化，两人一见面便有说不完的话。一直聊到快到晚饭时间了，韩涛才突然想起了临来时与韩晴说好的事儿。

“龙哥，今晚到我叔叔家吃饭吧。”

龙剑飞对这样的提议感到有些突然：“这样不好吧，会给家里添乱的，不如咱哥俩去街对面吃火锅，也好喝二两。”

“我已经和家里说好了今晚我们两人去的。”韩涛违心地解释着。其实，并不是这么回事儿，让两人到家吃饭这是韩晴的主意。

“哥，今晚你和龙剑飞来家吃饭吧。”就在韩涛要出门准备到酒吧找龙剑飞时，韩晴说道。

韩涛的婶婶在一旁可能是怕来不及准备，瞅了自己这被惯坏了的宝贝女儿一眼，对韩涛说道：

“今天太仓促了，你叔叔也不知是否能回家吃饭。要不以后抽机会再……”

“不嘛，就今天！我这就给爸爸打电话，让他今晚早点儿回家。”小晴撅着嘴，坚持着。

“好，好，好。就今天。”小晴的妈妈无奈地摇了摇头，忙着准备去了。

韩涛面对如此局面，也不好再说什么，他从内心希望龙剑飞和叔叔家走得近些，特别是韩晴。但他也有些担心，从龙剑飞很少提及初进北京时来叔叔家的情况分析，韩涛感觉到龙剑飞好像并不想更多地来往，也不知当初发生了什么事情。他深知龙剑飞的为人，自己不想做的事情，旁人很难拉得动他。他更了解韩晴的个性，这两人恐怕很难相处啊。但他这次一来就发现韩晴对龙剑飞的态度发生了极大变化，好像很在意龙剑飞，能感觉出她希望与龙剑飞走得更亲近些。

“那好吧。”龙剑飞想了想还是同意了。两人出了酒吧，路过商场时，龙剑飞非要进去买些礼物不可。

韩晴在家里真是个说一不二的主儿，龙剑飞他们进家时，韩涛的叔叔奉女儿之命已经赶了回来。

“小涛，你可晒黑了些。”叔叔十分热情地将两人让进屋。又对龙剑飞说道：“听小晴说你在北京开了一个酒吧？”龙剑飞十分谦和地回答道：“这也是为了在北京有个落脚的地方。”

“爸，人家现在还是一家装饰公司的老板呢。”

“是吗？不到半年的时间，就开创出了自己的一番事业，年轻人不简单呀。没给咱们这些当兵的丢脸。”说罢，他满意地看着龙剑飞，微笑着。

饭菜十分丰盛，多数都是从饭店买的现成的。席间小晴的话最多，小晴的爸爸、妈妈不时附和着女儿的话题，显得十分融洽和自然，而在龙剑飞眼里，父母这样娇惯女儿，似乎有点儿过分，但怎么个过分法自己也说不出来。也难怪韩晴在外总是自我感觉良好，时时想显示自己的存在，不论和什么人在一块儿，总想着要比别人高出一头，成为其他人围绕的对象和群体的核心。

“吃完饭我们看电影去好吗？最近刚上演美国大片《亡命天涯》，听说很不错的。”还没有吃完饭，韩晴就又有了新的动议，她不想让父母过多地参与自己的事情，因为此时在她自己心目中，龙剑飞已成了她个人的朋友。她更希望自己独自与他们在一块儿。

韩涛看了一下龙剑飞：“我可是有几年没有进电影院看电影了。”

“是啊，在部队，操场就是我们的电影院。”

“那我们一会儿就去看。”小晴很是兴奋，用十分决然的语气宣布了自己的决定。

龙剑飞突然想起了原定今晚的安排。

“可原准备今晚上几个人要碰一下面的。如果看电影……”龙剑飞一时不知如何是好，本想将话题岔开，可看了看韩涛和韩晴父母那微笑着的表情，想了想说道，“如果是这样，那你给张小瑜打个电话，叫上她一同看电影去。”

“叫小瑜与我们一同去？”韩晴不解地问道。

“是呀，这不你哥大老远来了，原定我们几个人今晚要会面商议些事情的。如果看电影，那就只好边看边谈了。”

“对，对，对，请小瑜和我们一同去。”韩涛也想见到小瑜，便附和着。

“刚成立的一个小公司，有什么大事儿呀。”韩晴很不以为然，一脸的不悦。

“公司开始营业了，我们在财务上还没有一点儿章法，也没有财务人员，总不能让我像大街上摆摊儿的一样，一手收钱一手交货吧？现在你哥来了，我们几个也好商量一下今后怎么办。”龙剑飞解释着。

“嘿，我还真忘了，人家可是你们的合伙人呢。那好吧，我给她打电话去。”说完，韩晴一转身进里屋去了。

不一会儿，她走了出来：“小瑜家没有人呀，我拨了两次，都没有人接。”

“没有人接？”或许是节前全家人出去逛街了，龙剑飞有点儿自责，本来今天一早儿就应当打电话约她的，可自己一觉睡得什么都忘了。

“你明天什么时间回部队？”

“晚饭前归队就成。”

“那你坐中午的火车应当来得及的。我们只好明天一早再碰面了。”

看完电影，韩涛要送韩晴回家，自己也就在叔叔家住了。分手后，龙剑飞看了看时间，心想现在小瑜一定回家了，便找了一个公用电话。“喂，是张书记家吗……是阿姨吧？我是龙剑飞。小瑜在吗……小瑜，韩涛来北京了，我们晚饭时就想约你一同看电影的，可打电话家里没有人。

“什么？你一直在家？全家人都在？”听到电话传来小瑜的声音，龙剑飞心中一动，感到十分惊诧，这怎么可能，难道说……他没有再往下想，赶忙掩饰道：“那可能是我拨错号码了，你看我这记性，真是对不起。

“明早你有空吗？韩涛明天中午就要回部队，有些事情我们需要商量一下的。

“还是我们几个商量一下的好。二牛和小东我已征求过他们的意见了。”

第二天早上见面时，龙剑飞再没有提及昨晚打电话的事儿，但他内心感觉十分别扭，是她拨错了号码？还是……如果是后者，她怎么可以这样，还是老同学呢。可韩晴为什么要这么做？难道……唉，这些女孩子，真是难以理解。

随后的一段日子，韩晴有事儿没事儿总往公司或酒吧跑，比小瑜来得还勤，对龙剑飞也格外热情、主动。她此时有点儿后悔，当初要是自己也拿些钱出来就好了，真看不出，这几个当兵的或许还真能成事儿。在她看来，是否能赚到钱，并不是主要的，但她说什么也不愿落在小瑜后边，而且……

张小瑜还是像往日一样低调，从她看龙剑飞的眼神中，能读出她内心的敬佩、信服和爱意，在他面前，她好像没有了自己的个性似的，不论碰到什么问题，老是那句“听你的”。有时两人独自在一块儿，她的话也不多，总是默默地听着、看着。但龙剑飞能感觉出，这两个老同学之间好像是在争、在比，谁也不愿落在对方后面。而她们争夺的却是自己对她们的注意力，虽说她们两人在一起时，还与往常一样有说有笑，显得亲密无比，但在与自己独处时，韩晴好像总是有意无意地暴露着小瑜的种种弱点，而小瑜也在有意回避着一切有关韩晴的话题。面对这两个如花少女的芳心相倾，龙剑飞只有暗暗苦笑，他不知为什么，总是将这两个姑娘与张凡进行比较。在他心目中，她们还是学生，学生就是未成年的孩子，还算不上是真正的女人，她们在争夺着根本不属于自己的东西。

“十一”过后，二牛他们几个陆续返回北京，那几个复员战士在老家也找不到更好的工作，和家人商量后，决心跟着龙剑飞他们干了。

按照与其他几个人商量好的，龙剑飞聘刘姐为公司的财务顾问，平时不用坐班，在她的帮助下，公司建立起了台账和必要的财务制度。节后的活儿少了些，但他们还是排得满满的；每单虽说赚不了太多，但公司却总是很忙碌，显得很是红火。

# 十一

张凡回公司述职，在美国呆了近一个月，她回到北京时，已是深秋。自打认识龙剑飞以来，这个行伍出身的硬汉形象就不时出现在自己的脑海中。忙过了一阵子，她又想起了龙剑飞，这个天马行空、敢作敢为的家伙，也不知近来情况如何。自回国工作以来，她所碰到的目光，不是充满嫉妒和猜疑，就是尽显讨好和阿谀奉承。特别是那些年龄相仿的男人，自尊者为了维护自己那可怜的自尊而回避着与她的过多接触，而更多的人却不时显出一副媚态，看着让人恶心。而与龙剑飞在一块儿时，她感受到的却是平视的目光，体验的是一个女人与一个男人的交往与沟通。她喜欢甚至可以说是渴望这种感觉，甚至可以说，和自己的老公在一块儿时，也很少有这种感觉。

“张凡姐，你可好久没来了。”看到张凡进来，娟子打着招呼。

“前些时我不在北京。怎么样，生意还好吧？”张凡说着又走向那老位子。

“还算好。”

张凡要了一杯咖啡，她四周扫了一眼，发现龙剑飞住的那个小屋门开着，里面好像没有人。

“龙剑飞还在忙他的装饰公司？”

“是啊，那边好像特别忙，他现在很少过这边来。这不，将小梅也调到那边去了。我真担心自己做不好，那时他可别怪我。”说着，娟子甜甜地一笑，显得纯真而可爱。每当说起这事儿，她便有些激动，在她内心，龙剑飞对自己的信任远比自己能在店里管事儿或挣得更多些重要。

“你能成的，这不干得很好嘛。”

张凡看到龙剑飞不在，坐了一会儿就准备起身离去。

“对了，张凡姐。”娟子迟疑了一下，低声说道，“龙哥每次来都问起你来没来过。他还说……”张凡听到这话，停住了脚步：“他说什么?”

“他说你是他见过的最特别的女人。”

“哈哈哈，你看我特别吗?”张凡盯着娟子那纯真无邪的面孔，好奇地微笑着。

“是有点儿特别，可我也不知道特别在哪儿，让人好羡慕。”可能是因为张凡从没有使用过龙剑飞给她的特权，每次来，不论消费多少，总是结了账才走，此时娟子对她的敌意早已消失。

“好娟子，我们都是女人，只是你还小，等你长大了，你就又会羡慕那些更年轻的了。”

回到广利大厦自己的房间，张凡犹豫再三，还是拨通了军友公司的电话。

“是军友公司吗？请找一下龙剑飞。”

对方好像听出了她的声音。“张凡！是你吗？好长时间不见啦。”电话里传来龙剑飞爽朗而兴奋的笑声。

在广利大厦下面的餐厅。张凡对急匆匆赶来的龙剑飞说：“这儿的牛排不错，今天我请客。”

“哪里能让你请呢。你可是刚从异国他乡归来，我为你接风洗尘才对。”

“看来生意做得不错嘛!”

“喜欢喝点儿什么？你在国外时总是喝红酒吧?”

“今天随你，你喝什么我就喝什么。”

“真的?”龙剑飞恶作剧般问着，“那我可要喝高度的了。”说罢，哈哈哈笑了起来。

“高度就高度。今天我们一醉方休!”张凡一反常态，并没有退缩，好像对酒有了迫切的需要。别看她平时在酒吧常常要杯红酒，可那是一种西方人喝酒的做派，重在自己的感觉和体验，并非像中国人喝酒那样，在比拼劝诱中营造气氛，相互拉近情感上的距离。可今天，她更像是一个常在酒桌上应酬的中国女人。

龙剑飞突然间意识到，再这样下去，张凡下不了台不说，也显得自己太不男人了，俗话说男不和女斗，何况还是在酒桌上。便冲张凡不好意思地笑了笑，赶忙改口道：

“哪能呢，开个玩笑，我们还是来瓶红酒吧。”

“来，为你从美国归来干杯！”“也为你创建公司成功干杯！”两人互视，举杯相碰，一饮而尽。

“往你的房间打过几次电话，总是没有人。我还以为你从地球上消失了呢。”

“临走时本想告诉你的，可那几天一直没有碰到你。”张凡临走时，确实想和龙剑飞说一声的，但没有说并不是像她说的这样是因为没有碰到龙剑飞，而是她怎么也无法说服自己，为什么要主动告诉这个男人自己的行程？他是谁？是自己的什么人？她对龙剑飞多日来没有联系自己而有点儿赌气。这家伙，也不说打电话问候一下。

“我说嘛，美国女士不应该不辞而别呀。”

“去你的。你这个自以为是的家伙。”

“哈哈哈……”两人开心地笑了起来。

“这次到美国一定十分愉快吧，夫妻俩也能好好聚聚。”

“还好。公司想进一步开展在华业务，这次召我回去就是要研究确定对华扩展计划。现在许多跨国公司都想进入大陆市场，好像我们中国是个大金矿似的。”

张凡答非所问，在龙剑飞面前，她不愿提及自己的先生。不得不承认，先生也是一个很优秀的人，但却是另一类型，他只知研究和实验，满脑子都是诺贝尔奖，而不知世上还有其他……而且俩人……唉！

想到这儿，张凡内心十分地压抑和郁闷，便将话题引了开来。

“你的公司近来情况怎么样？”

“活儿不少，只是赚头并不大。初创时期，我不想过早地提价。”

“这样也好，树立一个好的公司形象，这对今后的发展有好处。只是你要格外注意安全，你们干这种活儿，安全是第一位的。”

“是啊，这帮家伙，难管得很呢！”龙剑飞若有所思地点点头。

两人边聊边喝，不知不觉中，时间过去了一个多小时，一斤半装的红酒已见底。只见张凡白皙细腻的脸透出些许红色，显得更加动人。她用略带醉意的目光看着龙剑飞："要不我们再喝点儿白酒，也好满足你的心愿。"龙剑飞看了看桌上的牛排，微笑着："我也差不多了。牛排还没吃呢，都凉了。"他叫服务员拿走重新热了一下。其实，这点儿红酒对龙剑飞来说算不上什么，但他感觉到张凡的酒量并不大。

吃过牛排，龙剑飞借故去洗手间，先到前台结了账。回来时，他发现张凡努力地强睁着双眼，便说道："时间不早了，我们也该走了。"

"自己能上楼吗?"走到电梯边，龙剑飞关心地问道。

"你就不能绅士一点儿?"张凡娇嗔地看了龙剑飞一眼。

"这么晚了，我是怕你不方便……"

"怕我？什么年代了，真是的。"

张凡用手轻轻挽着龙剑飞，一块儿进了电梯。

在电梯里只他们两个人，随着电梯启动时的晃动，张凡将头很自然地依在了龙剑飞宽阔的肩上："今天怎么搞的，喝这么一点儿红酒，就有点儿头晕。"

"那你还逞能要喝白酒。"龙剑飞用手臂半扶半搂着张凡的腰，生怕她站不稳，关切多于责备地说道。

张凡住的是一个商务套间，外间当做了办公场所，靠窗摆着一张写字台，上面堆满了书籍和资料。对面靠墙还有一张小一点儿的办公桌。这使原本不大的房间显得格外拥挤。里屋的门半开着，看来是张凡的卧室。

龙剑飞扶张凡坐在沙发上，为她倒了杯茶水："喝点儿水解解酒吧。"

或许是茶水真有解酒的功效，没多一会儿，张凡感觉好了些许。她默默望了一眼无所适从的龙剑飞："你也坐呀，站在这儿真有点儿像一个犯了错误的学生。"说罢，咯咯笑了起来。

"太晚了，我就不坐了，你也需要好好休息一下。"龙剑飞违心地说道。从内心讲，他极不愿意告辞。这段时间以来，张凡的身影不时出现在他的脑海中，每当想到她，自己便体验着一种激动和渴望，这可是他从未有过的感觉。

看着张凡略有困意的样子，他不知自己是否应当退出，显得十分尴尬，整个身子也不知如何摆放才好，虽说体内雄性荷尔蒙时时激起他对女人的渴望，特别是对张凡，这个在自己看来极为特殊的女人，但长年的军营生活和禁忌，使他不知如何近距离地接触女人。此时的他就像一台马力强劲的汽车，被一边加着油，一边狠踩着刹车。体内强烈的冲动和欲望无法转换为行动，这种内驱力与外制力的平衡，虽使他外表平静，但内心却忍受着无比的煎熬。

“也好，那我们改日再聊，我还真的有点儿困了。”张凡说着便站了起来，仿佛是想送龙剑飞，又好像是想进卧室。龙剑飞赶忙上前扶了她一把：“你就别起来送了，赶快休息吧。”说着便将她搀进了里屋，扶她坐在了床上。

就在他转身要迈出里屋门时，

“剑飞，”

身后传来张凡轻轻的叫声。听到张凡这充满柔情的声音，龙剑飞着魔般定住了身子，慢慢地转了过来。只见张凡又从床上站了起来，用清澈的目光望着他，缓缓地向他走了两步，双臂很自然地伸开，将自己轻轻地挂在了龙剑飞的胸前，口中喃喃道：“拥抱一下吧。”

龙剑飞被这举动惊呆了，张凡散发着香气的秀发抚摸着他的脸颊，丰满的前胸紧紧地贴着自己，急骤的呼吸像起伏不定的巨浪，一波波推挤着他，踩着的刹车突然松开，一瞬间原有的平衡被打破，他像一台马力十足的战车一样向前冲去，用强有力的双臂紧紧地拥抱着张凡，竟然使张凡疼得叫了起来。

“哎呀，你这个野性十足的家伙，勒死我了！”张凡娇声责怪着，待龙剑飞稍稍放松些，她便一头依偎在了龙剑飞的怀里。

没有张灯结彩，没有任何仪式，他在毫无心理准备的情况下，在不经意间初尝禁果，在张凡的怀中告别了处男。虽说初入此道，不免显得慌乱和笨拙，但张凡就像一个出色的司机，游刃有余地驾驶着他这台马力强劲的新车，不时调整着方向和速度，使他一次次进入了巅峰状态，体验着无比的激情和满足。这一切来得如此突然和意外，又显得是那么的自然。不可否认，自打认识张凡以来，龙剑飞不止一次地想起过张凡，甚至在梦中就蒙蒙眬眬有过这样的体验。但在他清醒时却从不敢有这样的奢望。他明白，她不属于自己，对她的渴望也只能藏在心底。而今天，一切好像都是上帝的旨意，在这神秘而无形的力量面前，个人的意志却是那么的软弱无力，他们两个只是上帝的使者，践行着上帝的意愿。

# 十二

随着改革开放的延续和城市化进程的不断推进，北京城日新月异，建筑潮、装修热持续升温，军友公司也随之发展壮大起来。不到两年的时间，在龙剑飞的掌控带领下，虽说家底还不够殷实，但赢利情况却极好。队伍也在不断壮大，先是韩涛如愿转业，成为公司的副总并接手了外装部，后又是将刘姐的弟弟刘海挖了过来，由他主持成立了内装部，不断招兵买马，大力开展内装业务。公司也将整个教学楼租了下来。楼下四间教室除留下一间当做接待室用于洽谈业务外，其余三间有的当做员工宿舍，有的存放设备、工具和原材料，办公场所都上了二楼。军友已成为业内小有名气的企业。尽管人员增加了不少，但除聘用了一些专业技术人员外，多数还是军人出身，公司始终保持着近似军事化的管理。纪律严明，行动迅速，干练高效。

“龙总，开会的人都到齐了。”公司秘书周姗走进龙剑飞的办公室。她是在小梅因回老家结婚辞职后，应聘进入公司的。她大学毕业后，就一直想着自己干，可一没有资金，二没有关系的，一个女孩子要想自己做出点儿事来谈何容易。只好进入了军友，先有个落脚的地方。

“好，我这就去。”龙剑飞边收拾桌上的资料，边应答着。

用一间教室改装成的会议室宽敞但却十分简洁。韩涛、小瑜、二牛、小东他们几个利用开会前的这点时间在说笑调侃着，刘海因为并非和他们是一路人，便独自坐在会议桌的另一边，低头翻阅着自己带来的资料，而小瑜还是那么腼腆，只是微笑着听这几个兵哥说笑，并不多插话。

龙剑飞走了进来，坐在了上首："今天请各位来，是想就当前公司碰到的问题议一下。最近一段日子，大家都说资金周转不开，很多绝好的机会都白白错过了。那具体情况到底怎么样？还是你们先说说吧。"

这些天，不论是外装还是内装，都争着向财务上要流动资金，而公司账上也没有多少钱，一个个急得像没头苍蝇似的，有的就跑到龙剑飞这儿诉苦要钱。这就是开这次会议的直接原因。

"还是我先来介绍一下总体情况吧。"韩涛咳了一声，清了清嗓子。

"公司近一年来，业务发展很快，不论是外装还是内装，已签订或马上就能签订的合同足够我们干一年的，可以说形势十分喜人。但是，我们也碰到了极为严重的问题，那就是流动资金短缺。现在的甲方，不论是国营企业还是个体户，甚至是政府部门，承接他们的工程，多数都有一个前提条件，那就是先由我们垫资施工，都说是一完工就结清，但有的项目完工快半年了，钱还是拿不回来。前面的工程款拿不回来，后面的合同就不敢签，因为我们已无钱可垫了，就是签了，我们也无法按期开工，更别说按期交工了。"

韩涛停顿一下，继续道：

"这几天我与刘姐查了一下公司的财务情况。"说着他从上衣口袋里拿出一张纸。念了起来：

"过去的十个月，我们共承接完工外装项目九个，总合同金额为七十三万元，如果全部回款的话，利润应当是二十四万元左右。但到目前为止，我们共收到工程款五十万八千元，尚有二十二万二千元没有到账。内装业务开展时间不长，但增长也很快，七个月来，内装合同签订了四份，一个已完工，两个还在施工中，另一个目前因资金问题尚无法开工。四个项目的合同总金额为五十一万，毛利润应当是十五万元左右。但目前仅到款八万元，而我们前期垫资已达二十一万元之多。

"总之，两个部门一共十三个项目，合同总金额为一百二十四万元，应有利润三十九万元，但目前我们拿到的工程款只有五十八万八千元，也就是说，十三个工程，除内装还有一个没有开工外，其余十二个做下来，我们不仅一分钱的利润都没到手，还垫资出去二十多万元。我们积攒下的家底儿，基本上都垫进去了。现在公司账户上只有不到八万元，别说是拿出来垫资接新项目，就是后几个月的工资都会成为问题。当然，剩下的钱总会回来的。问题是现在我们怎么办?”

韩涛说完，有好一会儿，大家伙儿谁也不吱声，面对如此局面，谁都不知怎么办才好。

最后，二牛忍不住骂了起来：“这他妈的是什么事儿呀，干活儿不给钱不说，还让我们垫钱。找他们要去!”

刘海此时正在为内装部的几个在谈项目犯愁，好不容易谈得差不多了，可目前公司这种情况，要想垫资接单恐怕不可能了，他担心前功尽弃，煮熟的鸭子又飞了，便说道：“我们正在与几家谈着，项目不错，利润也很可观。只是对方也提出先让我们垫资干着。可现在公司这种财务状况，我们不知是否还能接……”他满脸的无奈状，临了，又补充了一句，“机会难得啊，失去太可惜了。”

听到这儿，龙剑飞皱了皱眉头：“甲方是些什么单位?”

“一个是大学新建的学生宿舍，一个是私人开的游戏厅，还有两家是政府部门。”

“游戏厅可拖一拖，其他的几家，签就签吧，你们可以就工期与对方谈谈，尽可能长些，关于资金问题，我们另想办法。”

刘海乍一听这答复，真有点儿不相信自己的耳朵，当他细细回过味来，真是发自内心地钦佩这些当兵的胆量和勇气，没有钱垫资，就是签了合同，也无法开工啊，到时交不了活儿，对方还不……刘海真有点儿不敢往下想了。

龙剑飞看看旁边坐着的小瑜：“你有什么要说的吗?”

小瑜毕业后在一所市属院校任教，她对公司的事儿并不很关心，情况也知道得不多，更别提面对这复杂局面有什么主意了。只是因她是出资人之一，韩涛才提出通知她来开会的。“我没有什么要说的，一切听你的。”

看到大家不再说什么了，龙剑飞站了起来，这是他在部队养成的习惯，每当要发言或讲话时，总是不自觉地站起身来。其实，他对公司面临的困境和韩涛刚才说的情况了如指掌，多日来，他不知多少次为此发愁，私下里也和张凡、韩涛分别讨论过多次，设想过了种种应对方案。如今公之于众了，别人或许吃惊着急，他自己却显得十分沉稳。

“赚到的钱，虽一时拿不回来，但它也跑不了，大家别为此担心，你们也别私下里去向人家逼讨，搞不好会伤了和气，过几天公司会设法与对方协商解决的。但今后我们要格外注意，在签约前一定要将对方的情况摸清楚，没把握的宁可不做，对那些资信不是很过硬的，就是做，那也要工程进度跟着钱走，打过来多少钱，我们就干多少活儿，我们绝不能为没底的事儿垫资。”

他环视了一下大家，以确认他们是否理解了自己的意图。随手端起杯子喝了口水，继续道：

“公司目前在财务方面确实碰到点儿困难，但我们不能因此就什么也不做了，现在北京正在为迎接奥运大搞基本建设，这可是千载难逢的机遇啊，好的有把握的项目，我们一定要接，而且是接得越多越好，有钱赚我们为什么不干？至于资金周转不开，我们可以找银行贷，找别人借，我想总会有办法的。”龙剑飞的语气充满了镇定和自信，看不出有丝毫的慌乱与愁绪，这不禁使在坐的各位心里面踏实了许多。

会议结束后，二牛他们几个要急着赶回各自的工地，龙剑飞与小瑜聊了几句，便推说有事儿，看了韩涛一眼便回到了自己的办公室。韩涛原本是想送一送小瑜的，看到龙剑飞的神色，赶忙与小瑜告了别，会意地跟着进了办公室。

“情况怎么样？”关上门，龙剑飞急着问道。

“我和刘姐跑了几家银行，搞抵押贷款可能有难度，因为我们现在也没有什么可抵押的。但建行朝外分行的张副行长给我们出了个主意，用已签合同也可从银行贷款的。只是我们现有的合同金额都不大，办起来比较麻烦。还有大华公司倒是可能借给我们五十万，只是利息高些。”

“那你想想办法，能不能找一家我们能说上话的单位，搞一个大一点儿的合同？我们最好从银行贷，成本也低些。”

“好的，我试试。”

“另外，我们通过关系对几家欠款单位摸了摸底，多数并非没有钱或是单位的领导不想给，而是经办人从中作梗，拖着不办，可能是想从我们这儿得点儿什么好处。只有南三环那家饭店，还欠我们五万多，老板姓张，交工几个月了，饭店也开业了好一阵子，开始时他总是找种种借口往后拖，现在又硬说我们有质量问题，要求返工，看来是铁了心要赖这笔账。”

龙剑飞显得十分无奈：“唉，现在就是这世道，黄世仁求着杨白劳，只要能欠了别人的钱，那可就成爷了。”

他沉思片刻：“没什么更好的办法，还是由你出面吧，请那些欠款单位管事儿的人出来，该吃饭就吃饭，该去玩就玩，该表示的就表示一下，好歹也得把钱拿回来。”

“好吧，我试着看是否能摆平这些贪图小利的家伙。

龙剑飞又冷冷地说道：“南三环那家饭店，你别管了，我另想办法。妈的，恶人需用恶法治。我倒要看看他有多大肚量，能吃下我们的钱。”

“龙哥，咱犯不着为这点儿钱……”

“你放心，我会掌握分寸的。”

随后的一些日子，韩涛带着几个人为了要回欠款，算是十八般武艺样样用上了，请客送礼，泡歌厅洗桑拿，像仆人一样侍候着那些“杨白劳”们，好在他们不是真正的杨白劳，账面上有的是公家的钱，只要能吃点儿，喝点儿，拿点儿，再玩得开心点儿，也就心满意足了。十几天的努力，近两万多元的花费，总算有了不小的收获，除一家事业单位今年的经费已用完，答应下一年度给外，其他几家陆续将所欠款项打了过来。更让龙剑飞兴奋不已的是银行的贷款也办了下来，整整一百万。军友顿时活了起来。短短的一段时间，竟签下了总金额达四百多万元的合同。

# 十三

“三湘美食城”自开业以来，生意还算火爆，正好是中午时分，客来客往，上客率竟达百分之八十多。龙剑飞推门走了进来。

“请问你们张老板在吗?”

服务员正忙着，也顾不上讲话，用手指了指柜台后面的中年人。

“您是张老板吧?”龙剑飞微笑着上前打着招呼。

“你是……”

“我是军友装饰公司的龙剑飞。”说着，他十分恭敬地将自己的名片递给了对方。

张老板看了一眼名片，先是一怔，随后脸马上就沉了下来。

他抢先发难道：“你就是军友的老板呀，我还正想找你呢。你们的活儿是怎么干的呀?！怎么一面墙的砖色还不同呢?”

“张老板您别着急，消消气，消消气。我正是为这事儿来的。如果是我们的施工质量有问题，我们一定设法返工，请您放心，保证会让您满意的。”

张老板十分明白，对方这是要账来了。心想，哪有这么容易的事儿，特别是他听到对方的外地口音，心里更加踏实了，自己来北京混迹多年，每每因自己是外地人而在生意上吃了不少亏。没关系，没门路，时间上也耗不起，吃亏了，也只能不了了之。这次总算掉了个个儿了，想到这儿，他内心不无得意，但脸上却显得十分生气的样子。

龙剑飞满脸堆笑："耽搁您几分钟时间，我们先看看实际情况再说，好吗?"

推开店门，张老板边往外走，嘴中还不停嘟囔着："你看看，你看看。"他弯腰指了指，饭店外立面确有几块砖与其它的略有一点儿差别。

龙剑飞仔细看了看，上前用手摸了摸，心想，这哪里是什么施工方面的问题，明明是你们选用材料的事儿，当初你为了省钱，净拣便宜货，现在找我的麻烦，哼！你等着瞧。

但他嘴上却不住地道着歉："怎么搞成这样，看我回去怎么收拾这帮家伙。"扭头对张老板道，"您放心，我马上就派人来修，一定会让您满意的，还请您多多包涵，多多包涵……"

龙剑飞的行动确实很快，下午四点多，就有几个人来了。胡强带着他那哥儿几个，用一辆平板车拉着半车水泥和沙子，大个儿扛着一柄大锤，到了三湘美食城，他们也不和里面的人打招呼，二话没说，上前就先用大锤将那几块颜色不同的瓷砖砸得粉碎。将半车水泥卸到门口，几个人便开始干"活儿"了。

听到外面的动静，张老板跑了出来："你们这是……"

"我们是军友公司的。我们老板交待说，这儿的施工质量出了问题，让我们来返工。为这事儿，他还把前面干这活儿的几个小子给开了。"胡强皮笑肉不笑地看着对方，"您放心，我们一定负责修好。您不满意我们绝不会撒手不管的!"

"那要多长时间?"那个张老板被眼前的景象搞得不知所措，只好关切地问道。

"这可就难讲了，关键要看是否能找到同样的瓷砖了。这不，我们有一个人拿着半块儿砖去市场找去了。"临了，他又道，"你们也是的，当初多花几个钱，选质量好一些的，也就不会出这事儿，现在可好，找同样质地、同样颜色的砖可就难了，非得同一批号的不可，到哪儿找去?"

"那……"张老板一时语塞。

由于门口在施工，客人无法进来，三湘美食城的生意基本上处于停顿状态。第二天，张老板就坐不住了，他不停地催促着，而胡强他们几个并不着急，几个人蹲在饭店门口说笑打闹着："找不到同样的砖，我们也没办法啊!"

“你们在这儿，把门口堵着，我这生意还怎么做？”

胡强眼一瞪：“这可是你叫我们来返工的，你以为我们愿意来呀？你做你的生意，我们返我们的工，咱们互不影响。反正我们老板说了，不惜一切代价也要让你满意，十天找到，就十天，二十天找到，就二十天。直到你满意为止，反正有人给我们工钱。”

“啊！还十天，二十天？”

“是呀，要不怎么办？不成你自己到建材市场找找试试，能找到同样的，我们半天儿就干完了。”

“你们赶快找几块差不多的给我补上，马上离开这儿！”张老板听对方如此顶撞自己，怒吼道。

他万没想到，胡强满脸不屑一顾，更加高亢地说道：“那可不成，到时你再说我们的施工质量有问题，那我们的饭碗不也被你砸了？你就把心放得宽宽儿的，这次质量是一定要保证的！”

张老板一看硬的不成，又无奈地说道：“得，得，得。我不用你们返工了，就算你们补修好了，质量也没有问题了，这总成了吧？赶快收拾你们的东西走人！”

胡强一声冷笑：“那你可就得和我们老板商量了，我们可不敢私自撤走。要是让他知道了，还不将我们也开了？”

此时，张老板才明白，这哪儿是来返工，分明是不让自己开张做生意啊。他怎么也没有想到，自己的如意算盘竟会落了个这样的结局。

原本想耍横的，但他看看这几个“工人”，一口京腔，绝非什么善良之辈，明摆着是找麻烦的主儿，要是翻了脸，还不知他们能做出什么来。可这样僵持下去，那自己的损失就大了，这可是一天上万的流水，几千的赚头啊……无奈间，他只好找出来上次龙剑飞来时留下的名片，拨通了电话。

“军友公司吗？我找龙老板。”

电话里传来龙剑飞谦和的声音：“是张老板吧？……您放心，我和他们交待了，一定要想办法找到同样的砖给你换上，包您满意，赚钱不赚钱是次要的，质量绝不能含糊……”

“我说龙老板啊，我算明白你的意思了，你还是让他们赶快走人吧，关于装修的尾款嘛，我这一两天设法给你们就是了。”

“张老板，您这是说哪里的话，钱是小事儿，我们做生意的，要信誉第一，您说呢?”

“是，是，是！我算服了你了。”放下电话，他恶狠狠地骂道，“王八蛋!”

# 十四

军友的难关已过，资金问题得到了彻底解决，连日来，龙剑飞的心情特别好。

又到了与张凡相会的日子。自从两人相互归属以来，他们总是期待着与对方相会，但一来张凡是有夫之妇，内心承受着巨大的道德压力，二来龙剑飞也因多年的军旅生涯，对这男女之事极为敏感，生怕被别人知道，就是对韩涛，他也只字未露。为此，龙剑飞在外租了房子，从公司搬了出来。两人在公开场合见面的机会反而比过去少了许多，彼此极为小心地保守着秘密，唯恐被旁人发现。在烦杂的现实中，竟也营造出了一个安静、幸福、不受外界打扰的二人世界。他们总是期盼着下一次相会的时间早点儿到来。

张凡九点多才到，两人冲了个澡，龙剑飞便急不可待地将张凡抱上了床，快到关键时刻时，他竟恶作剧般地故作臣服状，口中还不住地连声告饶，可随后便发出坏坏的笑声，攻势更加猛烈更加有力，引来张凡阵阵呻吟和捶打，畅快淋漓的激情过后，龙剑飞孩子般依偎在张凡怀中。他自记事以来，或许是天生的个性使然，不论在同学中还是朋友或战友中，他总是别人的依靠者，总以一种强者的面目示人。可他的内心深处，隐隐有一种渴望，那就是能够受到别人的呵护和爱怜，这种渴望深藏于心底，多数情况下连他自己也意识不到，可一旦浮现，却又是那么的强烈和不可思议。记得在军校时，他竟然盼望着自己能生病，因为那样战友们和教员就会来看望慰问自己，会受到他人的照顾。

这种内心深处的渴望和企盼在张凡这儿得到了满足。与张凡在一起时，他时而雄性十足，尽显大男人的本色，每当看到张凡因极度兴奋、满足而有点儿变形的面孔时，便体验着一种做男人的自豪感，此时的龙剑飞自我感觉是强大的，是胜利者，是征服者，是一个无所不能的男子汉。又时而显得像个渴望得到母爱的孩子，尽情地从张凡身上索取着爱怜和呵护，甚至于在张凡怀里撒娇耍赖，此时他又扮演着一个小男人的角色，尽管这种角色在现实中受到自己的蔑视。

“剑飞，”张凡用手轻轻地爱抚着他强壮的前胸，满含忧郁地说道，“我可能要到美国工作一段时间了。”

“什么?”听到这话，龙剑飞猛地从张凡丰满的胸侧抬起头来，“为什么?”

“公司准备在大陆成立分公司。”

“那不更需要你留下来呀?”

“情况并不是这样，听说公司的一位副总来华主持这儿的工作。”张凡轻轻叹息了一声，“再说了，他妈妈近来身体不好，好几次来电话提出想让我换到美国去工作，也好就近照顾一下老人。

“可……”龙剑飞真的急了，“那可不成，你走了我怎么办?”

看到龙剑飞那猴急样儿，张凡无奈地打住了这个话题，轻轻叹了一口气:“好在还有一段时间。等等再说吧。”

“对了，广利大厦近期可能要重新装修，怎么也是二三百万的工程，不知你们目前能不能承接这么大的项目?”

龙剑飞好像并没有听到她在说什么:“你就不能想想办法留下来吗?”龙剑飞用乞求般的目光望着她。

“好啦，好啦，不说这些了，调我回去也只是一种可能。再说，就是走，也是以后的事儿，看把你急的。”

她伸出修长圆润的胳膊重把龙剑飞搂在怀中，真是一个奇特的家伙，时而是顶天立地的大男人，时而又是一个顽皮任性的小孩子，哪个才是他的真实自我，张凡也说不清，因为两个都是那么坦诚率真。就连自己更喜欢哪一个龙剑飞，她也无法理出个头绪来，或许两个都喜欢吧。她为得到这样的男人而庆幸，可自己……她暗自长叹。手臂也更紧了些，将龙剑飞的脸紧紧地贴在自己胸上，用手抚摸着他的头发，深深地吸了一口气，一种男人身上散发出的雄性的体味沁入她的肺腑，这使她重又燃起了欲火，手慢慢伸向龙剑飞的敏感之处……

近几个月来，张凡的生活发生了显著的变化。在她心目中，北京好像也变得比过去好了许多。初来北京时，她总是用自己在美国学习和居住的城市作为参照系，感觉这儿脏乱不堪，空气干燥，人声噪杂，自己呆着十分的难受。可近来她突然发现北京还有许多让人喜欢的地方，那么多名胜古迹，那么多蕴含着老北京传统文化的小四合院，还有那一张张真诚朴实的笑脸。她的内心仿佛充满了阳光，不仅是和龙剑飞在一块儿时感觉到莫大的幸福，就是在工作中，她也体验着一种欢快和轻松，这或许是体内荷尔蒙得到彻底释放的缘故吧。但这种日子还能拥有多久呢？一想到这儿，她内心便有些惆怅和茫然。

接下来的日子，张凡再没有提过要到美国工作的事儿，好像她从没有说过什么，将来也不会发生什么一样。只是他们见面的次数较过去多了许多。张凡一反常态，只要有机会，便主动约龙剑飞见面，有时在龙剑飞这儿，有时干脆约龙剑飞到她那儿，两个人在共同营造出的二人世界中，尽情享受着情与性，无休止地向对方索取着，也尽力地给予着对方。

# 十五

由张凡牵线，龙剑飞与广利大厦的总经理孟子模接上了关系。

“张小姐可是我们的大客户，听她说你们是多年的朋友了，那还请龙总今后多多关照我们呢！”

“您客气了，像我们这些搞装修的小公司，反倒要仰仗您今后多多关照呢！”

“好说，好说，做生意嘛，讲的就是互惠互利，相互帮助。以后有什么事儿你只管找我，只要能帮上忙，一定尽力。”孟子模爽朗的笑声极具感染力。

还没等龙剑飞提起，他便接着说道：“我们近期准备将B楼重新装修一下，用了十多年了，早已破旧不堪，这哪儿像高档写字楼呢！”

孟子模朝龙剑飞微微一笑，继续说道：“现在有几家装修公司在谈，如果你感兴趣，也可参加进来嘛，我们希望有更多的公司来谈，这样也好从中选最好的、最有实力的呀。再者说你是张小姐介绍来的，我们一定会有所关照的。当然啦，一切还是要以报价、质量和实力为准的。”说完，他又冲龙剑飞轻轻一笑，笑意中传递出一种让人捉摸不透的信息。

“谢谢您，如果交给我们做，别的我不敢说就比别的公司好，但质量是绝对有保证的。”

龙剑飞也冲孟总会意地笑了笑：“关于报价，我先将有关资料带回去，好好研究论证一下，过几天就把我们的装修方案和报价送交过来。”

“那就好，那就好。报价问题，你们可要考虑到前期运作过程的一些费用，如各种应酬呀、请设计院的人审定方案呀等等。千万别让你接我们的活儿不但没赚到钱，反而赔了，那我可真无法向张小姐交待了。”说罢，哈哈哈大笑了起来。

“你在广利大厦只租了一套房子吧?”晚上，龙剑飞好奇地问张凡。

“是呀。”

“可为什么孟总说你是他们的大客户呢?”龙剑飞感到有些费解。

“哈哈，这你就不明白了，虽说我只租用了他们一个套间，但广利大厦五、六、七三层入住的公司和外企驻华机构，基本上都是我介绍来的，有的还是以我的名义签的合同呢，这难道还不算大客户?”更多的她没有细说；其实，就是她租的房子，也因这“大客户”的关系，房租优惠得不能再优惠了，几乎就是白住。

“是这样呀，我说嘛，怪不得他们对你如此重视。”龙剑飞明白了其中奥秘，感觉释然，可他又想起了什么。

“对了，孟总还提出前期运作时的有关费用问题。”

“什么有关的费用?”

龙剑飞便将和孟子模商谈的情况大致说了一番。

“唉，现在在我们国家做生意大多是这样，有关方面和人物确实需要打点一下的，反正羊毛出在羊身上，羊都乐意，那我们还有什么好说的？也只好随它去了。”

刘海带着两个设计人员整整干了近十天，总算根据对方的要求，将装修方案搞了出来。整个工程预算三百二十万。

龙剑飞一边看着刘海交来的方案，一边问道：“这样做下来，我们的利润是多少?”

“大约百分之二十五左右吧。当然，这只是按常规估算的。如果我们控制得好，特别是在进料上想想办法，还会更多些。”

龙剑飞向四周扫了一眼，轻声对刘海说道：“在这个基础上，再加二十万吧，有关方面还需要打点啊，否则，我们根本没有机会拿到工程。”

“我明白，这也是通行的做法。”

“这事儿你亲自来做，设法将这二十万摊到方案的细目中去，就不要让别人经手了。此事只限于我们两人知道。”

“你放心，我知道该怎么做的。”刘海沉稳的回答让龙剑飞颇为满意。

# 十六

周末，韩涛、韩晴兄妹俩非要约着龙剑飞出去郊游，他们还事先与小瑜商量好了，想去十渡玩。好在张凡这两天忙，这个周末她要带一外商去通县与一家企业洽谈合作事宜。

“你们是盯上公司刚买的车了吧？那好，我们就出去玩一天，也好放松放松。”龙剑飞笑着又说道，“买这辆桑塔纳快两个月了，还没有出过市区呢。今天也好拉拉速度，磨合磨合。”

“我来开吧。”

“你？我可不敢坐你开的车，还想开着车跳沙坑呀？”龙剑飞笑着并没有将车钥匙交给韩涛。原来在部队时，韩涛在操场上练车，曾将大卡车开到了沙坑里了，逗得围观的战士们大笑不止。

韩涛看了一眼身边的小瑜，脸一红：“那也比你开着吉普撞在树上好一点儿。再者说也不能让你这做老板的给我们当司机呀！”看来两人在部队都有着开车方面的故事。

“去你的，什么老板不老板的。”

这两个老战友相互调侃着，四人都开心地笑了起来。

看到是龙剑飞开车，韩晴抢先拉开车门，坐在了副驾的位子上。小瑜看了韩晴一眼，也没说什么，只好与韩涛一同坐在了后排。

可能是第一次与小瑜这么近距离接触，或者是太在意小瑜对自己的看法，韩涛显得很是拘谨，而小瑜本就不是太爱说话，满车只听到韩晴在不停地说着、笑着。她发现龙剑飞在专心开着车，无法分神与自己过多地交谈，便转头和后面的小瑜说道：

“小瑜你可不知道，我哥小时候特别淘气，总是让人家告到家里，我伯母根本管不了他，一生气就说，你再这么淘气，长大了都娶不上媳妇。”说罢，咯咯笑了起来。

听到韩晴这样说，小瑜也不禁笑了笑：“我怎么就看不出来韩涛像是个淘孩子呢？”

“你是说他不是个淘气孩子？哈哈哈。”韩晴扭头看着韩涛，“哥，你这下可以娶上媳妇了。”说罢，还故意用异样的目光向后排座位上的韩涛和小瑜扫了一眼。

韩涛脸刷的一下红了，反击道：“还说我，咱们家就数你淘，而且自己闯了祸，还总是推到别人身上，为这我可没少替你背黑锅。”

“谁让你是哥哥呢！”

原来，韩晴在上中学时，才和妈妈随军进了北京的，所以兄妹俩从小在一块儿长大，现在相互揭起短儿来，有的是材料。

初春的十渡，大地刚刚返青，放眼望去，山峦间一片嫩绿，一条小溪弯弯曲曲地流淌在山脚下，不时传来阵阵鸟雀儿的鸣叫声。韩晴显得格外兴奋。

“走，我们爬山去。”说着她拉着龙剑飞转身就走，也不管其他人是否乐意，将韩涛和小瑜丢在了后面。

韩涛低头看到小瑜穿着皮鞋，试探着问道：“你想上去吗？”

小瑜望着龙剑飞和韩晴远去的身影，内心很不是滋味，可这也不能怪龙剑飞，甚至也不能说韩晴不对，虽说自己深深地倾心于这个男人，可却从没有明确地向对方表白过，和韩晴在一块儿时，还多次否认自己对龙剑飞有那种想法。可现在……她长长地叹了一口气，低低说道：“你们去吧，我想到河边走走。”

“我今天穿的鞋也不合适，那我们一同到河边走走吧。”

半山腰上，韩晴像一只松鼠，跳来跳去地在山坡上采折着那种黄色的小野花。龙剑飞在一块石头上坐了下来，虽说这儿自然景色十分迷人，但龙剑飞此时却没有心思玩耍，满脑子不是广利大厦的工程，就是张凡的身影，如果能拿下这一单，一百多万的利润，公司今后就算站稳脚了；她真的会走吗，如果她走了自己怎么办？——这样的问题在脑中交替闪现着，时时困扰着他。

不经意间，他看到了山脚下小河边的韩涛和小瑜，若有所思地望着他们显得小了许多的身影，暗自思量着，他们或许是……想到这儿，他嘴角流露出一丝笑意。

在十渡吃过农家饭，四个人才开车往回走。晚上八点多龙剑飞才回到家，张凡比他回来得更晚些。

“你们去郊游玩得还好吧？”张凡一进门就问道。

“也谈不上什么好坏，带他们出去玩一次就是了。”

“带着两个美女出去郊游感觉一定很好。”张凡开玩笑地调侃着。

“如果是我们俩去就好了。”说着，龙剑飞上前搂着张凡，在她的脸上狠狠地亲了一下。

张凡满足地笑笑，随后正容道：“说真的，你也不小了，该考虑考虑自己的婚姻问题了。虽说我在酒吧只见过她俩几次，看起来都还不错。”

“算了吧，她们还是小姑娘呢，什么都不懂。我只要你。”

“唉，不管我是花儿还是草，总是有主儿的人了，可你不能总这样下去呀。”

“那你们分手吧，我们……”龙剑飞又一次提出了这个问题，可还没等他把话说完，张凡用手轻轻掩住了他的嘴。

她不依不饶地继续追问着：“老实告诉我，她们两个中，你更喜欢哪一个？”

“做朋友，当小妹，两个都成。至于……好了，好了，不说这些了。今天你也累了吧，早点儿休息吧。”

“建议你考虑韩晴。我觉着她更适合你。”

“嗯？”听到张凡这样说，龙剑飞十分惊诧，张凡怎么可能会选中韩晴呢，这可是他万没有想到的。

“从你过去多次说起她俩的情况看，小瑜是个好姑娘，她对你也真的是一往情深。但她的个性太弱，而你注定是一个在风口浪尖上打拼的人，你将来的那种生活对她来说太不合适了，甚至可以说对她也是不公平的。而韩晴虽说任性些，但却是一个敢想敢干敢于担当的女子，她或许将来在事业上能帮你一把的。”

“不说这些了好不好，她们再好，我也不可能对她们有那种感觉的，在我心目中，她们只能是朋友，是小妹。特别是韩晴，如果没有韩涛，就是朋友也做不成的，烦都烦死了。”

他突然想到在十渡时自己脑海闪现出的那个念头，便偷偷乐了。是啊，韩涛和小瑜或许是很好的一对儿，龙剑飞早就发现韩涛对小瑜很有好感，只是小瑜……唉，只能是看缘分了。

或许是张凡对广利大厦来说太过重要了，她介绍来的公司不好拒绝，或许是那二十万活动费发挥了作用，至于那钱是怎么花的，花到了哪儿，龙剑飞自己也不知道，他也不想知道，因为一切都委托了孟总从中打点，只要把事情办妥了就成。现在总算有了结果，广利方面来电话说，事情已经定了下来，整个装修工程全部给了军友公司。

广利大厦与军友公司的装修合同签字仪式在广利大厦进行，龙剑飞穿着那身儿转业后就买了、但没有穿过几次的西服，系着深红色的领带，显得格外精神，年轻英俊的脸上流露出与其年龄并不很相符的成熟。签完字，和韩涛出来，他长长地舒了口气，自言自语道：“总算搞定了，如果鱼没钓到，鱼饵也被吃了，那可就……”

“龙哥，你说什么？”韩涛不解地问道。

“喏，没什么。我在想，我们把这单生意做下来，总算可以在北京立住脚了。”

“是啊，龙哥，照这样干下去，用不了多久，公司就会壮大起来的。那时你可就是腰缠万贯的大老板了。”

“对了，韩涛，小瑜是个好姑娘，你今后要多关心关心她。”

听到龙剑飞这么说，韩涛可能是误解了龙剑飞的用意，他更怕龙剑飞误解了自己，一时急得不知如何是好，赶忙解释道：“小瑜心里面可只有你，那天在十渡，我只是……只是……”

龙剑飞摆摆手：“打住，打住！我知道你要说什么，快别瞎想了，从认识小瑜的第一天起，对了，还有韩晴，我就把她们当做自己的亲妹妹。可我觉得，你和小瑜倒是很般配的一对儿。”

“我怎么可能有这个心思呀！”韩涛急得脸通红。

“怎么不可能有？你怕什么！喜欢她就大胆地追她。拿出你在部队时那种不达目的绝不放手的狠劲来。一定能成功的。”

“可你是大哥，我怎么能……”

“我？”龙剑飞狡黠地眨了眨眼，低声说道，“我可是另有目标的，只是现在还不便公开。我们是好兄弟、好战友，放心吧，绝不会成为情敌的。哈哈哈……好了，不说这些了，”龙剑飞在他背上用力拍了一掌，“走，回去叫上二牛他们几个喝酒去，要好好庆贺一下！”

韩涛多日来心中的疑团总算得到了部分证实。自打龙剑飞从公司搬出去住，一到晚上就老是见不着他的身影，这种种迹象表明，龙剑飞似乎有什么特别的事情。他在谈朋友？可对象又是谁？从龙剑飞对小瑜，包括对堂妹韩晴的态度看，似乎不是她们，但韩涛一时也吃不准。现在可以肯定地说既不是小瑜，也不是韩晴了，那会是谁呢？

第二天下午一下班，韩涛便从公司出来，直奔叔叔家，他也有好多天没有去了。

吃过晚饭，叔叔有事儿出去了，婶婶进厨房收拾碗筷，韩晴侧身半躺在沙发上，将脚丫子横跨在茶几上，有一眼没一眼地看着电视，不时还与韩涛聊上几句。

“小晴，你说龙哥这人怎么样？”

韩晴听韩涛如此直截了当地提出这样的问题，有点儿不好意思，故作平静地说道：“还成吧，一个很能干的男人，也有几分帅气。”

“你说他要是找女朋友会找什么样的呢？”韩涛再问。

“什么？”

“没什么，我只是在想……”看到韩晴那种关切的目光，韩涛不知说什么好，他想将龙剑飞所说的话透露给韩晴。其实，他更想让小瑜明了这一切，但由自己直接告诉小瑜是绝对不成的，只有通过韩晴之口，可他深知，近来韩晴也对龙剑飞有那意思，正想尽一切办法在接近着龙剑飞，其目的不言自明。他内心十分希望韩晴和龙剑飞能走到一块儿，但他也知道，韩晴的种种努力不会有什么结果。他太了解自己这位战友和大哥了。与其让韩晴这样盲目地追求着自己无法得到的东西，还不如让她早点儿死了心。况且还有小瑜……想到这儿，韩涛一狠心：“龙哥说他在谈女朋友。”

“不可能，他绝对不会喜欢上张小瑜的。”韩晴乍听这一消息，一下子跳了起来，脱口而出道。

“不是小瑜，他对我说……”韩涛也在思忖着怎么说。

“他说什么？”听说不是小瑜，韩晴的情绪稍有缓解。

“龙哥说，他从一开始就把你们俩当做自己的妹妹，绝不会有那种想法的，他另有所爱的人。”韩涛觉得自己已经说透了。

“是吗，那会是谁?”韩晴追问。

“他没有对我说。”

“有什么了不起，不就是有了几个钱吗?!”韩晴突然站起身来，满脸怒气，有点儿气急败坏地说道，“他想让我当妹妹，我还不见得认他这个哥哥呢!”说罢，一转身跑回了自己的卧室，“砰”的一声，将门狠狠地关上了。

# 十七

和韩涛、刘海他们几个研究完广利工程施工人员进场开工的有关事项后，龙剑飞急匆匆回到自己的办公室，一心只想拨通张凡的电话。为了广利大厦的工程，龙剑飞忙得颠三倒四，不可开交，竟有三四天没有与张凡见面了，他决定去广利大厦找张凡。原想先通电话约一下，可一想张凡近来的态度，他又将电话放了下来。

快到广利大厦时，龙剑飞看看手表，还不到下午五点呢，一来他怕张凡外出办事还没有回来，二来他也担心大厦的管理层此时还没有下班。这些天来，为了拿下广利这一大单，往这儿跑了多次，也认识了不少广利的头头脑脑的，更为麻烦的是广利这边认识他的人就更多了。碰到了总是不好。想到这儿，他将方向盘一打，转向了老树酒吧。

“龙哥，你来啦。”娟子见是龙剑飞，十分高兴，忙着给他让座倒水。可能是激动或有点儿紧张，她端水的手有点儿颤抖，嘴里还低声抱怨着：“这么长时间了，也不说来看看人家，你也真放心。”

龙剑飞上下打量着她，只见娟子衣着比过去得体多了，优美的曲线勾画出了一个青春女子的婀娜多姿，无疑出落得更加灵秀了。娟子的一双清澈的眼睛中，也有了新的内涵，虽说她学历并不高，但多年生意场上的历练却使她变得十分干练和成熟。

“这不来看你了嘛！”龙剑飞微笑着。

娟子将近一个月的经营情况简单地做了汇报，又道：“龙哥，听说旁边那家小百货不做了，想盘出去。”

“是吗？”龙剑飞发现娟子欲言又止的样子，接着问道，“你有什么想法？”

“我在想，如果将它拿过来，两边打通了，将那边改造为操作间和后厨，就可以上热点热菜了。”

“你是说将酒吧改为饭店？”

“不完全是这样，我是想……”

“没关系，你大胆地说出自己的想法嘛！”

娟子说：“我是想，可以搞一些热的西式快餐。现在我们只有酒水、冷点和干果。每天正午和晚饭时间，进来的客人最多，但多数因我们无法解决他们的就餐问题，进来看看就又到别处去了。所以我们现在的营业额主要是在上午十点到十一点半，下午一点半到五点，以及晚饭后实现的。反而客人进来最多的就餐时段，我们却没有什么进项。”

龙剑飞认真地听完娟子的想法，觉着很有道理，但他看了看表，时间也差不多了，便说道：“你的这种设想很好，抓紧时间好好想想，要尽可能细点儿，如果可行，那我们和刘姐商量一下，就设法把它拿过来。我现在有点儿急事儿，不能多说了，等一两天，我们再好好商量这事儿。”龙剑飞说着站了起来。

临走时，龙剑飞用赞赏的目光看了娟子一眼，说道：“现在娟子也长成大人了。”

“人家本来就是大人嘛，只是在你眼里好像别人都是小孩子。”娟子脸上闪现出一抹兴奋的光泽。

张凡的房间显得比过去整洁了许多，办公桌上没有了往常总是堆放着的书籍和资料。

面对龙剑飞的突然出现，张凡感觉有些吃惊。

龙剑飞四下看了看：“亲爱的，来前没有打电话，我还怕你的那个小助理没有走呢”

“你呀，现在是越来越胆大了，要是让别人碰到了多不好。”张凡看了他一眼，但并没有再说什么。

两人聊了一会儿，张凡从衣柜内拿出一个西服袋：“剑飞，试试这套西服，我前些天买的。”

“给我买的？”

“难道说我还给别人买呀，傻瓜！”

“我不是有西服嘛，你还花这冤枉钱！”

“你的那身儿西服穿着虽说很合身，但质地差一点儿。”

张凡微笑着又道：“你现在可是公司的CEO了，要像个当老板的样子呀！”说完，也不管龙剑飞是否愿意，帮他穿上。她上下左右打量了一番，情不自禁地上前拥抱着龙剑飞，口中自言自语地说：“真是一个handsome man（帅哥）！”

龙剑飞原准备留下来过夜的，几天没有与张凡在一起了，他体内又积攒起了过多的能量与激情。但张凡却轻轻摇摇头，用很无奈的口吻说道：“对不起噢，今天晚上我约好了几家美国在华企业的代表，有事情协商。”

“那我就在这儿等你回来吧。”龙剑飞满脸的期待。

“亲爱的，别这样，我可能回来得很晚。再说，现在大厦许多人都认识你，你此时就进来保不准会有人看到你，如果发现你一晚没有出去，还不知会说什么呢。”张凡的婉拒让龙剑飞只有服从。

接下来的几天，一边是广利大厦工程临近开工，杂七杂八的事情特别多，一边是与小百货店老板交涉盘下店面，龙剑飞两头儿来回跑着，直到他接到张凡的电话。

“今晚你有时间吗？我们一块儿吃饭如何？”张凡在电话里的声音格外妖媚。

“好呀，就是有天大的事儿，也要为你让路的。”龙剑飞由衷地说。

“你就会耍贫嘴！”张凡娇嗔的声音让龙剑飞很受用。

饭间，张凡一直低着头，好像有什么心事似的，吃得也不多，只是不停地为龙剑飞夹着菜。直到快吃完时，她才用很平静的口气说道：“公司让我马上回去一蹚，要最后研究确定在中国大陆设分公司的事儿。”

龙剑飞一愣：“哪天走？”

“我订了明天的机票。”

“什么！明天？”龙剑飞十分吃惊。

张凡长叹了口气，微笑地点了点头。

“这么急呀，那你这次大约需要多长时间？”

“我也说不好，可能……可能用不了多久吧。”张凡的目光显得有些散乱，心事重重的样子。

龙剑飞想都没想就说道：“那今晚到我那儿吧，明天我好送你去机场。”

“不用了，明天还有一家美国公司的几个人与我同机走，已安排好了车，让他们发现了不好。我们就在这儿告个别吧。”说着，张凡毫不理会饭店内其他人的存在，站起身来，依在龙剑飞怀里，轻轻地说：“抱抱我。”

两人紧紧地拥抱在了一起。

“再紧点儿。”

龙剑飞的双臂更加用力，恨不能将张凡融入自己体中。龙剑飞叮嘱着：“路上多保重，你到了那边，来个电话。盼着你早日回来。”

“亲爱的，你也多保重。”张凡克制着声音。

“确定了回来的时间，通知我，好到机场接你。”

“一定！”

张凡就这样飞往美国了，龙剑飞既没有阻拦，也没有去机场送行，因为在他思想中，张凡只是临时出蹚差而已，很快就会回来的。只是这一次，龙剑飞失算了，事情却远不是他想象的那样。

就在张凡飞往美国的第三天，秘书小周走进了办公室：“龙总，这儿有您一封信。”

“什么？有我的信？”龙剑飞十分奇怪。来北京几年了，从未收到过私人信件，就是自己都记不清公司和住处的通信地址，怎么可能有人给自己寄信来。

龙剑飞伸手接过信，只见信封上清秀工整地写着“龙剑飞同志亲启”。他急忙打开信封，取出信来，没看几行，头便“嗡”的一下大了起来。只见信中写道：

剑飞：你好！

当你读到这封信时，我们已相隔万里了。首先请原谅我隐瞒了事实真象，用这样的方式来与你分手。我们相处的这段时光，可以说是我一生中最为幸福、最为激动、最难以忘怀的日子。我们都是人，人都有情有欲，我渴望真情真爱，而你给了我这一切，虽说拥有的时间是那么的短暂，短暂得像流星划过我们的时空。但人生并非只有长短，质量和内涵更加重要。

任何一个人，都不愿放弃自己已得到的东西，况且是人世间最为珍贵的情感与恋人。但我已为人妻，我必须要承担起做妻子和儿媳的责任。他的妈妈被确诊为癌症，近来体质每况愈下，已开始接受化疗，她不仅是我的婆婆，还是我的恩师，是她始终帮助和支持着我，使我度过了初到美国最困难的日子。也是因为她我才嫁给了她的儿子。剑飞，我已经背叛了她的儿子，我不能再让她老人家在人生最后这段日子里伤心孤寂。一日为师，终身为父，我别无选择，这才是我决定辞掉这边的工作，再到美国去的根本原因。

我的大男人、我的小男孩，与你相亲相爱，相互厮守，这是得到了本不属于我的礼物，尽管它如此地珍贵，以至于许多人为了守住它而不惜一切。但我不敢奢求永远将它据为己有，否则上帝也不会宽恕我的，因为它本不属于我。对我而言，曾经拥有过，这就足够了……

让过去的一切深藏于我们心底吧，它或许是有罪的，但它却是那么的美好……

龙剑飞呆呆地坐着，脑中一片空白，内心忽而涌出一股怨恨的激流，她怎么能这样，怎么可以这样对我，这不是欺骗和背叛吗？但很快龙剑飞又责备起自己来，我怎么这么大意，应当能察觉到的，可自己却没有。此刻回想起来，张凡近来的行为是那么反常，她频繁地相约，她为自己买礼物，她那种眼神，那种说话的口吻，这一切都是在与自己告别啊！可……他懊悔极了，本可以将她拦下来的，就是拦不下她，也应当到机场送送她啊！可……她可是自己的初恋，是自己的第一个女人。龙剑飞狠狠地在自己腿上捶了一下。“唉！”

# 十八

张凡的突然离去，龙剑飞虽说从外表上看不出有什么异样来，但其心绪却一下子降到了冰点。他拼命地工作着，用忙碌来压抑着对张凡的思念，也以此来填充着空虚的情感。正好公司也十分地忙，确有许多事情需他亲自出面处理。韩涛他们也都没有发现他们的大哥此时正忍受着心灵的煎熬。

临近“五一”，虽说龙剑飞还无法从失去张凡那撕心裂肺的痛苦中解脱出来，但他还是按计划将两位老人接到了北京。自己离家多年，一直无法膝下尽孝，现在在北京站住了脚，也该接他们来享享清福了。

就在龙剑飞开车从山东老家将两位老人接到北京的当天，韩涛他们在距龙剑飞住处不远的宴宾楼订了一桌酒席，为两位老人接风洗尘。

“大伯，大妈，你们一路上劳累了吧。”韩涛不时问候着。

“不累，不累，一直坐在车里，没干什么的。”龙剑飞的妈妈看着这些年轻人，显得有点儿兴奋和局促。

“你们过去也在部队上？一起的？”龙剑飞的爸爸问道。

“是的，我们几个过去就在一个连队，您儿子还是我们的连长呢！”

“是这样。”老人不再说话，默默地抽着烟。

菜差不多上齐了，韩涛端起酒杯：“大伯、大妈，我们几个过去都是您儿子的战友，现在也还是他的下属。我们这些做晚辈的，敬你们二老一杯！”

席间几个年轻人不停地向老人敬着酒，为他们夹着菜。龙妈妈还不时瞅一眼坐在旁边的小瑜和韩晴，忍不住好奇地问道：“姑娘，你们也是部队上下来的?”

龙剑飞见此情景，赶忙介绍道：“妈，她们可不是当兵的出身，这位是大学的老师，还是我们公司的股东呢。”小瑜看上去情绪显得低落，一直没有讲话。现在听到说起自己，脸微微一红，羞涩地说道：“大伯、大妈，你们好，我也只是跟着龙哥他们沾点儿光，算不上是什么股东的。”

“这位是韩涛的堂妹，韩晴。人家两个人可都是北京名牌大学的毕业生呢!”龙剑飞忙不迭地介绍着。

“名牌大学生有什么呀，哪儿有你们这些当兵的有出息，你现在可是腰缠万贯的大老板了，我们这些小职员哪儿能与你相比呀!”韩晴话中有话是因为自那天晚上韩涛告诉了她龙剑飞另有目标以来，韩晴对龙剑飞的态度发生了明显变化，和龙剑飞讲话时不时流露出讥讽和怨怼。可话又说回来，韩晴毕业后到了一家国营公司工作，每个月拿个四五百块钱，虽说在刚毕业的学生当中，算是挣得多的，但要是和龙剑飞他们比起来，可就差远了，从这一点讲，还真是无法与龙剑飞他们相比。

龙剑飞的父亲在旁冷冷地接话道：“有什么出息，才是个尉官就下来了，就是当不了将军，当个校官也好啊!”看得出，老人对儿子没能在部队的阶梯上向上走得更远是无比地遗憾，“你看咱们村你旺财大叔家老大，在部队上是团长，他们全家人跟着风光了多少年。”

听到老人这样讲，全桌人真不知如何应对才好，还是韩涛打破了沉默：“大伯，您可要知道，您儿子现在挣的钱，比十个团长加起来挣的还要多啊!”

“你们做生意的，今天赚了，明天赔了，钱再多也做不得数的，还是要当官，当将军，那才是稳稳当当、光宗耀祖的路数。”

龙剑飞苦笑着叹道：“这不是因为部队撤编了嘛!”

吃完饭，一帮年轻人拥着两位老人回到了住所。聊了一会儿，为了让老人家早点儿休息，韩涛他们便告辞走了。

“剑飞，那个姓张的姑娘模样还算不错。”龙剑飞的妈妈试探地说道，“你老大不小的了，也该成个家了。”

“妈，您想哪儿去了，她和咱们可不是一路人，小瑜从小在北京长大，可是娇贵得很呢。”

“我想哪儿去了？别的我不知道，这女人呀，要是喜欢上了一个男人，那眼神都不一样。这个妈可比你懂。你瞧她看你时的那眼神儿……再说了，你现在不是有钱了吗，难道说还养不起一个娇贵女人？”

“您这是说什么呀，就别再瞎嘀咕了，我以后一定给你们找一个中意的儿媳妇，这总成了吧。坐了一整天车了，你们也早点儿休息吧。”龙剑飞说着哄着，把二老总算安置好了。

韩涛他们几个从龙剑飞家出来，看看天色已晚了，韩涛就让二牛、小东先回公司，自己充当护花使者，送两位花儿一样的女子回家。他有意绕道先将韩晴送了回去，便陪着小瑜慢慢地在马路上行走着。龙剑飞敏锐地感到了异样，从小瑜今晚的神情看，她好像也知道了龙剑飞的心另有所属，但龙剑飞只是不知道韩晴和小瑜说了些什么，怎么说的。

其实，就在韩涛告诉韩晴的第二天，韩晴就迫不及待地去找小瑜了。

“是吗？”对韩晴所说的有关龙剑飞另有所爱一事，小瑜很是吃惊，自己从没有发现过有与龙剑飞过往密切的女人，现在怎么突然冒出一个来，小瑜内心一阵阵酸楚，但她从内心并不是很相信韩晴的话，特别是在说到有关龙剑飞的事情时，小瑜深知，韩晴越来越对龙剑飞有了那种意思，她恨不能将自己尽快排挤出这场追逐游戏，小瑜深知自己这位同学密友的个性为人和行事作风。虽说听到这消息内心十分难受，但此刻她并不能完全相信韩晴所说的话。

“真的，这是他亲口对我哥说的。”韩晴言之凿凿。

“真的也好，假的也罢，这和我有什么关系？”小瑜声调很轻。

“那倒也是，现在的男人，哪个不是满肚子花花肠子，没一个好东西！”韩晴不知是在发泄自己对龙剑飞的愤怒，还是在为小瑜抱不平。

“他会喜欢上什么样的女人呢？”小瑜还是忍不住问道。

“这个他自己没有说，唉，北京这么大，他又整天价四处跑，谁知道他会认识什么样的女人！”韩晴有些烦乱。

“不论认识什么样的女人，这也是他自己的事情，我们想管也管不着。”小瑜轻轻叹息着。

自打从韩晴嘴里得到这一消息之后，小瑜几天来像丢了魂儿似的。今天她本不想来的，还是在韩涛多次催促下才从学校赶了过来。

小瑜和韩涛在夜色下默默地走着，小瑜实在忍不住了：

“韩涛，我想问你个事儿。”

“嗯？”

“听说龙哥处女朋友了？”小瑜用轻微的几乎听不到的声音问道。

“嗯，可能吧……那天他是和我这么说的。”韩涛见小瑜终于问起了这事儿，便小心翼翼地回答着。

“那会是谁？”

“这个我也不知道，他只告诉我现在还不便公开，好像是我们并不很熟悉的人。”

“是这样……”得到了证实，小瑜内心一阵悲凉，双眼也湿润起来，但她强忍了下去，低着头，默默地走着。

已过晚上十点多了，虽说路上的车辆少了许多，但还是有一阵阵难闻的汽油味儿扑鼻而来，小瑜不知怎么，突然担心起路边花草来，唉，在这样的环境和空气中，它们能存活吗，就是能活下来，一定也很痛苦吧？

距家还有一段路程，她便对韩涛说：“就送到这儿吧，我想独自走走。”

“小瑜，你别这样，其实，龙哥对你，还有韩晴，就好像亲妹妹一样，他十分关心你们的，只是……只是……”

“我明白。你别说了。”

小瑜停下了脚步，轻轻地说道：“谢谢你了，我们改日再聚吧。”说完，她扭头向家的方向走去，没走出多远，便再也忍不住了，两眼一酸，让眼泪流了下来。

# 十九

张凡走后的一段时间，龙剑飞时常坐在电话旁发呆，内心企盼着张凡能来电话，可时间一天天过去，张凡飞走了都一个多月了，还是杳无音信，龙剑飞无数次地回想着张凡走前的情形。他内心倏地明白了，今后或许再也见不到自己心爱的女人了，她也再不会打电话来。是啊，她临走前的言行充分说明她在与自己做着最后的告别，这是理性的分手而非一时冲动做出的选择。对张凡蓄谋已久的远走，龙剑飞有一种被抛弃的感觉，但不知为什么，他不但不嫉恨张凡，相反地，张凡的影子在心灵深处却更加深刻和清晰。

广利大厦工程如期开工了，这是公司成立以来所承接的最大一项工程。心爱的女人走了，龙剑飞除了苦闷、懊悔，内心却也再没有了什么牵挂，全身心地扑在了工地上。

“龙哥，你就不用总泡在这儿了，有我们在你还不放心吗?”作为广利工程的项目负责人，小东说道。

龙剑飞苦笑了一下：“反正公司现在也没有什么其它的事儿，闲着也是闲着，我只是来看看。”

“大伯大妈刚来，你应当多陪陪他们，现在北京天儿好，带他们出去玩玩。”小东关心地说道。

“可能是上了年纪了，哪儿也不想去。我动员过他们几次，可他们就是不想动。”

“龙总你来啦?”两人正说着，只见广利维修部的赵主任走了过来。他四十五六岁，稍显发福，一副老于世故的模样。在洽谈时，龙剑飞与此人见过多次面，对方显得并不很友好，好像对孟子模将工程全部交给军友很是不满。见是他，龙剑飞十分地小心，满脸笑意地说道：“是赵主任呀，您今天的气色可真好。”

“人老啦，比不了你们这些年轻人了”。他话题一转，“你年纪轻轻的，没想到手眼通天，竟将这工程硬是全拿了过来，了不起，真是了不起呀!”

“哪里，哪里，还不是靠赵主任多关照呀!”

“我可没有那么大能耐关照你们，是孟总说了算嘛。但今后的工程质量我还是要过问一下的，这也是我的责任嘛。”

“您放心，我们一定会把好质量关的，绝不会让您为难。”

赵主任笑笑：“我倒是不会多为难，我是怕你们到时为难啊!”

丢下这句话，他便甩甩达达地走了。望着他远去的背影，龙剑飞有一种沉甸甸的感觉，看来赵主任对军友拿到这个工程还是耿耿于怀，今后还不知道会出什么麻烦呢。他本想对小东交待些什么，可转念一想，小东办这种事儿可能并不合适，便对小东简单地说道：“这是公司所接的最大的工程了，你们可一定要注意施工质量啊!”其他的话龙剑飞想了想，又咽了回去。

临近中午，龙剑飞从广利大厦出来，驱车到了老树酒吧。在娟子的一手张罗下，老树酒巴盘下了旁边的小百货店并改造成了酒吧的操作间，原来的吧台也移到了那边，使整个酒吧比过去显得敞亮了许多。

看到龙剑飞的车停在了酒吧门口，娟子笑呵呵地迎了出来：“龙哥，你来啦?”

“从你这满脸笑容看，我就知道重新开业后酒吧生意一定不错吧?”

“还成，我想这只是一个开始，以后会更好的。”娟子压抑不住内心的得意。

娟子将龙剑飞让进了那间他曾睡觉的小包间。龙剑飞发现房间重新粉刷过了，沙发已换成新的，比过去那个大许多，完全可以当床使，过去的台桌也换成了茶几，显得明亮而舒服，可这样一来，这间房子基本上就不能用作对外经营了。娟子好像看出了他内心的疑虑似的，说道：“这间还给你留着，要是那边不忙了，你可常过这边来看看，也好有个地方呆呀。”

“可这样，你的生意会受影响的，这间包房基本上不能用作经营了。”原来，在进行改造时，龙剑飞和娟子重新达成了协议，这酒吧基本上交由娟子经营了。

“你可是说过的，面积大，台位多，并不一定客人就多，就是进来的客人多，也不一定营业额高，收益就好。你忘啦?”

“哈哈哈，你这个鬼丫头，这话用来对付我了。”龙剑飞敲打着桌面说。

“这还不是跟你学的嘛!”娟子冲龙剑飞调皮地笑着。

“对了，娟子，给我弄两个菜，一会儿我要打包带走。”

“?”娟子十分不解。

“是这样，我把父母接到北京来了，他们一时还不习惯用煤气灶做饭。早晚我在家还好说，中午就只能给他们叫外卖了。”

“是这样呀。”娟子到操作间向师傅交待完回来，说，“龙哥，要不这样吧，今后老人家的午餐包在我身上了，反正这儿离你的住处也不远，省得你来回跑。”

“每天这个时段正好是你忙的时候，还是我自己想办法吧。”

“你就别想那么多了，我每天十一点送去，没什么大的影响。再说了，我这儿现在有五个人了，也照应得过来。”

自此以后，娟子每天中午为两位老人送饭过去，每次还不忘了问老人第二天想吃什么，尽可能地按他们的意愿做；如果自己店里做不了，就到附近的饭店订好了送去。有空闲时间时，还陪两位老人聊会儿天，出去走走。要是实在忙得脱不开身，便叫店里的服务员去。这样时间一长，在两位老人眼里，娟子竟像自己的亲闺女一般，两天不见，就想得慌，每当娟子来家时，老两口便叨唠个不停，舍不得娟子走，碰到什么事儿，也更愿意找娟子。

广利大厦的工程如火如荼，工程进度已近一半。这天一大早，龙剑飞叫上韩涛，一同来到广利大厦，在大厦后院搭建的临时工棚前，小东正将工人们集中起来进行早点名。这也是军友自成立以来始终坚持下来的一项制度。龙剑飞他们将部队的早操与晚点名制度改造后移植到了公司，不论工程大小，员工多寡，各工地每天早上开工前，都要将工人们集中起来讲一下，有话则长，无话则短。用龙剑飞的话讲，这样做的目的既可内强纪律，又可外树形象。好在员工多数是转业军官或退伍战士，习惯了这种管理方式。一些新近招来的技术人员和民工，也就入乡随俗，在哪山唱哪歌了。

龙剑飞突然想起了那个阴阳怪气的赵主任。“上次我说的那事儿进展得怎么样了？”

“你是说那个赵主任？”韩涛笑笑，“接触过几次，我想问题不会太大。从他话里话外看，好像是对孟总有些意见，对我们倒没什么。”

“我感觉也是这样，是否当初他手里也有一家装修公司？”

“这倒没有听他说起过。管他呢，我们尽力将他当做朋友就是了，人心都是肉长的嘛。再者说，我们的质量在同类公司中，不能说是最好的，但也绝不比别家差呀！”

“真有你的，我还真怕他对我们横挑鼻子竖挑眼，在验收时找我们的麻烦。这事儿你全权办吧，别怕花费。”龙剑飞说罢，信任地看着韩涛，“对了，你再敲打一下小东他们，一定要注意质量，这么大的工程，可不是儿戏，出了问题，我们就惨了。”龙剑飞再一次叮嘱道。

这天，龙剑飞、韩涛和小东在广利大厦的会客室坐等着孟子模。龙剑飞不时看看手表，这可是他约好的时间嘛，怎么搞的还不来，甲方就是甲方，总摆这臭架子。就在龙剑飞内心暗自责骂时，就听到走廊外传来孟子模那爽朗的笑声。

孟子模一进来，便客套地道着歉：“真对不起，一出门儿就碰到了住我楼下的城建局贺局长，他还真能聊，说个没完，我也不好走呀，真是对不起，让你们久等了。”龙剑飞忖思也不知他说的贺局长是市里的局长还是区里的局长，反正让别人知道与局长住上下楼总是一件有面子的事儿。

“没什么，我们来了也不大一会儿。”龙剑飞马上说明。

一阵寒暄过后，孟总将话题转到了正事儿上。“今天请你们来，是想和你们商量一下，我们原定的交工日期是九月十五日，你们能不能设法提前半个月，也就是九月一日前全部完成？”

说是“商量”，还不住用着“请你们如何如何……”这样近似求着对方的口吻，但从孟子模的语气能听出来，这并非是什么双方可以商量的事儿，而是甲方的要求，就好比是上级的命令，并没有什么讨价还价的余地。

一听这话，还未等龙剑飞开口，小东就急了："原定是三个月的，而且怕影响A楼的客人休息，晚上九点后又不能施工。这时间本来就十分紧张，加上现在已过了一半时间，再要是抢出半个月来，确实很难啊！"孟子模一怔，随后便看了龙剑飞一眼："你们想想办法，大家辛苦一点儿嘛。"

龙剑飞看这种情况，马上意识到甲方似乎并没有给已方留下可商量的余地，用眼神止住了小东，说道："如果这样往前抢，我担心施工质量……"

"想想办法嘛，我相信你们公司没什么问题的。你们真的像一支特别能战斗的军队，战斗力很强啊。"孟子模微笑着，说着恭维话，但丝毫没有退让的意思。

"那好吧，我们尽最大努力就是了，可我真的没有把握啊！"龙剑飞双手一摊，无奈地表着态，也算把话留下了个活口。

当天晚上，龙剑飞将各工地的负责人召回了公司。开始时，大家还有说有笑，议论纷纷，当龙剑飞说要从各工地抽调人员增援广利工地时，一个个便低着头，谁也不吭声了。会议室内静得让人难受。可就在这时，刘海自言自语地道："如果人手不够，再招些民工不就解决了嘛。反正现在劳务市场上有的是找工作的。"尽管他说话声很低，但还是让龙剑飞听到了。龙剑飞微微一笑，马上接话道："是个好主意，看来各工地人手也紧张啊。"他顿了顿，"我看这样吧，各工地抽出百分之二十的人来支援广利，同时你们可从劳务市场自行招聘同样的人数。广利是我们的重点工程，必须要保证。"一听这话，二牛便急了："那我们……"还没有等他说出来，龙剑飞就摆摆手，打住了他的话音："是啊，我也知道你们用新人不会很顺手，但其它的工地比较小，工人也不是很多，你们辛苦点儿还是能照应过来的。但广利不同，不算外装修，仅内装就有几十个房间同时在施工，多数人要能独当一面的，没有熟练的工人怎么成。这事儿就这么定了，有困难，你们自己想办法克服。散会吧。"

在龙剑飞的办公室，二牛内心的不满爆发了出来："龙哥，你这样安排可有点儿不妥，工程不在大小，对我们来说关键是赢利情况，我们的工程是小点儿，但我们的投入也小，用工也少，如果比起来，较广利工程的赢利情况还要好些，你今天这么一说，还要抽那么多人到广利，好像我们其它项目都不如广利似的。我回去怎么向工人们交待呀?!”龙剑飞和蔼地望着二牛，认真地听着他的述说，脸上始终挂着微笑，可以看出，他内心并不因二牛对自己这种态度而有丝毫责备和反感。二牛发完了牢骚，便一屁股坐在了沙发上，梗着脖子，一副不服不忿的样子。又过了一小会儿，龙剑飞突然脸色一正，大声喊道：

“牛新海!”

二牛被这么猛地一叫，“噌”的一声，下意识地站起身来，两脚并拢，短促有力地回答：“到!”

“哈哈哈，这就对了，”龙剑飞大笑起来，“这才像个军人嘛!”随后他语重心长地道，“我们现在是脱了军装，公司也不是连队。可我们回想一下，咱哥儿几个办这公司靠的是什么？我们是有钱，还是有门路有靠山?”

他像是在询问，可也没有等二牛回答，继续说道：“我们什么都没有。我们有的也只是哥儿几个能够同甘共苦，生死与共，我们能靠的也只是在部队养成的那种迎难而上、敢打硬仗的狠劲和拼劲。”

说完龙剑飞轻轻地拍了拍二牛的肩膀：“这可是咱们的看家本钱啊，我别的什么都不怕，就怕时间长了，我们再也提不起那股劲儿了……”

“龙哥，你别说了。”听到这儿，二牛憨厚的脸涨得通红，感到十分地愧疚和难为情，“我知道自己该怎么做了。我的工人明天一早就到广利报到，而且是最优秀的。”说完，他腰杆一挺“啪”的一个立正，然后向后转，大步走出了房间，一副标准的军人姿态。望着他的背影，龙剑飞十分欣慰，心中暗暗赞叹着，真是一帮好兄弟。

在广利大厦二楼宴会厅，军友公司和广利大厦中层以上人员基本上都到了。经过两个多月紧张施工，整个工程提前二十天完工，今天顺利验收，这对双方来讲都是一件值得庆祝的事儿。坐在主位上的孟总，喝得脸已通红，但每当有人敬他酒，还是很爽快地碰着杯，不停地往口中倒着酒，他好像突然想起了什么，扭头向着龙剑飞道：“龙总，今天这种场合缺少了一个十分重要的人物啊!”

龙剑飞知他指的是张凡，这不禁勾起了他对张凡的思念……微微叹了口气："是啊，如果她在就好了。"

"听维兰特公关公司接替她的人说，她回到美国不久就辞职了？"

"她临走时也和我说过她可能要离开这家公司的。"

"或许是另谋高就了，张小姐是一个很能干的人，而且她对你也很……"孟子模没有再说下去，举起了杯，"让我们为她干一杯吧。"

龙剑飞默默地为自己倒得满满的，猛地一仰头，喝了下去。

酒过三巡，席间的气氛不断升温，双方人员不停地向对方敬着酒，都设法想让对方多喝些。龙剑飞感觉自己今天不在状态，没喝多少就有点儿发晕，他平时的酒量远不止如此的，好在韩涛、二牛他们都在，应付这样的场面绝不在话下。没多久，赵主任就先倒了，趴在了桌上，不时还传出阵阵呼噜声。孟子模原本就话多，现在就更没边没沿地神侃了起来。而龙剑飞脑海中却总是不时闪现出张凡的影子，他暗暗揣度着：你在哪里呢张凡？近来过得好吗？

# 二十

这天，快到中午时，韩涛走进了他的办公室，说了些公司杂七杂八的事儿后，韩涛试探着道："龙哥，小瑜妈妈在电话里说小瑜近来身体不太舒服，好像是生病了。我想我们是不是抽时间去看看她？"

"是吗，得了什么病？要紧吗？"听到这消息，龙剑飞很是关切地问道，这时他才意识到，这些天只顾忙了，竟有很多天没有见到小瑜和韩晴了，小瑜生病了自己都不知道，真该死。想到这儿，他便说："那我们今天就……"可话到嘴边他又硬生生咽了回去，望了韩涛一眼，沉默了片刻说道，"差点儿忘了，我今天约好了一个客户，搞不好还得请对方吃饭，要不今天你一个人先去。最好陪她上医院看看。"

韩涛接口道："那……如果你实在脱不开身，我先去也好，等弄清情况后再说。"

其实，韩涛早就知道小瑜近来身体不好。自那天晚上自己送小瑜回家后，他也再没有见到过小瑜，但他隔三差五地打电话过去问候，有时小瑜不在，小瑜妈妈一接电话就不住地嘀咕着小瑜的身体状况，还说近些天来小瑜瘦了许多。问小瑜，她却说自己并没有生病，还怪妈妈瞎操心。今天小瑜没课，他下决心要去小瑜家看个究竟，也好借此机会认识一下她的父母，虽说通过几次电话，可还从没有见过面。

韩涛到了小瑜家时，已是下午四点多了，小瑜妈妈出去买菜还没有回来。

"我说你不用来嘛，都怪我妈妈瞎叨叨，你看我不是好好的？"小瑜一边说着一边将韩涛让进屋。

“本来龙哥也要来的，但临时有客户来脱不了身。”韩涛解释着，小瑜无语地看着他。

“还说没什么，你比前些时确实瘦了些。”韩涛关心地望着小瑜。他本是一个十分健谈的人，可不知为什么，每当与小瑜独处时，韩涛就感觉有些窘迫，原先想好的话题怎么也开不了口。他从桌上随手拿起一本书来，翻了翻：“你在学英语?”

“没事儿时看看，要不在学校学的那点儿单词用不了多久就还给老师了。年底我想试着考一下托福。”

“想出国留学?”

“唉……想有什么用，我们学院是市属院校，一年也不见得能有一两个公费留学的名额，哪能轮到我这刚参加工作的人呀，想也是白想。”其实，考托福，出国留学这只是小瑜近期才冒出来的念头。长这么大，她从未离开过父母，也从没想象过自己独自生活会是一个什么样子，在她的灵魂深处，从小被深深刻印上中国传统女人那种在家从父、离家从夫的意识。只是在近期，她突然感觉到自己这习惯了的生活环境竟是如此地索然无味，压抑与苦闷时时困扰着自己，她渴望新的天地、新的生活，她渴望远离眼前这一切，哪怕是暂时离开也好。

“小瑜，你还是去医院检查一下吧，不论干什么，身体可是我们的本钱。要不，我明天陪你去?”

“不用了，我真的没什么。”小瑜感激地望着韩涛。

两个人聊着，但谁都有意回避着提及龙剑飞。

不一会儿，小瑜妈妈买菜回来了。“阿姨您好，我就是军友公司常来电话的韩涛，知道小瑜近来身体有点儿不舒服，来看看她。”

“你就是小韩呀，快坐，快坐，小瑜这孩子，我说让她去医院看看，她就是不听。”小瑜妈妈张罗着。

“妈，我好端端的去什么医院呀。”小瑜使性地说。

“好端端的为什么瘦成这样?”小瑜妈妈认真极了，说完，她将买来的东西放下，“好啦，好啦，不说这些了。你们坐着聊，我去做饭。小韩，今晚在阿姨家吃饭，小瑜爸爸也快回来了。”

“不了，今晚我还有事儿，一会儿就得走。”韩涛不自在地说道。

“现在的年轻人都这么忙啊!”说着她转身进了厨房。

韩涛一直坐到小瑜的爸爸张忠回来，得知韩涛是龙剑飞的战友和合作伙伴，现在是军友公司的副总，张忠十分地高兴："你们真是些了不起的年轻人呢!"他不住地询问龙剑飞及公司近来的情况，"好，好，好。没想到两三年的时间，你们就把公司办得有声有色，红红火火，了不起，真是了不起呀!"

"您家小瑜也是我们公司的发起人和股东呀。"韩涛微笑着。

"她？那也是你们几个当初对她的关照。一个女孩子，做做学问，当个老师什么的还成，创业办公司可就差点儿了。"

小瑜妈妈在厨房听到了，接话道："就你能，那你也办个公司试试？重男轻女的老顽固!"听到老伴如此讥讽自己，"哈哈哈"张忠开怀大笑起来，韩涛和小瑜也跟着笑了起来。

"还笑，看你们厂现在这半死不活的样子，你这做书记的难道就没有责任？"

张忠的笑声戛然而止。老伴这话又捅到了他的痛处。是啊，开始时设想得好好的，引进设备，上一条先进的生产线，生产出市场所需的新产品，就可使工厂起死回生，三千多工人便可安居乐业。这也是他临退下来前的最大心愿。哪曾想到，生产线建好快两年了，由于工人素质差，设备不配套，生产管理体制僵化落后，生产线应有的产能根本发挥不出来，反倒是使全厂近六成的工人无事儿可做了。一些人整天价在厂里四处游荡，惹是生非，他这个当书记的日子并没有比过去好过多少。

平心而论，张忠确是一个精明强干、尽职尽责的人，也是一个头脑灵活、敢于创新的领导者，当初从市工业局副局长的任上奉命接手面临生存危机的红星厂，组织上对他寄予了厚望，希望他能将红星厂这老牌标志性企业从死亡线上拉回来。而他自己也是雄心勃勃，准备大干一场。但几年下来，自己使尽了力气，累得半死，收效却并不很大，可这又怎么能怪他呢？他这个当家人，在制约企业生存和发展的诸多体制性问题面前，显得是那么的软弱无力，难有作为。

面对老伴的责问，张忠没有反驳，也没有辩解，只是苦笑着，感慨万千地摇了摇头。

自打去过小瑜家，见过了小瑜的父母以后，韩涛对小瑜的攻势逐渐强了起来，他总是寻找各种理由与小瑜见面，或请小瑜吃饭或是相约去看电影，有时周末干脆就到小瑜家玩儿。对于韩涛，张忠虽没有明说，但看得出，他也喜欢这个小伙子，而小瑜的妈妈更是从心里看上了这个沉稳干练很会体贴别人的年轻人，不时在女儿面前夸着他。面对韩涛的攻势和妈妈的劝诱，小瑜十分苦恼。说实话，小瑜对韩涛从一开始就没有反感，相反的，她自己也觉着两人的个性更为相容，更容易沟通、交流甚至共鸣。但龙剑飞在自己心目中的形象太过高大了，几乎占满了所有的空间，而且好像扎了根似的，怎么也清除不掉。这使她再无法接纳韩涛进来。自己深爱着一个男人，而另一个男人又苦苦追求着自己，小瑜陷入了两股难以自拔的感情激流中，被冲得晕头转向，无所适从。而龙剑飞对自己的态度却又是那样，一想到这儿，她出国留学的愿望更为迫切了。

托福成绩出来后，虽说不是很理想，可也达到了申请留学的标准。而要想公费出去是没有任何希望的，学院的名额再等五年也轮不到她。好在张家只她这一个孩子，张忠知道宝贝女儿决意要自费留学，内心很是为难，自己这点儿工资和老伴的退休金加在一块儿每月也没多少钱，要供女儿出国留学，恐怕将全家所有的存款拿出来也不一定够啊。但他还是咬牙答应设法筹足留学所需的费用。

龙剑飞是从韩涛嘴里知道小瑜准备出国留学的。听到这消息，他半天没吭声，这不禁使他联想到了远在美国的张凡，心中不免一阵怅惘，暗暗道，现在的人们是怎么了，动不动就想着出国往外跑，好像国外的月亮也比中国的圆似的。许久他才回过神来："你对这事儿怎么看？"龙剑飞用探询的目光看着韩涛，见韩涛处在沉思之中，轻轻地又问道，"你希望她走吗？"

"这不是我希望不希望的问题啊！她已决意要走了，这些天全家人正在为她筹措留学的钱呢。"韩涛显得有几分无奈，"再说了，她刚刚毕业不久，现在的工作也不是很理想，出去见见世面也好。"

"可你们……"龙剑飞无法再说下去了，心想，如果小瑜此时出国留学，那他两人的事儿八成算是黄了。

韩涛知道他要说什么，便抢先说道："一切在于缘分，再说了，八字还没有一撇呢，咱也不能剃头挑子一头热，对不？"

龙剑飞看韩涛态度如此，便道："关于留学费用问题倒好办，小瑜有我们公司的股份，如果她真的要走，或可退股或可转给别人，这应当是一笔不小的数目吧，不知道够不够，就是不够，我想也差不了多少了。当然这事儿还是要她自己拿主意。”

其实，韩涛从小瑜决定要自费留学那时起，就想到了这个解决问题的办法，只是自己既不是当事人，又不是当家人，难以开口提及，现在龙剑飞说出来了，就顺着回应道：“这也是个办法，省得她家东凑西借的。”

“那好吧，我先让会计估算一下，她的那份能折多少钱。”龙剑飞想了想，“这事儿还是你代表公司和小瑜家商量吧，一切以他们的意见为准。”说完，龙剑飞冲韩涛笑笑，他有意又有心地将这天大的人情儿送给了韩涛，是他发自内心地希望这两个人能有一个好的结局。

“什么！有那么多钱？”当韩涛告诉小瑜，在她名下的股份值二十多万元时，小瑜全家人都惊呆了，小瑜生怕自己听差了，重复问道，“你是说我在公司有二十多万？”韩涛显得有些得意，点了点头，肯定地说：“是的，大约是二十三万吧。”

“可当时我只……真没想到，这不是在做梦吧？”小瑜还是有点儿不敢相信，她也知道军友公司在龙剑飞、韩涛他们的打拼下，生意做得还算好，但她怎么也想象不出自己两年多前投入的五千块钱，不，更准确地讲是两千元，现在竟增值了一百多倍。她现在当教师的工资每月才三百多块，加上各种福利也达不到四百块。二十多万，这对她来说无疑是天文数字。

张忠在旁既兴奋又有些担忧：“这么多钱，都是你们经营所得？”他想了想，又道，“这也是小瑜应当得到的吗？”

“张叔您放心，这些钱当然是小瑜应得的，我们五个人当初一共投入了六万元成立军友，其中小瑜出了五千，前些天盘点了一下公司资产，大约有三百多万，那小瑜当时拿出的五千元，现在不就变成二十多万了嘛。”

就在小瑜出国前的几天，龙剑飞应约来到了老树酒吧，这也是小瑜在电话中特意提出来的，说是很久没到酒吧了，想来看看，便约在了这儿见面。时间还不到晚上七点，小瑜没有到。店里客人也不多。

“娟子，真要好好谢谢你，亏得你每天给我父母准备中午饭，要不，我还真有点儿忙不过来呢。”

“这还不是举手之劳嘛，咱就是干这个的，别的也帮不上你什么忙。”娟子因自己能为龙剑飞做点儿事情而感到高兴和满足。

“现在他们可真有点儿离不开你了，整天价夸你，在他们心目中，你成了亲女儿，好像比我还亲些。”说罢，龙剑飞爽声笑了起来。

娟子听说小瑜过几天就要到美国留学了，不免流露出了羡慕的神情，自己十六岁就从湘西山区老家走了出来，初来北京时，在她心目中这儿就好像天堂一般，可时间一长，她才发现，城里面的人们并不满足于这天堂里的生活，放着好好的日子不过，却想尽办法要出国，要留学，就像当年自己渴望走出山沟一般迫切，真是应了家乡那句老话，这山望着那山高。

就在娟子沉思的当口，小瑜推门走了进来。她默默地坐在了龙剑飞对面：“龙哥，你先来了?”说完，才发现站在一旁的娟子，转头冲娟子微微一笑，“娟子比过去更加漂亮了。”

娟子上下打量着小瑜，眼神中充满祝福和羡慕：“听说你就要出国留学了，祝贺你呀。”还没等小瑜接话，娟子又道，“怎么样，走之前，再在这儿为你举办一次聚会?我来为你操办，一定要好好庆祝一下的。”

“谢谢你了，娟子你真好。”小瑜未置可否，只是用感激的目光看着她。

娟子看出他们好像有事儿要谈，便让服务员给他们端来两杯咖啡：“你们先聊着，我去照顾一下别的客人。”说完，便转身走开了。

“行李都收拾好了吗?”龙剑飞关切地询问着。

“出去学习，也没有什么要带的。”

“还是要准备充分些，出去了可不比在国内，现在缺什么，也容易找到，到了那边可就不成了。”龙剑飞叮嘱着。

“龙哥，那么多钱，我真不知该如何才能报答你，更不知自己该不该拿。”

“哈哈，那是你应得呀，无需报答谁，现在公司情况比较好，你是赚了，如果公司垮了呢?那你也只能认倒霉了。你还记得吧?当时你就说会跟着我们这些当兵的沾光，现在看来你还真是沾了一点点的光了。”说罢，龙剑飞又开怀地笑了起来。

“对了，这几天见着韩涛了吧?为了你的事儿，他可没少费心思，跑前跑后的，对你真的是一往情深，哥真希望你们能处下去，他是一个很优秀的人，将来必定会有大出息的，而且他对你……”

“龙哥你别说了。”小瑜双眼有点儿发红，“我知道你是什么意思，也知道你这是为我好，但我现在还不想考虑这个问题。”

“哥知道，你马上就要出国了，此时谈这些是有点儿不是时候。好了，好了，不说这些了，一切都是缘分。”龙剑飞看到这个问题无法再谈下去了，便将话题转了开来，“小瑜，你到了那边，要多来个信儿，有什么困难就和哥说，还有韩涛，我们都会尽力的。虽说你现在算是退出了军友，但军友永远是你的后盾，请相信我们这几个兵哥哥。”

“我相信，龙哥，认识你们是我的福气，不论走到哪儿，我都会好好珍惜我们之间的情谊的，也会时时想起你们。”

小瑜一想到自己马上就要远走他乡，将与这个占满了自己心际的男人长久地分离，而他是否真的有了女友还从未从他自己口中得到证实，她再也忍不住了，鼓起勇气问道：“听韩晴他们说，龙哥你有女朋友了?”

龙剑飞被这突然一问，先是一怔，随后便轻轻点了点头，算是给了小瑜一个肯定的回答。

“我那未来的嫂子一定很漂亮吧?”

龙剑飞笑笑，没有正面回应，只是说：“等你留学回来了，一定能见到的。”

这些天来，龙剑飞一直在犹豫不决，他十分想让小瑜到美国后设法打听一下张凡的下落，虽说张凡在纽约，小瑜的学校在洛杉矶，但打听起来总要比国内方便得多。就在小瑜进来时，他还没有最后决定是否向小瑜提出这一要求，此时看到小瑜那关切的神情，他彻底打消了托小瑜打听张凡的念头。

和小瑜分手后，龙剑飞明白，这一定是韩涛将自己有女朋友的话传了过去，这也是他事先就考虑到的结果。其实，从她们两人最近一段时间对自己的态度中，龙剑飞已感觉到了这一点。这样最好，省得两个丫头老是将注意力放在自己身上。这层窗户纸不捅破，不仅使她们两人争来争去，会伤了同学情谊，也会让韩涛十分为难的，更为重要的是，也省得自己夹在中间，穷于应付了。说心里话，受到小瑜和韩晴这两个女大学生的青睐，龙剑飞内心还是蛮得意的，他也曾多次思考过，并将她们不停地与张凡进行着比较，甚至在脑海中设想着与她们其中一人共同生活会是什么样子，但他总是无法想象下去，因为他的心并不能随着自己的思绪行走，思维和情感的钟摆最终还是停在了张凡这一边，他渴望与张凡在一起时的感觉。过去总是说什么缘分长缘分短的，可什么是缘分内心却并不是十分清楚。现在他明白了，看来这就是缘分啊。

小瑜走的那天，龙剑飞没有去机场，他只是将车钥匙交给了韩涛："你代表公司的几个老熟人去送送小瑜吧，这一走还不知何时才能回来。"这不禁又使他想起了张凡，内心无比地惆怅。

在机场，望着小瑜的身影从安检口消失，韩涛内心感觉有些失落，但在小瑜父母和同学们面前，他脸上始终挂着微笑。"哥，他为什么没来?"身后的韩晴小声问道。韩涛知道她指的是谁："龙哥今天正好有事儿来不了。"韩涛只能这样回答，尽管这样的回答有些无情。

# 二十一

张凡走了，小瑜走了，这对龙剑飞和韩涛来讲，仿佛又回到了军营。除了公司秘书周姗之外，公司上下基本上都是清一色的年轻小伙子，而且有许多都是往日的战友或自己带过的兵，只是军营变成了公司，训练场换成了工地。他们不停地洽谈和签下大小不一的合同，也不停地在各个工地间来回奔波着。可他们的心却再也回不到往日的那种单纯了，忙时还好，一闲下来，思念便充塞他们的心际。

小瑜走后，韩晴给龙剑飞来过几次电话，有时是约他一同出去看电影，有时是说自己一个人无聊，想让龙剑飞带她出去吃饭，但龙剑飞总是提不起精神来，或推托有事儿，或要求改日，就是答应了，去了，他也总是那么一本正经，渐渐地，韩晴的电话和相约也就少了。韩涛的情况要好些，小瑜不久就有了音信，信虽说是写给龙剑飞、韩涛两个人的，信中也只说了些自己到美国后的情况，但毕竟是有了音信，韩涛可以不时与她书信来往，甚至还可以用刚刚买的手机通通话。而张凡却还如石沉大海般没有任何消息，龙剑飞不仅得不到张凡的任何音信，而且也不能与任何人诉说，就是插科打诨开玩笑，也绝不会涉及到张凡，他只能将自己这段如醉如痴的恋情和对张凡的思念深深地封存在内心深处。

他曾一个人悄悄地跑到广利大厦维兰特公司打听过张凡的消息，他百般恳求，恨不得叫对方接待自己的那个年龄与己相仿的女士一声奶奶，央求着她打电话到美国总部询问，可得到的消息却是张凡自辞职后，就再未与公司联系过，龙剑飞想要张凡家的电话，可美国总部传过来的答复却极为坚决：

“没有本人的许可，公司无权将私人电话告诉任何人！”

这些美国佬，真是不近情理，一个个都这么死心眼儿。他心中暗暗骂着，万般无奈地离开了广利大厦。

原想张凡走了，加上公司也不是很忙，自己正好抽出时间来好好陪陪两位老人，带他们到北京各处转转。他们来北京几个月了，自己难得有时间陪他们一块儿出去，也没有带他们各处玩玩。可他还没有来得及有所行动，两位老人却先说话了。

“剑飞，我们来北京大半年了，该吃的吃了，该逛的地方也逛了。时下开春了，家里面的活儿，怕你哥嫂忙不过来，我们想……想回去了。”

听到妈妈这么说，龙剑飞开始时并没有很在意，随口说道：“北京大着呢，好多地方你们还没去，现在公司不是很忙，我正打算陪着你们好好转转呢。”

“时节不等人呢，再说了，一辈子劳作惯了，现在一下子闲下来，这身子骨还真不得劲儿。我们和你哥在来时就说定了，开春就回去。”龙剑飞的父亲在旁不紧不慢地说着，但语气却显得十分坚决。

这时龙剑飞才意识到两位老人这是决意要走了。好说歹说，他们才同意再在北京多住一周。

接下来的一周，龙剑飞基本上就没有去公司。他开着车，带着两位老人美美地转了几天，先是长城、颐和园和世界公园，后来又带他们逛商场，买足了带回家给亲朋好友和左右邻居的礼物。看到这许多花花绿绿的各色物品，老爷子的脸上现出了难得的笑容，嘴上不停地说着“够啦，够啦”，可他的眼神却不时瞄向那些他认为稀罕的物件。龙剑飞好像揣摩准了老爷子的心思，也在尽力扮演着一个识得老人眼色、满足老人愿望的儿子。老爷子的目光投向哪里，他便奔向哪里，什么小孩子的玩具，学生的书包，年轻人穿的球鞋，老年人戴的帽子，为买两个那种长杆的抽旱烟用的烟袋，开着车跑了好几个商店都没有找到，最后还是在一个地摊上买到的。一整天下来，车的后备厢内可说是应有尽有了，拉回老家足可以开个小百货店。

龙剑飞能感觉得出，他们看似很随意地挑选着，但心里面却有着一本详细的账，所买的每一件物品，似乎都有着特定的赠送对象。包括价钱，也是有区别的，他们不仅要还往日的人情，还要挣足面子。龙剑飞自己虽说知道一些老家那环境的习俗，内心也并不以为然，但他深深知道，这事儿在老人心目中是何等的重要，丝毫马虎不得。自己过早地离开了军队，团长是当不成了，那“光宗耀祖”的事儿就只能通过这种方式来实现，让两位老人体体面面地回去，让他们在村里的老少爷们儿面前有光彩，有面子，这是自己此时唯一能做的事儿，也是自己这当儿子的责任。于是便尽力满足着老人的心愿。虽说买的东西不少，但花钱并不算很多，就是多，那也是应该的。人家旺财家老大当了团长，全家人能跟着风光好些年，而自己这样做也可让全家人风光些时日吧。他心里合计着，或许现在带回去的物品礼物越多，家人风光的时间也就越久些。

# 二十二

送走了两位老人，龙剑飞又回到了初来北京时的那种纯单身的生活状态。真可谓“一人吃饱全家不饿”，也没有了正点吃饭和睡觉的概念，全力投入到了军友的经营和运作之中了。

与龙剑飞所经受的情感上的纠葛与磨难相反，公司却进入了一个快速发展时期。近似军事化的管理和高效运作，特别是前几年所建立起来的良好形象和信誉，不论是外装还是内装，项目一个接着一个，钞票像雪花般飞来，公司也雪球般越滚越大。到了一九九三年，短短几年间，军友竟积累起了上千万的资产，单年的营业额也达五六千万，俨然成为了北京装修界的龙头企业，龙剑飞也成了业内年轻的领军人物。

随着公司逐步走向正规和资金的不断累积，龙剑飞的心思也迅速膨胀了起来。在装修业摸爬滚打了这些年，他已感觉到，不论是内装还是外装，不论你的规模有多大，搞装修挣的就是辛苦钱，装修公司说破天也就是一个打工出苦力的团伙儿，自己大了不起也只是一个打工头儿。他已不满足于现在的局面，他渴望找到一个更加广阔的天地和舞台。这不仅是为自己寻找一个用武之地，同时也是为自己积累起来的财富寻找一个能生出更多钱的地方。装修只是一个出力就可以挣钱的领域，用不着更多的资金。现在有了这么多钱，总不能像传说中的土财主，趁着深夜无人，独自一个人数着装在坛子里，再深深地埋在地下，终其一生小心地守护着，直到快咽气时才告诉后人吧。

很长一段时间以来，龙剑飞始终关注着房地产业，这一来是因为房地产与装修业有着直接的联系，是装修业的上游，他不得不时刻关注着其发展动向；二来这也是他一生中了解和熟悉还算比较多的领域。是啊，回顾过去，年少时在乡下，虽说距县城才几里路，可去的次数并不多，就是上了县高中进了城，可那时面临着高考的压力，学校管得特别严，平时能跑出来在大街上逛的机会也不多。再往后，不是军校就是军营，很少接触外面的世界。这种近似于与世隔绝的状态一直持续到自己脱军装。可进了北京，在各种机缘巧合下，便一头扎进了装修业。他对社会的认知和感受也就这么多。相比较其他领域，除了装修，房地产可算是他了解和熟悉比较多的很少的几个行业之一，他也只有在自己所能认知和把握的领域寻找着机会。更何况，自己总是听业内人士说“装不如建”。虽然还没有真正理解其中的含义，但建房比装房更容易赚钱却是事实。

真可谓是天有不测风云。就在龙剑飞密切关注着房地产，准备一有机会就杀入的时候，却传来了海南房地产出现危机的消息。

海南建省后不久，便在特殊的地理环境和政策的刺激下，率先掀起了房地产热，很快便进入了一个近似疯狂的时代，全国各地的公司、个人甚至是有关政府部门，纷纷携巨资“南下入海”，一把把白花花的银子撒在了小岛四周的海滩上，换来的是一栋栋质量粗劣的建筑。开始时，人们不停地圈地，炒楼花。一块地、一个楼盘，甚至只是一个批文、一套设计图纸，只要能在手中捂上几个月，便是成倍的利润。赚钱效应进一步刺激了人们的贪婪和欲望，更多的人南下，更多的钱被投进了海岛，就是龙剑飞在北京所接触的房地产公司或在这行当混久的人，就很少有没在海南投钱的。可岛内原有居民就那么多，多数还没有脱贫。外来的人，不是建房者，就是炒房客，并没有几个是想买房住房的。中国的事情往往是这样，有时会突如其来地一哄而起，有时又会没有任何征兆地一哄而散。需求的不足无法长时间支撑这热潮。稍有风吹草动，房价便掉头向下，而且是越跌越快，越跌越猛，现在终于崩盘了。那些南下入海的先辈们个个赚得钵满盆满，可更多的后来跟进者却惨不忍睹，用巨资换来的一个个楼盘，一栋栋大楼，有的建完竣工了，有的建了一半，也有的还停留在图纸上，却都砸在了手里，再也找不到下家。那么多的钱打了水漂，留下的是一片片烂尾楼。它们形态各异，一个个矗立在海滩上，每日承受着海风的吹打和过往路人的讥讽，成了海南一道独特的风景线。

在整个国家从计划经济向市场经济转型过程中，虽说人、财、物的流动还不时受到体制性的制约，难以畅通无阻，但任何制度，任何人都无法再阻碍信息的流通了。海南房地产出现的危机很快就在北京引起了反应，业内充满了担忧和疑虑。伴随着住房制度改革，刚刚破土萌芽的北京房地产业，还没有茁壮成长起来，就碰到了寒流，像霜打的秧苗般半死不活了。虽说还没有像海南那样一溃到底，不论是建房的还是炒房的纷纷慌不择路，能逃便逃。人们再不敢像过去那样为了赚取暴利，不顾一切地大笔投入了。

龙剑飞在为自己没有过早地进入房地产业庆幸之余，不免也为军友的未来犯愁，在他看来，如果房地产萧条下来，那用不了多久装修业也会进入严冬。但几个月过去了，事情并没有向更坏的方向发展。公司的项目还是一个接着一个，生意还是那么的火爆。龙剑飞困惑了，他无法理解和把握这诡异的市场。

吃不准的事情，他从不会轻易做出决断的。进入房地产这一存在许久的想法，在他头脑中暂时停止了运行，等看清了形势再说吧。

二牛请假回老家完婚。还不到一个月，就美滋滋地带着新婚媳妇回到了北京。这可是他们几个中第一个成家的，大家免不了要热闹一番。龙剑飞让韩涛好好张罗一下。先是在饭店闹腾够了，几个人又拱着两位新人到了事先订好的宾馆。新娘子是二牛老家一所中学的民办老师。可能是第一次见到他们几个，文静的脸上显得有几分害羞，再加上刚才吃饭时被韩涛他们几个硬劝了些酒，脸更加红得可爱。

进了房间，龙剑飞四周看了看，有点儿不解地问道：“不是说租好房子了吗?”

听到龙剑飞这样问，二牛堆满笑意的脸顿时显现了一股怒气：“妈的，本来我回家前就谈好的，月租二百六十元，可现在那房东却变卦了，非要涨到三百，还说要是你不想租，想租的人有的是。”

在旁的新娘听到这儿，惊诧中带着一丝歉意：“在北京租房子怎么这么贵啊！我一个月的工资还不够交房钱的呢。”

二牛也意识到此刻不该当着新婚妻子的面说这些，赶忙说道：“涨点儿倒也没什么了不起，咱并不在乎这点儿钱。”

但他还是心有不甘地絮叨着："可问题是……这可是早就谈好的价呀。要是现在一声不吭就同意了，他一定会以为咱好欺负，保不准以后还会得寸进尺，再出什么幺蛾子呢。"

"什么，现在房租还在涨?"龙剑飞听到这消息，心中猛地一怔，暗自思量了许久，心中升起了种种疑团，这怎么可能！此时房租还在涨?但他并没有再询问什么，而是话题一转，"这几天你就别忙公司的事儿了，好好陪陪弟妹，尽快把家安顿下来。"他也感觉到了新娘子的尴尬，笑了笑，"涨就涨几个吧，这对我们来说并不算什么，还能承受得起。"

"对了，听说弟妹辞掉了老家的工作?"

"反正也是民办身份，辞不辞的也无所谓。我想先住下来，也好熟悉一下情况，过些时候再商量着看能干点儿什么。"二牛看了媳妇一眼，代为回答着。

"这样也好，成家了就要像个家样，两人总分着不是办法，再说了，你也还真需要有个人在身边管着，省得你整天价喝酒。"说罢，龙剑飞"哈哈哈"地笑了起来。

回到家已近深夜了，可龙剑飞怎么也睡不着，他十分不解，这些天满耳朵听到的都是房地产如何如何地难做，个个好像大难临头似的。可……可为什么房租还在涨?

就在他绞尽脑汁也理不清其中头绪时，不知为什么脑海中又出现了张凡的身影，如果她在就好了，她一定会说出个道道来的。想着想着，突然有一种委屈的感觉。走了一年多了，难道说真的就再不理我了吗?最起码也应来个信儿呀。这个狠心的女人，虽说他对张凡不辞而别有着种种的抱怨，但他怎么也恨不起来，内心有的只是委屈和思念。

一晚没怎么入睡，可他还像往常一样，六点半准时起床。脱军装几年了，这儿也听不到起床号声，可他在部队时形成的生物钟却极为顽固，不论多晚睡觉，六点半准醒。

一到公司，韩涛就进了他的办公室，两人碰了碰情况，

"对了，大华公司刘总昨天又来电话了。"韩涛上来就说。

"?"龙剑飞的神情在问。

"说是想和你坐坐，约个时间吃顿饭。我看他们一定是有事儿要我们帮忙。"韩涛接着说。

"他前些时也给我来过电话。可能是想拉我们合作搞什么项目吧。"

龙剑飞回想起来了。

“听人说大华公司好像在海南赔了不少钱。”韩涛半是说明半是提醒地说道。

“好像是这样的，前些天小东不知从哪儿也得到了这消息。”龙剑飞想了想，“如果他们那边再来人或来电话谈合作的事儿，我们最好保持一种不拒绝也不积极的态度，拖一拖再说吧。”

韩涛走后，龙剑飞把周秘书叫进了自己的办公室。

“龙总，你找我？”不知为什么，近来周姗对龙剑飞的称谓不知不觉中发生了一些变化，她刚来时，总是“您”长“您”短的，现在“您”变成“你”，可能是熟悉了吧。

“小周，你今天有什么重要的事儿吗？”

“韩总昨天交待，让我把一家饭店的改建装修方案给对方送去，好像是叫……”秘书周姗因一下子叫不出店名而感到局促和难为情，两只手不停在胸前绞动着，小声说，“我有他们的地址和联系电话的，离公司不是很远。”。

“那正好，你顺便帮我在附近大街的电线杆上抄些出租房屋的小广告来。”

周秘书好像没有听懂似的，站在那儿发呆：“抄小广告？”

龙剑飞笑了笑：“对，要抄出租房屋的广告，可不是求租房子的广告，我可没有房子想租出去。”

周姗还是不解：“你是要……”

“是这样，我现在租的房子快到期了，如果能找到更合适的，想趁这机会换一下。另外我也想了解一下现在的租房行情。”龙剑飞并没有更多地解释。临了他又嘱咐了一句：“一定要抄下来联系电话。”

北京已进入夏季，外面显得格外热，特别是下午三四点钟，地面温度高达四十多摄氏度，加上前两天下过雨，湿气大，闷得人难受。开会的人陆续到齐了，他们都是从各自的工地赶回来的，个个脸上挂着汗珠，好在会议室新近装了空调，呆在里面很是凉爽。

军友公司自成立以来，就很少开会，就是开，也会事先告诉与会者会议内容的，可这次一反常态，只说是让回来开会，而为什么开会，要研究什么事儿并没有告诉大家。这样也好，每个人也就无需做什么准备了。以往开会，龙剑飞总是要每个与会者发言表明态度的，光这还不成，还要求每个人说明自己为什么同意与反对。用他的话讲，“你们同意也好，不同意也罢，总应当有个理由吧？那就说说，说出个一二三来”。

所以，二牛最怕开会，他怕龙剑飞让他表态并说出个一二三来。他脑子里并没有那么多一二三，他也不想苦思苦想编出个什么一二三来。他只认准了一条，那就是过去的连长，现在的老板让干什么自己就干什么，别的他一概不管。为此，他没少挨龙剑飞的呲儿：“你自己为什么就不能动动脑子，以后你或许也要自己办公司，那时怎么办？”二牛总会小声说道：“我可没有那么大的野心，我只想跟着你混口饭吃。”龙剑飞还真拿他没办法，每每只好苦笑一下了之。

自小瑜走后，公司开会时便是清一色的男士了，今天几个人难得凑一块儿了，免不了又是开玩笑，又是讲段子。而且开起玩笑来更没了深浅，讲段子也就更加没有遮拦了。特别是二牛，一反以往开会前，因害怕龙剑飞让他发言而展示出来一副苦瓜相，今儿却是满脸的兴奋，显得十分活跃。可他突然发现，韩涛小东他们都把攻击目标锁定在了自己身上，自己还没讲几句，火力就集中向自己射来。韩涛眼睛直勾勾看着二牛，笑嘻嘻说着：“你们看人家二牛，干什么工作都那么积极主动，就连娶媳妇都争个第一。”“哈哈哈……”

“对了，二牛，几日不见，你好像瘦了些。”小东一脸的正经，像真的一样。

“那是，人家二牛白天忙工地上的事儿，晚上还要加夜班，能不瘦吗？”又是一片笑声，就连一旁的刘海也忍不住笑出了声。

就在二牛思量着如何反击时，龙剑飞走进了会议室，大家的欢笑声戛然而止。

龙剑飞在外面就听到了里面的吵闹欢笑声，进来一看到二牛通红着脸，就猜到了八九分，微笑着：“你们又拿老实人开涮了吧？”

韩涛抢着说道：“我们哪儿敢呀，人家现在可是有‘靠山’的人了，谁要是欺负了二牛，那弟妹还不找我们算账？”

“哈哈哈……”

二牛气得鼓鼓的，可又一时找不到攻击韩涛他们的切口。

“你们呀，嫉妒了吧？眼热了吧？”说完，龙剑飞也笑了起来，“有本事你们也找呀。”说着，他走到会议桌的上首坐了下来。

“你还说我们，那你呢？”坐在后面的刘猛插了一句，“你可是我们的大哥，是老板呀，事事都要走在前边才对。”

突然听到刘猛这么一说，韩涛下意识地偷偷瞄了龙剑飞一眼，只见龙剑飞原本微笑着的脸显得有些僵硬，足足定格了有四五秒钟，随后难以察觉地长长吸了口气，又慢慢吐了出来，正了正容，这才开口说道：

“好啦，好啦，我们开会吧。”

他今天不知为什么没有习惯性地站起身来。

“今天找几位来，是想就公司今后的发展方向议一议，你们都知道，我们现在的情况还是比较好的，承接的项目不少，利润也不错，那我们是按照现在的路子继续扩大战果，还是另开辟新的战场？”

龙剑飞停了停，环视了一下其他几个人，继续说道：“这是决定公司未来方向的大事，我想听听你们的意见。”

一听说是研究如此重大的问题，几个人都有点儿发蒙，除了韩涛之外，二牛、小东他们平时就很少想这类大事儿的，他们只知根据龙剑飞的指令和要求行事，其他的一概不管。而韩涛此时却有点儿心不在焉，他一直在想着刚才刘猛所说的话和龙剑飞那奇怪的表情，进而他又联想起往事来，龙剑飞曾说自己另有所爱，时间过去一年多了，可这爱在哪里？就是目标也没有出现呀，是他的进攻受阻？还是他根本就……难道说他……

直到龙剑飞的目光投向他时，韩涛这才意识到自己走神了，赶快将思绪拉了回来。

他轻轻咳了一声，以此来为自己争取更多一点儿的时间，也好理出一个头绪。他虽说多少知道一些龙剑飞的想法，近两个月来，在两人的交谈或闲聊中，龙剑飞多次提到公司的发展方向问题，还说我们不能总是当工头儿，挣来的钱也不能总像土财主那样深埋在地下……可再多的情况他也不得而知了。此时要他发言，还真不知该讲些什么。

“我们现在做得是不错，也赚了些钱，但总在装修上打拼，是难有什么大的作为的，也没什么大的出息，特别是搞装修不需要大的资金投入。”

他想了想，接着道：“我们现在是以人挣钱，以汗水挣钱，我们还应当以钱赚钱，也就是说我们应当将辛辛苦苦挣来的这些钱设法派上用场。但具体做什么，我一时也想不出什么来……”

韩涛虽然嘴上说自己还没有想好，但他还是顺着龙剑飞的思路表明了自己的态度，那就是开拓新的战场。

二牛这回却不知为什么敢于发言了，他抢着嚷嚷道：“我看现在这样就挺好，这样干下去，我们每年少说也能挣个一二百万，干上他个十年八年，那我们军友可就发大财了。你们说是不是?”他四下看了看别人，企盼能得到大家的认可和支持。

小东看到龙剑飞望着自己，心想如此重大的问题，龙哥应当有更深更远的考虑，自己不便多说什么，低低说了声：“我还没有想好，这么大的事儿，我一时也想不明白。还是听龙哥的吧。”

龙剑飞又将目光投向刘海。

刘海乍听到要讨论公司的发展方向，便一直在紧张地思考着。以往开会时，龙剑飞就十分重视自己的看法和意见，但那都是研究一些具体的项目和施工方面的问题。而今天这样的议题……自己这样的身份……

刘海确实感到有些为难，说实在的，在自己进入军友时，龙剑飞曾向姐姐和自己承诺过，进了军友，他将享受与二牛小东他们一样的工资待遇，并享有与他们同样份额的干股，也就是和他们一样每年参加分红。几年来公司始终是这样做的，分到的钱也和他们一样。对此刘海在感激之余，真是发自内心地钦佩这个比自己小四五岁的老板，他的魅力，他的理性与冷静，他的为人处世，这一切都令他信服。

但自己毕竟不是真正的股东，或者说不是公司的所有者或部分所有者。在关系到公司未来的发展问题上，自己能说什么？说什么才好?

如果单从个人利益着想，刘海并不希望公司再求扩大，而是希望每年多分些红，自己现在的工资加上分红虽说远比在设计院时拿得多，但他还是需要更多的钱，父亲身体总不见好转，孩子又到了上学的年龄，这一切都需要钱，而且他多年来始终也想着自己创业。再说了，公司发展得再好，也没有自己的份，而每年的分红却是实实在在到手的钱，那才是真金白银。但这种念头也只存在于他内心最阴暗角落里，无法浮现上来。人家如此待我，我怎么能……刘海不是那种忘恩负义、见利忘义的小人。

“我进入公司两年多了，我一直在想，为什么我原来的单位总是搞不好，可我们公司干什么都能干成，都能赚到钱。时间长了，我好像有些明白了，一是我们……”

坐在旁边的二牛说：“海哥，咱们长话短说，你就说今后怎么办吧。”

龙剑飞狠狠瞪了二牛一眼：“你别打岔，我们听海哥说。”

刘海也瞟了二牛一眼，继续道：“我想主要有两方面的原因：一是在我们公司，人人都在拼命工作，整个公司基本没有闲人。但我原来的单位，十人中有六七个是不干活儿或干不了活儿的。这就好像是一辆马车，我们是拉车的马多，基本上没有坐车的，就是在车上坐着的人，也想尽办法出力，好让车走得更快些。而他们多数都挤在车上坐着，即便是在下面拉车的人，也随时想着能坐到车上去，根本不愿多出力。这两者比起来，结果不言自明，这其实是个机制问题。二是过去基本上没有专门搞装修的公司，装修只是建筑公司的附带工作，他们只是根据客户的要求，对所承建的房子进行简单的初装，很少去接纯装修的活儿，因为大的建筑公司看不上这些小活计，而一些小的建筑队又无力承接。这就使市面上那些需要装修或改装的客户找不到承接者。而我们公司的出现正好填补了这个空白，这就是个市场问题了。”

他喝了口水，继续说道：“说到公司今后的发展方向，我想与这两方面的情况存在有着直接的关系，如果今后这两方面的情况不发生变化，那我们现在这样干就没有问题。不论怎么样，我们都能生存，都能赚到钱。”

说到这儿，刘海停顿了片刻，看到龙剑飞赞许的目光，便接着说道：“可我了解的情况是，现在许多大的国营建筑公司都在搞改革，多数搞项目承包，承包人根本不要那些坐车不拉车还捣乱的人，那些人往往是些有关系有背景的，可现在这些关系背景不好使了，他们就是托人说情，人家也不会要，过去吃大锅饭没办法，现在不同了，利益摆在那儿呢，谁要呀。而且，现在专门从事装修的公司也出现了不少，有的是从建筑公司分出来的，也有一些是以往的建筑民工自己干起来的。因为这是一个投入小、设备技术要求不高、很好赚钱的行业，谁都想干。我可以肯定地说，今后我们所面临着的竞争将会越来越大，每个项目的利润也会越来越薄。至于说我们公司怎么办，向什么方向发展，我一时也想不好。”

刘海说完了，几个人谁也不吭声，都在思索回味着刘海所说的话。

大家沉默了好一会儿。

"你们还有什么要说的吗?"龙剑飞面无表情地环视着大家，看到大家再没有人吭声了，说道:

"那好吧，我们这几年确实很辛苦，但也总算是打下了一块阵地，也积攒下了一点儿家业……"

说着说着，他又习惯性地站了起来。

"我们是搞装修起家的，这块阵地打下来了，就要守住，我们可不能像狗熊掰棒子，掰一个丢一个，更何况新的还没掰到手。我们就是开辟新的战场，这已打下来的阵地也决不能丢，而且还要把它做得更大更好。"说到这儿，他有意将目光投向二牛。只见二牛现出一脸笑容，显得有些得意。

"当然，我们也不能总是停留在这块阵地上。现在的问题是如果我们开辟新的领域，那新的战场在哪里?我们又如何确定主攻方向和寻找突破口?"

他一边收拾东西，一边说道:"关于这个问题，我们不急着做出决定，你们也好好考虑一下。想想我们能干些什么，干什么更能赚钱，更有后劲儿。过几天再碰一次头。"

会完了，二牛刚想走，小东就笑眯眯地将他拉住了:"走，我们喝酒去。"

看到二牛有些迟疑:"怎么?有了老婆，连酒也不喝了吗?"

"走就走!有什么呀!"

"这才像咱们二牛嘛!"韩涛在旁用调侃的语气说着。

龙剑飞看着这几个兄弟，也开心地笑着:"那好吧，你们先走，去订房间点菜，我和韩涛一会儿就去。"

刘海今天家中有事儿，他向哥儿几个说了声，就先回家了。二牛和小东刚转身要走，龙剑飞又吩咐道:"二牛，把弟妹也叫上，省得她一个人在家还得做饭。"

"咱们哥儿几个难得凑一块儿，就不叫她了，有个娘儿们在旁，喝着不爽。"二牛挺了挺胸，显得很男人似的。

"你这个憨牛，怎么就不知道心疼媳妇!"龙剑飞数叨着。

其实，二牛的媳妇淑平，一来北京就和二牛约法三章:"今后你们战友哥们儿同事们聚会，我最好别掺进去。这样你们玩得更开心些，也省得人家说你怕老婆。”他此时有着挺胸的本钱。

距上次开会没过几天，龙剑飞就将他们又召集到了一块儿。还没等龙剑飞开口讲话，几个人就七嘴八舌像炸了锅似的吵吵了起来。这个说办饭店，那个讲组建个车队搞运输盘煤。会议十分的热烈。龙剑飞一直微笑着，很少插话，只是认真地听着，还不时用鼓励的眼神看一下讲话的人。直到刘海顺口说出开发房地产时，他突然摆了摆手，好像很随意地接话道：“你是说搞房地产现在的时机不是很合适？”

刘海没想到龙剑飞会如此关注房地产，暗自吃惊，他不会是想搞房地产吧？便小心地回答道：“是啊，我也是听几个同学说的。他们刚从海南回来，他们所在的公司，去海南几年，原本是赚了不少钱的，可近几个月，却赔得一塌糊涂，这不，公司多数人员都撤了回来，只留下个把人在那儿盯着还未完工的半截子工程。”

龙剑飞显得更加好奇了：“那北京的情况如何？”

“北京？”刘海一时答不上来，不十分肯定地小声说道，“好像一些搞房地产的公司，日子也不怎么好过吧？”

“那他们是怎么个不好过法？”龙剑飞进一步追问着。

“这……”刘海无言可答了。

龙剑飞笑了笑：“你设法了解一下，目前北京的房地产到底怎么样。”

除了小东不抽烟外，个个都是大烟枪，在空调的吹拂下，会议室内很快便烟雾弥漫，难闻的气味扑面而来，令人感到窒息。好在没有女士，就是周姗，按照龙剑飞的吩咐，不叫也不能进来。

大家都在绞尽脑汁地想着能赚钱的行当，你一言我一语地聊着。今天韩涛的话不多，他暗暗有些不安，看来龙哥是拿定主意要搞房地产了，上次开完会后，龙剑飞有意留下他并将自己的想法说了个大概。

从内心讲，韩涛是不赞成公司进入房地产的，这太冒险了，好不容易赚了些钱，投到这个无底洞去，万一失败了，几年来的辛苦就算白干了不说，公司可怎么维持下去啊。更何况……每每从小瑜的来信或电话中，他似乎感觉到，小瑜不知为什么更希望自己离开龙哥和军友公司，设法自己办个公司。其实，他自己也时时有着这样的冲动，总在别人的光环笼罩下，没什么意思，就好比在大树旁边的小树很难长大成材一样，自己总是这样下去也不是办法。可如果公司开辟新的战场，特别是进入房地产，那一时半会儿自己可就无法脱身了。别说到时资金抽不出来，就是能抽出来，在这个节骨眼上自己要离开公司，离开龙哥，这话可怎么开口呀。

或许是几个人感觉到了龙剑飞对房地产的兴趣，渐渐地，人们议论的话题便开始集中在了房地产上，尽各自所能地分析着搞房地产的可能性和利弊得失。但总体上看，大家好像不约而同地都不看好这一领域，是啊！风险太大了。

看到大家再说不出什么新的东西了，龙剑飞低头看了一下手表。

“时间不早了，今天就到这儿吧。”

他和上次开会一样，还是没有说什么，几个人一直在等着他最后的决定，可这决定却迟迟不来，一个个内心七上八下的，显得有些焦虑。二牛实在憋不住了：“龙哥，你倒是说呀，我们全听你的，你说我们怎么办?”

“我也没有想好，不急，再想想，这么重大的事儿，我们不能草率决定，一定要谨慎谨慎再谨慎啊，这一步一旦迈出了，便再没了退路，就是面对刀山火海，枪林弹雨，我们也只能向前进攻了。”说完，他话题一转：

“娟子的新店开张一个多月了，一直没顾得上去看看。走，今天咱们去她那儿捧捧场去。”

娟子的第二家店坐落在一条紧靠繁华大街的小巷口上，装修欧式而简约，浅灰色的格调让人感觉温厚而凝重，和两侧那些五颜六色、造形奇特的商铺比起来，却更显得夺目。里面比第一家店略宽敞些，墙上浅蓝色的射灯发出淡淡的光线，使整个店内更加典雅和宁静。

看到龙剑飞他们进来，娟子满脸兴奋地迎了上来，或许是每天在两家店来回跑，有些累的缘故吧，她显得比过去瘦了些许。

“龙哥，你们来啦。”娟子一见到龙剑飞立刻神彩飞扬。

“我还怕你在那边呢。”龙剑飞四处饶有兴致地观望着。

“我们昨天不是在电话中约好的嘛，我怕你们来得早，中午就赶过来了。”娟子补充道。

看得出，娟子为他们的到来事先做了充分的准备，虽没有传统的中餐，但各色干果和西式点心应有尽有。娟子还让服务员拿来了几瓶红酒。

“你们先喝着，我让后面准备了几道热菜，一会儿就好。你们尝尝，也好多提意见。”

“娟子，你这儿没有白酒?”二牛可能是嫌喝红酒不过瘾。

“去你的吧，跑这儿来喝烧酒，那可真是穿着西服戴顶瓜皮帽，不土不洋的了。”韩涛讥笑着说道。

或许是环境的关系，几个人喝酒时的吵嚷声比平时小了许多。龙剑飞无意间扭头发现娟子一副像有什么心事的样子，便站起身来，悄悄将娟子拉到了一旁：“娟子，有什么事儿吗?”

娟子欲言又止：“没什么事儿。”

“不对，你一定有什么心事。说给哥听听。”龙剑飞深邃而锐利的目光看着她，好像能洞察出她的内心。

“是不是这个店经营情况不好，资金周转不开了？还是……”

“才不是呢。这儿虽说刚开业，上客量现在还不如那边多，但这儿的周边环境比那边好，来的客人消费也高，开业不久就赢利了，这个月赚的比那边还多些呢。”

“那你是碰到什么难题了？哥帮你解决。”

“是……”

“是什么？你快说呀”

“是张凡姐……她不让我告诉你……”

“什么？是张凡?”龙剑飞万没有想到，从娟子嘴里说出了张凡这个令自己魂牵梦绕的名字。

“是的，自她去美国后，来过几次电话，是从美国打到那边店里来的，每次她都嘱咐不让我告诉你她给我来过电话。”

“啊？她都说什么了?”龙剑飞内心异常激动，但脸面上努力地掩饰着。

“她也没说什么，但每次她都问起你的情况，问你的公司办得怎么样了，还问你现在是否有女朋友了，是否成家了……她好像什么都想知道似的。”

“那她的情况呢?”

“她很少说起她自己。对了，她好像说起过，她搬家了，搬到了另外一个城市。是从哪儿搬的，又搬到哪儿了，我现在也记不住了。"

"你有她的电话吗？"龙剑飞急切地问道。

"没有，我和她要来着，她说在国内打国际长途很贵的，有事儿她会打过来。"

回到家，龙剑飞又失眠了，他怎么也无法让自己平静下来。她并没有忘记我，她或许和自己一样，也在忍受着思念的煎熬。可为什么她……他怎么也猜不透，也想不明白……唉，这个特别的女人。

几个人又一次汇集在了公司的会议室。龙剑飞今天脸上难掩兴奋，兴致勃勃地走了进来，他并没有坐下："这样的会议我们已开过两次了，前两次是你们说。今天就由我来先说吧。"

"关于军友的发展方向问题，你们不是总问我应当怎么办吗？"

他轻轻咳了咳，清了一下嗓音，然后富有激情地大声道："我的意见……搞房地产！"

他环视了一下这几个跟随自己多年的战友和兄弟，接着说道：

"我知道你们对此都不是很赞同，这些天我一直在想着大家提出的问题。是啊！搞房地产投入大，风险更大。许多公司折在了海南就是例证。前天，我和海哥还专门请他那几个在海南搞房地产的同学吃饭，席间也谈起了那儿的情况，真的是惨不忍睹啊，成千上百万的钱都砸在那儿……但我们想一想，北京绝不是海南，那儿是盖房的炒房的人比住房的买房的人还多。而北京呢？咱先不说北京有着上千万人口，家家都是几代人蜗居在斗室之中。每年光像我们这样拥进北京打工做生意的外地人又有多少？这些人不论做什么，总要有个住的地方。有钱的要买，没钱的也得租，总不能睡在大马路上吧。前些天我设法寻找哪儿能买到房子，跑遍北京城，也不知上哪儿能买到。而房租却在一个劲儿地涨，和去年比又涨了有百分之二十多。"

他看了看二牛："你走了一个月人家就提高了房租，这也就不奇怪了，这还真不能说是房东心黑，而是市面上房租确实都在涨。"说到这儿，他突然想起了在人大听课时老师讲的话。

"这是一个需要和供给的问题，可以说，关于北京的房地产，供给将长时期地远不能满足人们的需求。"

他今天显得十分激动，说话也比平时高了八度，讲得嘴都有点儿发干。他喝了口水继续道：

“大家说得对，现在北京房地产业还没有真正形成，没有卖的，更没有买的，人们还在盼星星盼月亮地等着天上掉下馅饼来，眼巴巴等着政府和单位给分房子。可情况正在发生着变化。就在上个月，政府公布了住房制度改革的决定。用不了多久，人们就会意识到，天下再没有免费的午餐，天上也不会再掉下馅饼来了，再也别指望会不花钱分到房子……”

说来也奇怪，韩涛他们几个原本不是反对，就是对进入房地产心存疑虑。可一旦龙剑飞做出了决定，便再没有了不同的声音。他们敬佩自己的连长，这种敬佩甚至已成为一种崇拜，表现为一种盲从。就是刘海，也从内心信服这个比自己还小几岁的老板。

散会时，龙剑飞再一次强调：“关于我们要进入房地产这事儿，暂时严密封锁消息，只我们几个知道就成了，省得扰乱了员工们的心思。”

军友的动作快得惊人，就在做出向房地产进军的决定没几天，龙剑飞就将刘海和小东从所负责的工程项目上撤了下来。将过去内装、外装两个部门合并成了一个，全部交由韩涛统一负责，而自己也将绝大部分时间和精力集中到了房地产上。

这天，他将刘海和小东叫进了自己的办公室。

“怎么样？手头的项目都移交完了吧？”

刘海和小东先后点了点头，算是一个回答：“我们原想着能做完手里的活儿再过来的。”他们还是对自己的工程恋恋不舍，

“你们俩从现在起不要再管公司其他那些事儿了。全力组建房地产开发部。”

“就我们俩？”刘海为难地问道。

“公司内的人员任由你们挑选，人选确定了告诉我。所需要的专业技术人员，你们想办法从外面找。如果真是用得上的，那我们可以高薪聘过来。”

没几天，房地产开发部的班子就搭了起来，先是龙剑飞出面谈了几次，将刘海一位刚从海南回来的同学拉入了军友，刘海和小东又从公司原有人员中左挑右选，抽调了五个人。

# 二十三

军友与大华公司的会谈在紧张地进行着，虽说前些天双方就合作进行房地产开发有过几次接触，但双方主帅这还是第一次见面。大华公司总裁刘典介绍完纺织厂项目的大概情况后，问：“怎么样？如果贵公司有意，我们联手做一把。”

龙剑飞并没有马上表态，而是很谦逊地说道：“真是太感谢大华公司和刘总您了，有好事儿还能想着我们军友这样的小公司。”

“小？哈哈哈，你们军友现在是小一点儿，可它长得快呀，你们白手起家，短短几年间，就已发展到现在这规模了，以后还不知会发展成什么样儿呢，真是后生可畏啊。”刘典由衷地感叹着，此时他内心稍有些不自在。本来两家公司过去的业务往来是不少的，双方有着很好的合作意愿和信誉。但那次军友在现金流上碰到了麻烦，向大华求助，想拆借些资金，可当时自己怕军友公司或是支撑不下去，或是事后赖账，又不好拒绝，便让财务以高出银行许多的利率回复，此事也就不了了之了。现在回过头来又想拉军友合作，开口说话总感觉有些难为情和歉意。但事情逼到这份上了，也只好硬着头皮主动登门了。

大华公司是南下入海的先行者，本来是在海南赚了不少钱的，但也怪自己一时贪婪，没有见好就收，恰好赶上了这次危机。前面赚的钱打了水漂不说，还将自有资金和银行贷款近两千多万套在了楼市上动弹不得。更让刘典着急的是，早在海南房地产危机之前，他也看好了北京的房地产，并与纺织厂签订了利用厂区内闲置土地共同建住宅楼的合同，现在项目已经启动，公司在设计、报批、搬迁等前期工作中已投入了五六十万，和建筑公司的合同也签了，施工队进场的日子很快就到。可海南的钱抽不出来，这边又急等着大笔资金投入。这怎么能让他不上火呢。

由于军友采取了严格的保密措施，刘典并不知晓军友公司本就决定要搞房地产了。他此刻唯一的心愿就是设法说服对方，将军友拉进来，便喋喋不休地述说着房地产的美好前景。他估摸着，军友虽说这几年做得不错，毕竟家底不是很厚，但拿出个二三百万来应该没什么问题，关键是只要进来了，就可以军友的名义向银行贷款……

龙剑飞终于打破了沉默：

“如果我们两家合作，两方的出资比例如何确定呢?”

“只要你有意合作做这一单，具体的问题我们好商量。”刘典看到龙剑飞有些动心了，禁不住一阵喜悦。

“军友可以根据自己的情况，确定出资多少，你们占多大比例都成。”

“那好吧，但这么重大的事儿，我们需要好好研究一下的。您知道，军友只是一个搞装修的小公司，从没有涉足过房地产，不怕您笑话，我现在头脑中对房地产连个概念都没有，更别说了解了。您看这样好不好，你们先把有关的资料留下来并给我们些时间，等几天再给您答复好吗?”

“好的，好的。”刘典满脸笑意，“这么大的事儿，认真研究一下绝对是应该的。”

接下来的时间，对刘典及大华公司来说真可谓是度日如年了，离开工日期越来越近了，军友那边一直没有消息，他心里面明白，俗话说得好，白得的瓜不甜，送上门的不是买卖。为了不使龙剑飞他们生疑，是不能过多催促的。同时他也理解，对军友这样的小公司来说，好不容易赚了些钱，手一定很紧，没有绝对把握是不会轻易拿出来的。他甚至开始对军友加盟一事失去了信心。猜想着龙剑飞他们不愿也不敢蹚这混水。可他又没有别的更好的解困办法。唉……

可就在刘典抓耳挠腮、一筹莫展之际，军友的消息终于来了，结果却让他大吃一惊。

“什么?”

他两眼直勾勾盯着来向他说明情况的那位负责纺织厂项目的副总。“你不会是听错了吧？”

“不会的，今天一早他们就约我过去，我还以为他们在看资料时有什么不明白的地方，让我去解释一下，没有和你说就去了。可没想到是谈合作的事儿。是龙总亲口对我这样讲的……”那位副总又大概说了一遍。

“这哪里是……是什么合作，这分明是……是要抢走这个项目嘛。这帮不知……不知轻重的后生，他们怎么敢……敢……整个项目做下来，起码得投入两千……两千多万，像他们这样的公司，怎么敢……敢……敢……”刘典情急之下，说话都有点儿结巴了。

“他们还说……”看到刘典急成这样儿，那位副总不知该不该再说下去。

“他们还说什么？你倒是快说呀！”

“那边龙总对我讲，希望我们尽快拿定主意。另外，我还侧耳听到，他们好像也在和一家学校商谈合作建房的事儿。”

原来，今天一早，龙剑飞就让刘海约大华公司的人来谈，他有意没有请刘典。军友的答复很简单，那就是或是全面接手纺织厂项目，关于大华先前的投入，由军友全部返还大华，并给予优惠的利息；或是不参与，大华可另找合作对象。

“全交他们？这绝对不成！那我们前边不就白忙活了吗。”刘典被军友的答复真正激怒了，有点儿气急败坏地嚷着。

“那我们……眼看就到开工的日子了，而且银行那边……”一旁的副总小声说着。

“让财务部的人来，好好研究一下。还真不相信没有他们这个臭鸡蛋，老子就做不成槽子糕！”

“龙哥，你看大华能同意吗？”刘海轻声问着，显得没几分信心。

“别管他，他们同意了，咱们就接手做，他们不同意，那咱们另外找合作伙伴，反正现在政策刚放开，想合作建房的单位有的是，我可不想给刘典做二当家的。”

“那我们还和那个学校谈吗？”

“他们？其实也没什么好谈的，就那么一小块地，能干什么呀。”

两人正在聊着，韩涛走了进来。刘海看出他们好像有事儿要谈，便告辞了。

韩涛近来特别地忙，十几个施工项目，几百号人，不论碰到什么事儿都得由他出面协调解决，龙剑飞再不过问。对韩涛来讲，这是龙剑飞对自己的一种绝对信任，这种信任在商场上，在同性之间是绝少有的。他得到了，他要对得起龙哥，更要对得起自己，士为知己者死，韩涛始终认为自己当得起“士”这个称谓，他将自己离开公司，另起炉灶的念头抛在了脑后，全身心投入到了公司的事务中。

说完了公司的一些事儿，韩涛用试探的口吻说道：“龙哥，明天是韩晴的生日，她想请我们吃饭。”

“是吗?”

听到韩涛提起了韩晴，龙剑飞内心真有些过意不去。自打小瑜走后，韩晴就很少再来公司了，韩涛也好像有意不在龙剑飞面前提起她，所以彼此见面的次数很少。而自己这么长时间了也从未问起过她的情况，这总是不应该的，不管怎么说，这是一个曾经倾心于自己的姑娘，更何况还是韩涛的堂妹。想到这儿，龙剑飞用稍显夸张的语调说道：

“那怎么成！韩晴的生日，怎么能让她自己请我们呢。我们应当好好为她办一次生日晚宴。我这就让他们……”

还没等龙剑飞说完，韩涛就截住了他的话音：“明天好像是她男朋友张罗的，她只是希望我们能参加。”

“啊。韩晴有男朋友了？这可是大喜事儿，对方是哪儿的人？做什么的?”龙剑飞内心还真有点儿如释重负。

“我也没有见过，是一香港人，好像是香港一家公司的驻京办事处代表。”韩涛简单介绍着。

“是吗？韩晴真是有福气。”听说韩晴有了男朋友，看来还是香港的有钱人家，龙剑飞真是发自内心地为她高兴。

“还不知怎么样呢，看我叔婶他们的态度，好像并不是很赞成。他们总感觉那人有点儿不靠谱。”韩涛如实道。

龙剑飞圆场道：“人家是香港人嘛，为人处世可能和我们有些不同。时间久了相互间也就适应了，那时就会好些吧。”

第二天下午，龙剑飞、韩涛带上由周秘书刚买回来的生日礼物，叫上二牛、小东他们，准时赶到了饭店。

“到底是香港人呀，跑这么高档的饭店请客。”二牛抬头望着饭店门前宏伟华丽的装潢。

“看看人家，还只是处朋友呢，就跑到这样的饭店请客。哪儿像你呀，媳妇都娶到手了，才请我们吃了个小馆子，以后还得按这标准重请我们一次呀！”韩涛又拿二牛开涮了，引得大家一片笑声。

韩晴今天显得格外兴奋，脸上挂满了得意的笑容，说话也更加欢快了。

当她看到龙剑飞他们在包间门口出现时，便向外迎了几步。“哥，你们来啦。”

“这是我男朋友——阿昆。”

“这位是我哥哥韩涛。”她首先将韩涛介绍给了阿昆。随后她目光转向龙剑飞。

“这位是军友公司的龙总……”

阿昆站起身来，随着韩晴的介绍，与众人一一握手表示欢迎。

龙剑飞能感觉出，这阿昆是一个在生意场上混久了的人，中等身材，偏瘦，看上去并不像韩涛所说的比自己还大三岁，猛一看好像还比自己略小些，周身透着商人的精明和干练。龙剑飞暗自评估着，虽说自己过去很少与香港人打交道，不是很习惯香港人那种干什么都显得有些夸张的做派，而面前这个男人又是韩晴的男友，看着他，内心总有一丝别扭的感觉，但他不得不承认，阿昆确是一个很不错的男人，他为韩晴能找到这样的男友而高兴。

望着桌上清一色的粤菜，几个人还真有点儿不知所措。他们都是北方人，平时也很少吃什么海鲜之类的，一来是贵，二来也不习惯；加上是香港人做东，还是韩晴的男朋友，这使他们感到有些压抑，不知说些什么好，再没有了往日喝酒时的说笑声。

“来，你们可能还没有喝过这种酒吧，是XO，这可是阿昆特意从香港带过来的。”韩晴让服务员为每个人倒酒，她的目光有意从龙剑飞脸上扫过。那眼神虽说是轻飘飘的，但龙剑飞能感觉出其中的内涵，这是一种怨愤，是一种挑衅，也夹杂着一种故意显现出来的蔑视。龙剑飞原本欢快的心绪，被韩晴这么一瞥，很快便沉了下来，耳边不知为什么突然又仿佛听到了初来北京在她家时的那“砰”的关门声，但他很快就恢复了常态，边喝着酒，边与坐在左首的阿昆聊了起来，有意不再与韩晴的目光相对。

“听说你是公司驻北京的代表?”

“是啊，现在大陆这边很好做生意的啦，香港的商家都想挤进来的啦。”

龙剑飞听着这卷着舌头吐出来的普通话，内心不觉有些好笑：“那你们公司主要是做哪方面的生意呢?”

“只要是能赚钱的生意，我们都会做的啦。”阿昆显得大气而大度，“如果龙先生手头有什么好的生意，我们也可以一同做的啦。”

“那是，那是，但我们只是几个朋友一块儿办的家小公司，混口饭吃还可以，要是做什么大生意就不成了，拿不到台面上的。”

缺少了调侃这道菜，说笑声少了，饭局进展得就快。龙剑飞他们饭后告辞出来，还不到九点，二牛吵吵着还要找个地方喝点儿。“你们去吧，我今天有点儿累了，想早点儿睡觉。”说完，龙剑飞先走了。原本是件令人高兴的事儿，可他怎么也高兴不起来，这个古怪刁钻的丫头。

大华公司并没有撑几天。虽说刘典到现在还坚信这是一个很好的项目，是一单赚钱的生意，从内心讲他绝不愿放弃，更让他难以忍受的是自己行走江湖这么多年，这次竟然要为这帮后生小子做嫁衣裳。可公司财务方面的严峻形势却让他不得不放手，账上没有多少流动资金了，就是维持公司的正常运转也已捉襟见肘，而且年底又有一笔贷款要到期。

刘海兴冲冲跑进了龙剑飞的办公室：“大华那边有消息了!”

“怎么样，他们同意还是不同意?”

“上次陪刘典来的那位副总刚来的电话，他说，他们公司目前在建项目很多，可以将纺织厂的项目转让给我们。”

听到这话，龙剑飞微微笑了笑，没再说什么，心里却暗自说道，是砸在海南的项目过多了吧。

龙剑飞带着刘海、小东和几个财务人员，如约到了大华公司。出面接待他们的却是那位副总：“真是对不起，我们刘总有要事，今天一早就飞上海了，他委托我全权与你们签订有关的协议并办理各项交接手续。”

“真是不巧，我们原本还想在事情办完后，要好好敬刘总和你几杯呢，以此来表达我们对大华公司，对刘总和你真诚的谢意。这么长时间了，你们有什么好事儿总是想着我们军友，真是感激万分啊。”

“哪里，哪里，我们都是生意场上的人，以后双方多关照就是了。”他看起来谦和而有礼，但微笑着的表情显得有些僵硬，一边说着，一边将龙剑飞他们让进了办公室，从对方的眼神中，龙剑飞感受到一丝凉意和无奈。此时他不免生出了怜意和同情。唉！生意场如同战场啊，脑海中突然闪过那些战争影片中的情形，原本刀光剑影，血雨腥风，双方拼得你死我活，可一旦对方缴械投降了，看着那些衣衫褴褛、缺胳膊少腿儿的俘虏，胜利者也难免会生出一丝同情来。

纺织厂的二位领导早一步已来了。对他们来讲，和哪家公司合作并不重要，更换合作伙伴也无所谓，关键是要尽快将楼盖起来，尽快拿到属于厂里的那部分房子。是啊，自建厂以来，好像就没有正儿八经地解决过职工们的居住问题，就是先后几任厂领导，也都蜗居在斗室之中，更别说一般员工了。大家都在等着分房子，天天跑到办公室打听。建房分房这种事儿，还是越快越好，拖得时间越长，越可能出什么意外情况，再说了，这政策是否会变他们心里也没谱。更为要命的是，他们也听到了一些关于大华公司在海南做赔了，资金极为困难的消息。现在大华公司自己提出要更换合作伙伴，对厂方来说，无疑是件好事儿。

三方的协商十分顺利，大半天儿就基本搞定了。龙剑飞在协议上签完字，长长舒了口气。公司新的一页从此就要开始了。

# 二十四

北京的八月，热得像蒸笼，而纺织厂东侧的工地更是热火朝天。五栋住宅楼外加临街一栋商务楼已经开工一段时间了，刘海、小东他们房地产开发部的人几乎全扑在工地上，在龙剑飞的严厉要求下，他们一人盯一栋，时时督促检查着进度和质量。看着楼房在一天天长高，军友公司上下人等无不高兴异常。只有龙剑飞和韩涛他们极少几个人，在高兴的同时，内心也越来越不安，随着房子越来越高，公司账面上的资金也越来越少。此时，龙剑飞才真正意识到，搞房地产并非是建房子，而是资本运作，玩的是钱。自打开工以来，购进各种建材，预付工程款加上办理各种手续，房子还没有封顶，从银行贷的五百万就全投进去了，公司几年来赚到的钱也进去了七八百万，而且水电气暖的接入还需要大量资金。

“我们能动用的资金还有多少?”龙剑飞脸上毫无表情。

“大约有三百多万吧。”韩涛有一丝忧虑。

“装修那边近期还能进来多少?”

“能要的基本上都要回来了，还有几家催了几次，他们好像真的碰到了困难，恐怕一时也拿不出来多少，总的算一下，最多也只能回来一百七八十万。”

“是这样。”面对如此局面，龙剑飞有些难以决断了，按照他的个性，事儿到了这份上，再没有了退路，只能是用尽最后一个铜板了。可万一……这不仅是个人的成败，要是真的支持不下去了，那公司怎么办？这帮兄弟怎么办？他陷入了深思，最后他长长叹了口气，“那账上的钱不能再动了，这是我们最后的预备队，不到万不得已，不能出手！”

“可建筑公司那边……合同里有的，封顶时还应付他们……”刘海在旁低声插话道，“如果入冬之前不能封顶的话，那问题就比较严重了。”

“想别的办法。我们原来不是和银行讲好的，一共一千万，我们现在可以办另外五百万了。”

早在开工之初，军友就和银行谈好，分两次贷款一千万，先前拿到的五百万已用光，现在是办理余下五百万的时候了。

可谁也没有想到，这板上钉钉的事儿却出了问题。

“龙总，我们跑了银行好多次，可他们总是寻找各种借口不给办。”会计用急切的语气汇报着。

“不是早就谈好的吗？”

“是呀，他们也不是说不贷给我们，但总是找些无关紧要的理由拖着。”

“那你们就严格按照银行的要求去做！他们要求什么就给他们什么。”

“可……”会计还想说什么，但看到龙剑飞那严峻的神情，便再不敢多话。

过后的几天，会计三番五次地往银行跑，最后连刘姐也搬了出来，当初就是她出面与银行谈好的，可不知为什么，还是没有结果，钱就是贷不出来。

自打韩涛全面接过装修那边的事儿以来，十几个工地，几百号员工全压在他一个人身上，忙得不可开交，一拨人还没走，一拨人又来了，事情一个接着一个。忙碌了一整天，他感觉到有些疲惫，租的房子距公司不远，本想回去好好睡一觉的，可一想到昨天韩晴的电话，好像有什么事儿似的，好长时间没有去叔叔那儿了，也不知近来家中如何。

在叔叔家吃过晚饭，几个人闲聊着。

韩晴和阿昆认识以来，就难得在家吃饭。这些天阿昆有事回香港了，韩晴这才安分地在家呆着。看上去她今天的心情不错。

“哥，近来公司怎么样？”

“还算好吧，只是特别地忙，这不，我有好长时间都没空来家了。”韩涛边说边向沙发上的叔叔和婶婶望了望。他担心叔叔他们对自己这么长时间不来家看看有什么想法。借此也好让他们了解自己确是因为工作忙而分不开身。

“还算好？可我听说你们在贷款上碰到问题了。”韩晴脸上显出一种难以察觉的内涵丰富的神情，似关切，似好奇，也似得意。

韩涛突听妹妹这么说，感到十分惊讶。“你怎么知道？”

“我怎么就不能知道？”说完，她竟迈着轻快的脚步转身回了自己的房间。

韩涛一边与叔叔他们聊着，一边琢磨着韩晴刚才的话以及说话时的那种神态，他突然想起来，韩晴好像曾说过有位大学的同班男生全家人都在银行工作。或许她能帮上什么忙搞到贷款。想到这儿，韩涛借口向韩晴告别，推门进了韩晴的房间。

“你好像说过有位同学的父母都在银行工作，还是什么领导？”

“是呀。”

“他毕业也进了银行？”

“对呀，怎么了？”

“公司在贷款上确实碰到一点儿困难，你看能不能……”还没等韩涛把话说完，韩晴就抢着说道：“我才不管你们公司那些破事儿呢。除非……”

“除非什么？”

“除非让他来求我。”

“你是说让龙哥来找你？”韩涛惊讶地问道。

“怎么，不可以吗？不要以为自己有了几个钱就不可一世了。”韩晴说着说着情绪便激动了起来，“他不是无所不能吗？他不是很了不起吗？他不是谁也看不上吗？那好，那他自己去想办法好啦。”说罢，她一屁股坐在了床上，从床头随手拿起一本书来，胡乱翻看着。

此时，韩涛内心有一种不祥的预感，难道是她……这丫头那股劲儿上来了，可是什么事儿都做得出来的。他又想起来她还曾对自己说过，那个男生是她的一个追求者，能为她赴汤蹈火。

“韩晴，是不是你在中间做了什么？”

“嘁，我只是个一无是处、无人理睬的弱女子，能做什么呀。哥，你可别想歪了。你们的手续不全，这和我有什么关系？就是贷款手续全了，人家银行也可贷可不贷呀。”

韩涛的内心十分着急和不安，从韩晴闪烁不定的目光和言谈话语中，他断定，一定是韩晴通过她的那个同学在银行那边做了什么手脚或是说了什么。她能干出这种事儿来，他对自己这个堂妹知之甚深，这是个从小就刁蛮任性的丫头。

“韩晴，这可是关系到我们公司生死存亡的大事儿，你可不能耍小孩子脾气，拿这事儿开玩笑!”

“我可把话先撂这儿，这事儿和我一点儿关系都没有。只是碰巧我在银行有些关系，如果想请我帮忙，那叫他上门来找我。”

看来韩晴是铁了心要拿这事儿为难龙剑飞了，韩涛心里明白，她一定是对龙剑飞总是躲着她而感到受了屈辱，从小娇生惯养的她，怎么能忍受别人对她的这种态度，这下可好，非要找回面子不可。想到这儿，便恳求道：“哥求你了，我们是战友，是哥们儿，而且龙哥对你真的像亲妹妹一样。你看，在你生日那天，龙哥还特意出去为你买了礼物。现在你可不能见死不救，更不能有意为难我们呀。”

“你别提那天的事儿了，你看他那德性，一副自以为是、目中无人的样子。”提到生日，韩晴好像更为恼怒。

“再说了，让他来找我就是为难他了吗？我为什么要为难他，真是的，他就那么尊贵？就不能主动来求我？我还就不信这个邪!”韩晴高高地仰着头。

面对这个任性的妹妹，韩涛情急之下，还真不知如何是好。嘴中不住地说着“你怎么可以这样，怎么可以这样……”再也说不出别的什么来。

搞清了贷款受阻的原委是韩晴耍小孩子脾气从中作梗，韩涛虽说着急上火，对堂妹这种做法十分不满，但内心倒也安稳了许多，贷款这事儿也不在这一天两天，任由她闹几天，消消气，等平静了，总有办法让她放手的。但令他深感忧虑的是，这两个人今后可如何相处啊，一个是自己的堂妹，一个是亲密无间的战友和兄弟，现在说不服，劝不住韩晴，可自己又绝不能告诉龙剑飞真相，更不能就贷款之事请他直接找韩晴，那还不炸了。唉，他对韩晴这么做极为反感，甚至是厌恶，可她是自己的堂妹，又能拿她怎么样。在这种情况下，如果他们两人碰到一块儿，龙哥一定能察觉出事情真象来，而韩晴这刁蛮劲儿和行事作风，两人非……

原本是想将两人撮合到一块儿的，可事与愿违，或是个性使然，或是没有缘分，他们怎么就走不到一块儿呢。现在韩晴另有所属，这事儿也只好拉倒了。但情侣做不成，总可以成朋友呀，要是这样下去，搞不好却是一个反目成仇的结果。那时自己夹在中间，可就有好日子过了，这可怎么整啊。

# 二十五

纺织厂项目开工几个月了，龙剑飞始终处于一种激情状态。他不知疲倦地来回奔波着，不论是对公司，还是对龙剑飞自己而言，这次的赌注着实太大了，丝毫出不得差错，也出不起差错。他已将公司和自身全押在了这几座楼上。失败是无法想象的，他也从不往这方面想。在他头脑中，华山只有一条路，只能成功，不许失败，别无他途。

又是忙碌的一天，上午在工地，下午跑建委，晚饭按早就约好的，和几个过去的军人、现在的商人一块儿吃，随后又返回公司处理些杂事儿，直到晚上快十一点了，他才从公司出来。回家经过娟子的酒吧时，发现店内还亮着灯，透过窗子向里望去，好像已没什么客人了。也不知娟子在不在这边。兴奋的神经使他此刻还没有睡意，反正回去了也睡不着，想着，将车缓缓停在了店门旁。就在他推门走进去的时候，一辆出租车也停在了后面不远的黑暗处。

“这么晚了，还没有关门?”推门走进店里，龙剑飞发现店里只剩娟子一人了，

见是龙剑飞，娟子一脸笑意，忙放下手中活计：“龙哥，这么晚了你还没有回家呀？这不，今晚客人散得早，我让服务员也早点儿回去了，正准备关门呢。”说着她从吧台走了出来，“龙哥，你想喝点儿什么?”

离开了工作环境，亢奋的神经松懈下来，他此时才感觉有些累，伸了一下腰，就近在一张桌子旁坐下。

“不喝了，看到店里亮着灯，就进来看看你。”

就在这时，店门又开了，只见三个二十六七岁的男子走了进来。他们环视了一下四周，其中两人向龙剑飞身后的那张桌子走去，最后的那个来到吧台边。娟子没有想到此时还有客人来，忙上前打着招呼。可就在这时，刚刚走到龙剑飞身侧的两个人突然一左一右抢在了龙剑飞的身边，还没等龙剑飞反应过来，左边的那人就将双手重重地摁在了龙剑飞的肩上，以防他站起身来。几乎是同时，一把明晃晃的匕首顶在了龙剑飞右侧。

“识相点儿，别动！”

龙剑飞万没有想到此时此地会有如此变故，心中一惊，暗叫“不好！”但为时已晚，自己已被两个家伙牢牢地控制住了。

在吧台边的那个家伙，看到这边有了动静，便一把将娟子推到墙边。“不许喊，出声小心捅了你！”

遭遇突变，龙剑飞整个机体瞬间进入了应激状态，肾上腺素泉涌，全身紧绷，但他四下环顾，左右两个家伙保持着高度的警觉，眼都不眨地盯着自己，特别是右边这个家伙，握刀的手青筋暴出，攥得紧紧的，随时准备发力。他又看了看被歹徒逼在墙边的娟子，像落入鹰爪的小兔，神色惊恐，浑身发抖。龙剑飞十分后悔，为什么自己一进门就坐下来，如果此时站立着的话……唉，说什么都晚了。他明白，在这种情况下，自己已没有了反抗的机会，他努力使自己冷静下来，开始有意将全身的肌肉放松，因为他清楚，摁在自己肩上的那双手，能感觉出自己的状态。心想，只能是拖了，设法拖下去，再寻找机会。

觉着已制服了对方，左边那个看起来像是头儿的家伙用压得很低的声音说道：“我们哥儿几个生意做赔了，借点儿钱花花！”

龙剑飞用平静的目光盯着对方，缓了一会儿：“都在同一个世面上混，谁也不比谁多多少。”

“算了吧，龙老板，我们已盯了你好多天了。你就别在我们面前卖关子哭穷了。”

龙剑飞猛地一怔，原以为这几个家伙是打劫娟子的酒吧，恰巧让自己碰上了，可听这么一说，他们竟是冲着自己来的，是自己将这灾祸带到了娟子这里。龙剑飞用带有歉意的目光望了娟子一眼。

“有话好说，不就几个钱嘛，用不着这样舞刀弄枪的。你们开个价吧。”

“看来龙老板也是个爽快人。多了你一时也筹措不来，十万！拿出十万现金来，我们今后河水不犯井水，各走各的道。”

“十万？谁平时没事儿身上带着十万现金出来瞎转悠？”

“这个不用你操心，我们为你准备好了住处，明早你打电话让公司的人准备好钱，我们拿到钱，你就可走人。否则……”那个头儿模样的人“嘿，嘿”冷笑了一下，“那你可就别怪兄弟们手黑了。”

看来这帮家伙早就谋划好了并做了充分的准备，龙剑飞内心充满了忧虑。但他听到可能要离开酒吧时，内心又升起了一线希望，从种种迹象看，他们并不知道自己和娟子相识，只要离开酒吧，离开娟子，那自己一个人总要好脱困些。他不能连累娟子，不能让她因为自己也身陷险境。再者说，要是动起手来，他最担心的是对方会用娟子威胁自己，逼自己就范，那时可就更加没辙了。

“那好吧，我跟你们走。”说着他想站起身来。

可还没等他伸直腰，就又被重重地摁在了椅子上。

“别动！”说着，那个头儿伸进龙剑飞的裤口袋将车钥匙拿了出来。

看到大功告成，就要走了，一直逼着娟子的那个家伙狠狠盯了娟子一眼：“你就当这儿什么也没有发生过，如果你敢嚷嚷出去，老子一定回来做了你。”

“不，把她也带走！”头儿看了看娟子，沉思片刻，冷冷地说道。

听到这话，龙剑飞抱有希望的心一下子又凉了下来。绝不能让他们连娟子一块带走，这帮畜生，什么事儿都能干出来，再者说了，娟子在他们手里，始终对自己是一个无法摆脱的巨大威胁。

“你们是冲我来的，和这店没什么关系，再说车也坐不下，”龙剑飞用一种很随意的口吻说道，他怕对方有所察觉，显得并不是很在意娟子的去留。

“这不用你管，你只想着明天如何拿钱赎自己的命好了。”

龙剑飞再没有了回旋的余地，他必须做出决断了，或是在走出店门前设法将对方制服，最起码也要摆脱他们的控制；或是彻底放弃抵抗，任由对方摆布宰割了，而且还搭进来了个娟子。他暗自盘算着，如果动起手来，身边这两个必须同时击倒，否则后果不堪设想，他断定对方不知自己和娟子相识，这边一动手，那个抓着娟子的家伙一定会放弃娟子奔自己这边来，所以，要尽可能离娟子他们俩远一点儿，离店门口远一点儿再动手，这样才能给娟子创造逃出店的机会，也会给自己争取更多一点儿的时间处理身边这两个人。

他用余光观察着左右两人，在他们身上寻找和确定着击打的部位，他恨不能在那部位上做个记号，绝不能有任何偏差，一定要稳、准、狠、快，一招制敌。

“走吧，龙老板。”那头儿摁在龙剑飞肩上的手松开了，“别想耍什么花招，老子的刀可不认识什么龙老板李老板的。”右边的那家伙向后退了一步。龙剑飞缓缓站起身来，他转身从靠近窗子的那条通道向外走去，这样离娟子更远一点儿。

不能再往前走了，每多走出一步，离门就更近些，娟子逃出去的机会就更少些。他突然地向前迈出一大步，紧接着又退了回来，身边的两个人被这样一闪，身子便稍稍前出到了龙剑飞前面。说时迟那时快，龙剑飞胳膊肘猛地向右边拿刀的那人肋下撞去，动作幅度并不大，但他却用尽了全力，没有太大的响动，那人却受到致命的一击，这一击来得突然而有力，只见他的脸因疼痛而抽搐着，慢慢弯下了腰，握刀的手也无力地垂了下来。当左边的家伙感觉到有异常，还来不及做出反应时，龙剑飞的右臂已经收回并向左边挥来，狠狠地砍在了他的右侧脖颈上。那家伙一阵晕眩，顿时失去了行动能力。

抓着娟子的那个正像龙剑飞事先预计的一样，发现这边动起了手，来不及细想，便放开娟子，挺刀向这边扑了过来。

“娟子快跑!”

龙剑飞一边大声向娟子喊着，一边设法转过身来。但他或是估算错了方位，或是过高地估计了自己的体能。刚才在击向左边那头儿时，由于用力过猛，他的身躯也失去了平衡，再也无法按照事先想定的方案，在第三个家伙扑上来前做好迎敌准备了，此时他的后背完全暴露在了对方的利刃之下。“完了。”他暗暗叫苦，离开部队几年，再没有了高强度的训练，在这关键时刻，他才发现自己的体能和灵巧程度远不如过去了。情急之下，只好咬紧牙关，将身子尽力一转，让出了后背，用右臂迎了上去，只能是拼着挨这一刀了。

可就在这千钧一发之际，他从没有预想到的情况出现了，他在思量如何反击脱困时，就从未想过会得到外援。而这外援来得是那么突然，又是那么的强有力。原本缩在墙边吓得浑身发抖的娟子，看到这一情景，不知哪儿来的勇气和力量，她并没有按照龙剑飞的喊叫声向外跑，而是像头母豹般一跃而起，用尽全力在那家伙的背后猛地一推。刀锋擦肩而过，龙剑飞脱险了。可那家伙情急之下，握刀的手下意识地向后刺去，“啊！”只听到一声惨叫，娟子杏目圆睁，死死地盯着对方那张丑陋惊恐的脸，缓缓地倒在了血泊之中。

“娟子！”

龙剑飞不顾一切地扑过去，将娟子从血泊中抱起。几个歹徒见事情闹大了，可能要出命案，便慌忙夺门向外逃去。龙剑飞本可以留下他们一个或两个的，但此时他再也顾不了这些了，不停地呼喊着：“娟子……娟子……”

已是午夜近两点了，四处静得瘆人。在医院的急救室门外，龙剑飞焦急地来回踱着步，白色T恤衫的前身儿，几乎被血水浸透，殷红殷红的，黏黏地贴在身上。那么弱小的身躯，这么多的血，龙剑飞的心缩得紧紧的，这都是因为我，都是因为我。正在他懊悔、焦虑之际，急救室的门悄无声息地开了，一个戴着口罩的大夫走了出来。“患者的家人来了没有？”

龙剑飞慌忙走上前去，可他一时又不知如何应答，想了想：“需要我做什么吗？”

“你是她的家人？”

“不……不是的，但她是我的朋友，为了救我才受的伤。”

“现在必须马上手术，需要家属签字的。”虽说看不到对方的面孔，但从语气中能感觉到一种无形的紧张。

“我来签！”

“你？可是还有手术及医药费用……”

“我来付！只求你们用最好的设备、最好的药、最好的大夫，一定要……”

“这是什么话！人命关天，难道说我们还会留一手不成。”

“对不起，对不起。你看我这张嘴，我只是……只是……”

那大夫“哼”了一声，迟疑了片刻：“好啦，好啦，你跟我来吧。”

接下来便是大夫程序性的说明了，不外乎是说手术如何有危险，手术过程可能碰到的意外情况一是……二是……三是……龙剑飞根本没有听清大夫在说什么，就是听清了他也似懂非懂的，他只知娟子因保护自己而受伤，这一刀本来应当扎在自己身上，是她代自己挨了这一刀，那自己就应当承担起一切后果。

就在他拿起笔来，准备签字时，那大夫又补充道："还有就是……患者因心脏受到一些损伤，就是手术成功，痊愈出院了，她……她也不宜怀孕生育了。"

"什么?"听到这话儿，龙剑飞的头"嗡"的一下晕眩起来，

"不能生育?"

"准确地讲，她怀孕并不受什么影响，但是，由于心脏的创伤很重，就是愈合了，她的心脏功能也难以恢复到常人那样，如果怀孕的话，到了后期，很可能无法承受胎儿成长所形成的巨大压力，对她来讲生育是极为危险的。所以，从医学角度讲，她不应该怀孕生孩子了。"

龙剑飞拿笔的手开始发抖了，他十分明白，不能生育，这对一个未婚的年轻女子意谓着什么。"大夫，就没有别的办法了吗?"

那大夫双手一摊，无奈地解释道："这其实和手术并没有关系，心脏受到如此的创伤，只能是这个结果。幸而稍偏一点儿，加上抢救及时，否则……好啦，现在救人要紧，你快点儿签字吧。"他催促着。

龙剑飞仰天长叹，满腔悲怆，他恨自己竟然没能及时转过身来，让娟子为自己挨了这一刀，他又后悔自己当时为什么没有顺从歹徒的意愿，不就是几个钱嘛，可现在说什么都晚了。他努力驱使着发抖的手一笔一划地签上了自己的名字。

手术后的第三天，娟子才基本上脱离了危险。但因失血过多，她的面容显得十分苍白而憔悴，身体极为虚弱。她努力将双眼睁开，看了一眼来探视的韩涛二牛他们几个。韩涛靠近些轻轻说道："娟子，你的两家店龙哥已派公司的人去照看着。你就安心养伤吧。"娟子默默地看了一眼已经在病床边守了她两天两夜的龙剑飞，微微笑了笑，又闭上了眼睛。龙剑飞本想派人去接娟子的父母来北京，这样也好有亲人在旁照顾，更重要的是有什么事儿也可商量，自己毕竟是个外人。可她却摇摇头，吃力地说道："千万别让他们知道，他们经不起什么事儿的。"由于没有具体的地址，加上娟子的反对，也只好作罢。

娟子知道自己不能生育是在手术后的第五天。龙剑飞原本是想在娟

子出院时再告诉她的，当他还在琢磨着如何向娟子说明这事儿时，这一几天来始终缠绕着他的难题却以直截了当的方式解决了。

大夫来查房，看了看伤口：

“伤口愈合得不错。”

“那我很快就能出院了吗？”娟子轻声问道，她还是不放心自己的两家酒吧。

“拆了线后再观察几天吧，要是没什么情况，就可以回家调养了。”随后他一脸正色地提醒道，“但你一定要记住，无论如何不能怀孕生孩子，那可不是闹着玩儿的。”

“啊？”

娟子听到大夫这话，开始时并不十分理解，急切地追问道：“您是说我不能生育了？”

看到娟子如此惊讶，大夫这才意识到她本人现在还不知内情。他歉意地望了一眼龙剑飞，对着娟子轻轻地叹了一声。

“也不是说就绝对不能，但那将承担很大的风险。从医学角度讲，你是不应当生育了。”

“一生都不能了吗？”

大夫默默地点了点头。

大夫走了，病房里死一般宁静，娟子的眼睛开始有些湿润，两滴泪水在眼眶中聚集着，闪动着，越来越大，很快就冲破睫毛对它们的阻截，滚落了下来。她紧咬着牙关，努力不使自己哭出声来，原本因失血过多而苍白的脸，更加苍白了。龙剑飞想安慰她几句，可不知说什么好。

一个还未嫁人的年轻女子，突然被宣判：“你不能生育了，你没有了做母亲的权利！”而这又是因为自己造成的。此时此刻，他能说什么呢，任何言词都是苍白无力的，都会使人感觉到安慰者内心的虚伪。只见他缓缓走到床边，慢慢俯下身子，轻轻拥抱着娟子，在她的额上深深地一吻。他一句话都没有说，连一个字都没有，此时此刻的他又能说什么？他也不想说什么了，这一吻，在他内心就是一个誓言，就是一个需要他用自己的一生来坚守和践行的承诺与责任。

年轻人旺盛的生命力和强大的自我修复功能在娟子身上体现了出

来，拆线后，她的伤势恢复得很快。但内心的创伤却难以抚平，还在时时流淌着鲜血，她静静地躺在病床上，很少说话，就连刘姐和她店里的小姐妹们来探视，也只是微微苦笑一下，很少说话。

胡强他们哥儿几个不知怎么也听到了这消息，急匆匆跑到了医院。“龙哥，那几个家伙长什么样？什么口音？妈的，我们一定要找出他们，非整死他们不可……”

龙剑飞摆了摆手：“强子，这事儿我已经报了案，你们千万别插手。好好做你们的生意。”去年，龙剑飞就拿出了些钱，为胡强他们几个在一家新开的商城租下了一间商铺，哥儿几个做起了服装批发生意，也算有了正经事儿。

已经有七八天没到公司了。龙剑飞还没有走进办公室，走廊上碰到的人就都聚在了他身旁。开始时，大家谁也不说话，只是默默望着他。“是哪个王八蛋搞的，要是让老子抓到了，非宰了他不可！”说话的是从公司初创时就脱了军装跟着他的一个战士。

“谢谢你们，没什么事儿了，大家各自忙去吧。”说完他就转身进了办公室。

“是刑警队孔队长吗？我是军友公司的龙剑飞。”

“……”

“什么？已经有一些线索啦？没想到公安局的效率这么高呀。”

“……”

“没问题，我一定尽全力配合你们的侦破工作。”

“对了，如果在侦办此案过程中，经费不足的话，我来想办法。我知道你们的经费很紧张。”

“……”

“不，不。我是真心实意的，侦破此案的有关费用，我来解决。这帮歹徒，一定要将他们抓捕归案，绳之以法，再不能让他们危害社会了。”

刚打完电话，韩涛就推门走了进来。询问了一下娟子的情况后，他将公司这些天的情况简单汇报了一番。

“对了，龙哥，银行那边有了进展，五百万贷款很快就能用了。”

“那就好，要确保在入冬前封顶。以后的事情就好办了。”

关于贷款的事儿出现转机，是在娟子手术的第三天。韩涛二牛几个从医院出来后，韩涛突然想起了什么，他马上给韩晴打电话，简单地说明了龙剑飞遭劫、娟子受伤的经过，并约她晚上一同到医院探视。一路上，有关贷款的事儿他一字未提，可从医院出来后，韩晴暗暗叹息一声。

“对了，哥，你们贷款的事儿，要不我和银行那边打个招呼吧，也不知管不管用。”

韩涛笑了笑：“那太好了，我想一定管用的。你不是还说过，那同学能为你赴汤蹈火嘛。”

“去你的，这时候了还拿人家开心。只是……”韩晴还想说什么，但话到嘴边又咽了回去。韩涛也就没有接茬儿，内心也在为韩晴叹息，他理解此时韩晴内心的感受。唉，这个争强好胜的丫头。

没过两天，银行那边就主动打电话过来，让军友的财务人员去办理有关贷款手续。

# 二十六

拆线后没几天，娟子就嚷着要出院，因为医院病床紧张，大夫也催了，但龙剑飞还是硬让她在医院多住了一周。

龙剑飞开车将娟子从医院接了出来。

“龙哥，你这是往哪儿开呀?”

“回家!”龙剑飞的话音平静而不容质疑。

“回家?”娟子一脸的疑惑和不解。

“你的伤还没有完全好，而且流了那么多血，伤了元气，一定要好好休息和调养一段时间。”他关切地说着，“你不能再住在酒吧了，那儿整天价人来人往，休息不好的。”

龙剑飞也不管娟子是否同意，车已停在了自己家的楼下。

龙剑飞父母来京时住过的那个朝阳的房间已经为娟子收拾好了，除了床外，其他的家具用品全换成了新的，娟子还发现就是自己在酒吧的随身用品、化妆品之类的东西也已被龙剑飞拿到了这边。

娟子看到这一切，感激之余，很是窘迫和难为情，自己一个姑娘家怎么可以这样就住到一个单身大男人家里来。“龙哥，这样不好吧?我还是回酒吧住吧。”

“有什么不好的，今后你就把这儿当做自己的家好了。”龙剑飞边说着，边将从医院带回来的物品放好。

他转身发现娟子还傻傻地站在那儿，便关切地说道：“好啦，好啦，今天又是上楼，又是下楼的，你一定累了吧，伤口还没有彻底愈合，快上床躺着，我这就设法弄点儿饭。”说完伸手扶着娟子坐在床上，自己转身进了厨房。

此情此景，娟子望着龙剑飞那理所当然的神色，内心十分为难和尴尬。是啊，虽说自己已开了两家酒吧，每月进账不到一万，也有七八千，可她是个节俭惯了的姑娘，更不愿每天来回跑，便一直没在外面租房子，总觉着住在店里面方便些。现在自己这样子，确实不能在店里住了，而且她更怕那几个家伙再来。可一时还真的无处安身。她感激地又看了一眼龙剑飞，苍白的脸上现出一抹红晕，再没有吭声。

一九九四年的“十一”过后，北京的天开始凉爽了下来，五栋砖混结构的住宅楼已封顶。纺织厂那边已急不可待地开始张罗着分房子了，又是排队，又是抽号的，职工们脸上挂满了兴奋和急切，三三两两地跑到工地来看户型选楼层。商务楼因是框架结构，进展慢些，但在入冬前封顶也绝无问题。更让龙剑飞兴奋不已的是，随着住房制度改革，北京许多单位都采取国家、单位和个人三方出资的方式解决干部职工的住房问题。一时间，前来商谈购房的单位络绎不绝，虽说因价格问题，属于军友的两栋住宅楼还未能出手，但那也只是时间和价格的问题了。而那栋商务楼，从一开始他就没有急着想出手，这么好的地段，卖了确实可惜了。只要资金能挺得住，先留着吧，而留下来做什么，如何经营，他头脑里还没有谱，也来不及细细思考，但公司初创时自己四处租房子的经历使他坚信，留在手里一定没坏处。现在办公司的人多如牛毛，一间房子恨不能挂出三个公司的牌子来，自己坐拥一栋楼，上百个商务间，这是何等丰厚的资源。再者说了，现在科技越来越进步，什么都能造出来，但唯有这土地造不出来的，地球就这么大，北京也就这么大。

一晃，娟子在龙剑飞这儿住了快两个月了。从第一天开始，龙剑飞对娟子的照顾可说是无微不至。但娟子确也是一个勤快的人，在床上躺了没几天，就闲不住了。她拖着虚弱的身子充当起了女主人的角色，将屋子收拾得井井有条、干干净净的，甚至还为龙剑飞清洗换下来的衣物。随着伤势的进一步好转，她也开始常常在下午跑到自己的酒吧照看一下，虽然大夫那句“不能生育”的宣判像巨石般压在她的胸口，使她的心总是沉甸甸的，但生活渐渐地还是恢复了正常。

每当她面对着龙剑飞时，内心总是思绪万千。这个男人仿佛就是一座山，它是那么的高大雄伟，你只可在山脚下仰望它，欣赏它，每当暴风雨来临时，你也可以躲进它的怀抱，但你却无法翻越它。说实话，虽说伤口隐隐作痛，虽说不能生育时时让她悲戚，但这些天对娟子来讲是愉快的，甚至可以说是幸福的。认识龙剑飞的几年中，每当与他在一块儿时，自己周身血液的流速好像都在加快，每每涌得她脸有些发烫，她渴望看到他的身影，听到他那富有磁性的话语声，和他在一块儿，不论时间长短，自己总是处在兴奋和激动之中。但她却从不认为自己爱上了他，因为她从未想过要得到他的情感，占有他本人，她真的没有过这种奢望。现在，两人生活在同一屋檐下，不仅可以天天见到他，而且两人一同吃饭，一同说笑，虽说睡在不同的房间，但也仅是一墙之隔。

可随着时间的流逝，这种日子在娟子的感觉中，却渐渐发生了变化，她由喜悦、兴奋开始变得不安起来。这么长时间了，她切身感觉到了龙剑飞对自己的关切和呵护。但她知道，龙剑飞这样将自己接到家里来，无微不至地照顾着自己，更多的是因为自己奋不顾身为他挡了一刀。对他来讲，这是一种回报，是一种对责任的诠释。难道说因为这个，自己就可以赖在这儿不走了吗？再说了，自己一个姑娘家，长时间这样下去，别人怎么看？而更令她在意和忧虑的是，他会怎么看自己。一想到这些，娟子内心愈加不安，甚至有些焦躁。她想早一点儿搬出去，或回到店里住，或自己租房子，总之，不能再这样下去了，这儿再好，也不是自己的家。

“娟子。”龙剑飞傍晚回家，一进门就兴冲冲地奔向娟子住的房间。

“那几个歹徒抓到了！”

“是吗？那太好了！”听到这消息，娟子更加显得兴奋。她头脑中又闪现出那几张狰狞的面孔。

“不会枪毙他们吧？”娟子的脸上突然又挂上了一丝忧虑。

“那不会吧，但我想总要判他们个十年八年的，这帮畜生，罪有应得！”龙剑飞恨恨道。

第二天，龙剑飞回来时，发现全屋的地又拖了一次，格外地干净。晚饭也比平时丰盛了许多，娟子还专门做了她最拿手的酸菜鱼。

“娟子你真好。”龙剑飞今天的心情也格外的爽，下午才与区财政局签订了购销合同，那两栋楼以比较好的价格出手了。

吃饭时，娟子很少说话，默默地望着龙剑飞，不停地为龙剑飞夹着菜，

“这是你最喜欢吃的，多吃点儿。”

“嗯，好吃。”

“这是我今天照着菜谱做的，不知味道对不对，你尝尝。”

“不错，不错。”

吃完饭，娟子一边收拾碗筷，一边低低说道：

“龙哥，我明天一早就想搬回酒吧去住了。”

“什么！你要搬走？”听到娟子说要搬走，龙剑飞这才注意到，娟子已将自己的物品收拾好了放在一块儿，他感觉十分惊诧，“好端端的，怎么说走就要走呀？”

“龙哥你看，我的伤已经全好了，再说那几个坏蛋也已抓住，再不用怕他们到店里找了。”

“可我们说好了的，这儿就是你的家，你为什么要走？是我没有照顾好你吗？”龙剑飞显得有些着急。

“不、不、不，龙哥，真的很感谢你。”娟子的神色复杂而丰富，“可……可我们孤男寡女的，我总在你这儿住着，时间长了，左邻右舍会说闲话的。这对你不好，而且我……”

听到这儿，龙剑飞默然，是啊，人家一个妙龄女子，这样和自己住在一起，不明不白的算什么事儿。想到这儿，他从餐桌旁站起身来，用深沉而温柔的目光看着这个拼死将自己从危难中解救出来的女子。

“娟子，都是我不好，没有考虑你的感受……”说着，他转身面对着娟子，向前走了两步，俩人距离近得能感觉到对方的呼吸，望着娟子那纯真而略带羞涩的面孔，他突然伸出手来，紧紧地握住了娟子的手，还没等娟子反应过来，猛地向怀里一带，顺势就将娟子抱在了怀中，“好娟子，如果你同意，那从今天起你就是我的妻子，就是我的女人，这儿就是你的家！你哪儿也不用去，我也不会让你走的。”说着，他低头吻了一下娟子的额头，吻得很用力，“你会同意的，对吧？你一定会同意做我的女人、做我的妻子，对吧？”

娟子被龙剑飞的举动惊呆了，头脑中一片空白。人们常说，人之所以很现实，那是因为他们都站在地上，双脚一旦离开了地面，人的头脑就不是那么实际了，所以才用“脚踏实地”来比喻那些实在人。娟子此刻双脚悬空了，但她并没有丧失理智。她急切地摇着头：

“不、不、不。”

她抬头望着龙剑飞那听到被拒绝而吃惊的面孔。

娟子的话语带着呜咽："我永远也比不上张凡姐的，我知道你们俩深深相爱着……"说完，她再也忍不住内心的痛楚，泪水忍不住涌了出来。

"是的，我们曾经相爱过，至今也还关注着遥远的对方，但她并不属于我，真的，永远不属于我。而你，从今往后，你就是我的妻子、我的女人！我们再不要提起她。好吗？"

娟子的哭声更加悲切了："不！我已是一个没用的女人，连孩子都不能生了，而你的父母……就是没有张凡姐，你也应当另找一个，早点儿生孩子。"说到这儿，她竟伏在龙剑飞的怀中嚎啕大哭了起来。伴随着这撕心裂肺的抽咽声，她的身子在龙剑飞怀中剧烈地颤抖着。

"好娟子，不哭了，不哭了。大夫也没说就绝对不能生了，就是真的不能生了那又怎么样，现在很多人能生还不生呢。好了，不哭了。"龙剑飞一边安慰着，一边抱着娟子转身一步步向自己住的卧室走去。

事后，每当两人提起这事儿，还一直争论不休，争执不下。一个说："当时你同意了的，还在怀中不住地点头，那我才将你抱进去的。"可另一个却说："我根本就没有同意，是你硬将人家抱了进去。"但在记忆中，有一点却让娟子终身难忘，真没有想到，这个在自己心目中强悍威猛的大男人，在床上竟是那么地温柔体贴。每当回忆起这事儿，娟子总会现出幸福的笑容。而对龙剑飞来说，那晚最让他难以忘怀的，是娟子平缓光滑的腹部上那条粉红色的伤疤，足有两寸多长，拆线后的八对儿针眼儿还清晰可见，看上去就像一条长着许多脚的毛毛虫。他用手轻轻擦拭着，企图将它抹掉，可怎么也抹不掉。不知为什么，这却成为了自己的一种行为定势，每当两人在一起时，他总是习惯性地先用手指轻轻爱抚那条伤痕。

娟子的两家酒吧，开始时并没有什么变化，但随着这事儿因警察在附近社区了解情况和取证而传开了，一传十，十传百的，而且越传越神。

"听说了吗，开老树酒吧的那个年轻女子，为救顾客勇斗歹徒身负重伤啦。"

"我还听说不只是一个坏蛋，有好几个呢。一个弱女子，面对那么多歹徒，他们还拿着刀，真是了不起!”

一时间，娟子竟然成了附近几个街区的名人，“老树酒吧”也成了见义勇为、诚信待客的招牌。特别是娟子伤愈又出现在酒吧后，人们都想来看看这位见义勇为的小女子，酒吧的生意竟因此突然火爆了起来，别说是下午和晚上，就是上午，来店里的顾客也是络绎不绝。由于多数人不知道事情发生在哪个店、娟子现在在哪个店，两家店同样地火爆。

军友承建的商务楼也封顶了，二牛他们几个嚷嚷着要到外面喝酒。“那好吧，我们走。”龙剑飞想到因为出了自己被劫和娟子受伤的事儿，有一段时间没有和大家伙儿一块儿吃饭喝酒了。

就在临出门时，他突然想到了什么，深思了许久，便将车钥匙交给了一同出来的韩涛：“你辛苦一蹚，去把娟子也接来，她此时应当在老店里。”

娟子和韩涛走进饭店时，菜已经差不多上齐了。

大家看到娟子进来，竟不约而同地站了起来。这是酒吧出事后娟子第一次和大家伙儿一块儿吃饭，人们像欢迎英雄般地欢迎着这个弱女子，谁也没有说话，只是用敬佩的目光注视着她，娟子的脸刷的一下子红了，想赶紧找个下首的位子坐下来。可她还没有坐下，只听到龙剑飞用温存的口吻叫着娟子：“娟子，来，坐这边来。”娟子的脸更红了。

待大家坐下，人们才娟子长娟子短地问候了起来。

龙剑飞看着这场景，微笑着，沉思着，好长时间没有讲一句话，待大家安静下来了，他才用一种不很高，但听了让人感觉决然的口吻说道：

“你们不是总催着我找女朋友成家吗？那好，我现在找到了，而且春节就回老家结婚。新娘就是……”说到这儿，他有意停了下来。在场所有人都被这声音吸引了过来，兴奋惊奇的眼睛都直直地盯着龙剑飞。只见龙剑飞将手臂轻轻搭在了娟子肩上，向自己身边搂了一搂：

“你们未来的嫂子就是——娟子。”

一张张吃惊的面孔对着他，随着龙剑飞的话音落下，又齐刷刷地转向了娟子。这来得太过突然也太过意外，是对龙剑飞这种宣告方式还是对他的选择感到突然和意外，他们也说不清，或许两者都有。包间内静得仿佛掉一根针都能听到响动。片刻的沉默过后，突然便是一阵欢呼，大家都哄了起来。特别是二牛和那几个战士，左一声“嫂子”，又一声“嫂子”地叫着，不住地劝着酒，不停地起着哄。此时的娟子，脸更加红了，恨不能找个地缝钻进去。她怪龙剑飞事先也不商量一下子就在这么多人面前宣布这事儿。但事已至此，她也只能是用羞涩的面孔应对着大家了。

“龙总要结婚啦!”

消息很快便在公司上下传了开来。“是那个为他挡了一刀的娟子。”“就是那个开酒吧的湖南女子呀。”

听到这消息，秘书周姗怎么也不敢相信，怎么可能是她！她哪点儿能配得上？她满心的疑惑和醋意，想着想着，竟借故推开了龙剑飞的门，杂七杂八地说了些公司搬家前的准备工作，可说完了并没有走的意思。“还有什么事儿吗?”龙剑飞抬头问道。

“龙总，听说你很快就要结婚了?”

“是的，年龄也不小了，应当有个家了。”龙剑飞边回答边好奇地看着对方。

“那你爱她吗？你们之间有感情基础吗?”听到对方的追问，龙剑飞一时不知如何应答了。

“报恩并不是爱，再说了，报恩也还有很多种方式。”她一边说一边死死地盯着龙剑飞的眼睛，渴望从那深沉的目光中看到悔意。

龙剑飞听到她这么说，抬起头来，默默地望着她，好一会儿，才用平静的口吻说道：“有些事情你还没有经历过，人生就是这样，恩与爱往往是并联着的，所以人们才说恩爱夫妻嘛。”龙剑飞说着，可连他自己都感觉有些生拉硬拽。

望着周姗离去的身影，龙剑飞的脸上现出一丝苦笑。

# 二十七

北京进入了深秋，天儿也一天天凉了下来。刚刚搬进自己的军友大厦，公司整整占了最下面的一层，各个部门显得有些杂乱，加上上面还有几层在紧张地施工装修着，楼道内脏兮兮的，不时还传来电钻的嘟嘟声，和射钉枪发出的砰砰声，但公司员工个个都显得异常兴奋，总算有了自己的家了。而二至七层按照龙剑飞的想法，要全部租出去，招商的广告贴出去还不到一个月，近一半的房间就预订了出去。

那两栋住宅楼出手后，公司投入的资金基本收回了，虽说银行的一千万贷款还没着落，但公司却落下了整整一栋商务楼，少说也值两千多万。如果装修那边不出意外，再加上将剩下的八十多个商务间租出去，银行贷款到期时，也基本能堵上了。

想到这儿，龙剑飞的心是舒坦的。

他站起身来，向窗外望去，树上的叶子快掉光了，只剩下不多的几片，黄黄的，在秋风的吹扫下，不停地摇摆着，随时都可能飘落下来，很快就到春节了。这不禁使他又想起了娟子。每当自己和娟子提起春节时回老家完婚这事儿，她的脸上都会显现出兴奋和幸福的笑容，可事后她好像又总是无动于衷。眼看就要临近大年了，她也不做什么准备，而是四处寻找着理想的店面，一心只想着开自己的第三家酒吧，这丫头。

和娟子在一块儿生活快两个月了，虽说并没有出现过与张凡在一起时那种欲仙欲死的感觉和情愫，但两人的生活是温馨而甜蜜的。娟子确是一个可人儿的女子，善良、勤快、善解人意。在电话中和父母说起自己将要娶娟子时，他能感觉到两位老人的那高兴劲儿，特别是妈妈："在北京时我们就看中了娟子这姑娘，什么学历不学历的，那也不能当饭吃、当日子过。"

这事儿要尽快办了，他暗自想着，夜长梦多，他倒不是怕娟子有什么变化或其他什么事儿影响了婚事，他怕自己，怕自己的梦中再出现张凡或是其他什么女子，特别是张凡，她在自己心里所占的空间是那么的大，虽说自打出事儿以来，自己拼命压抑着对张凡的思念，有意识地压缩着她在心里的空间，但他还是担心娟子那弱小的身影从自己心里被挤出去，要是那样，自己的承诺、自己的责任……那自己不成了恩将仇报、始乱终弃、猪狗不如的人了吗。在外人看来，自己是一个理性而坚强的人，是一个拿定主意便不再犹疑的汉子。但他自己最明白不过了，人生最难的是超越自己，而自己的性格中又有着那么多的柔弱之处，多少次了，每碰到困难，自己并非像外人看到的那样意志坚定，勇往直前，相反地，内心却时时会生出怯意，甚至于出现退下来，绕过去，或干脆放弃的念头。只是因为自己事先有意绝了后路，已将自己置于退无可退，绕无可绕，只能向前的境地，才强迫着自己艰难地前行。项羽破釜沉舟是激励将士们的士气和置之死地而后生的决心，而自己则是砸自家的锅，用以克服自身的怯懦。这已成了他面对困难、迎接挑战的秘诀和利器，而且屡试不爽。虽说自己这样活得实在太累，但毕竟成功远远多于失败，要是别人知道了自己的这种心态和做法，真不知会怎么想。管他呢，每个人都有着每个人的活法儿。

对于娟子，将生米煮成熟饭，急着当众公布，不也是如此这般吗。

就在他深思时，韩涛推门急匆匆走了进来。"龙哥。"

龙剑飞转过身，看着韩涛那欲言又止的样子。"坐吧，发生了什么事儿？"

"是……唉！"

"看你急成了什么样子，到底发生了什么？"

"是文化宫多功能厅装修工程……出了质量问题。交工验收时甲方发现的，现在扣住了尾款和保证金。"

"这个项目谁负责？"

"是赵敏杰这小子。"

"是他？"龙剑飞沉默了，赵敏杰是公司成立时就复员跟着自己的特务连战士。

“问题严重吗?”

“对方要求返工，估计公司损失要过十万。”

“这么多?”龙剑飞也感觉有些吃惊。

“问题还不止这些，关键是……”韩涛吞吞吐吐地不知该怎么说才好。

看到对方死死地盯着自己，韩涛心一横：“问题出在用材上，可我查了有关的发票单据，却都是优质材料的价格。”

“你是说他从中……”

韩涛默默地点了点头。

龙剑飞狠狠地将拳头砸在了桌子上。“这个敏杰，公司给他的还少吗？他怎么能……”

是啊，那四个从一开始就进入公司的复员战士，工资比其他人高出了近一倍。虽说他们不是公司的股东，不参加分红，可每年龙剑飞韩涛他们几个分红时，大家都忘不了他们几个，总是以不同的名义给他们每人一个大大的红包，收入和韩涛二牛他们相比也少不了多少。

“他现在在哪儿?”

“在工地，急着想办法呢。”

“他知道我们已发现他做下的这糗事了吗?”

“我一查实，就来你这儿了，他不应当知道。”

龙剑飞想了想，无奈地说道：“先设法返工善后吧，尽可能减少些损失。”

“那敏杰……”看来韩涛对如何处置这事儿也十分为难。

龙剑飞沉思了好一会儿：“敏杰以次充好，从中获利的事儿，暂时不要声张了吧，也不要让他察觉出我们知道了。唉，不管怎么说，都是一块儿同甘共苦的兄弟啊。”

真是一波未平，一波又起。文化宫的烂摊子还未收拾完，应付过去，没几天，二牛那边也出事了。他负责一家宾馆的内部改造装修，为了抢工期，竟然在上冻后，也不采取任何保温措施还强行要求工人们加班施工，结果造成大面积返工，用料用工损失惨重不说，而且欲速则不达，还面临着逾期无法交工而受到对方的索赔。

“谁是这个项目的工程师?”龙剑飞被近来这一连串的麻烦事儿搞得

焦头烂额，情绪十分急躁，

“负责这个项目的技术指导是那个去年从市建公司跳槽进来的孔令培。”一旁的韩涛小声回答着。

“他们这些技术人员是干什么吃的？”

当天下午，小孔便急匆匆进了龙剑飞的办公室。他二十八九岁，高高瘦瘦的，白净的脸上显得有些不安。六年前他从天津建筑学院毕业就进了北京市建筑公司，虽说是建筑公司，可公司内真正学建筑专业的本科生却也少得可怜。但刚毕业的学生，在单位也发挥不了什么作用，给老同志们打了几年水，呆着实在没意思了，这才辞职进了军友。他原想民营公司机制好，只要有才学，便能发挥出来，就能得到应有的回报，自己刚刚进入军友，想着尽快干出点儿名堂来的，可偏偏就碰到了这事儿。

“龙总，您找我？”

“你是晋京宾馆装修工程的技术负责人吧？”

“是的。”对老板的兴师问罪，他是有思想准备的。从工地来公司时，一路上他一直在想着如何应对，这事儿绝不能怪自己，而且应当说自己也是尽力了，要怪只能怪他……他是这个项目的负责人，不仅是公司的股东，还是老板的哥们儿，他非要这么干，自己有什么办法。再说了，自己是好几个工地的技术负责人，也不能总盯在一个上。想到这儿，小孔内心踏实了些。

“工程出了这么大的事儿，你不想解释一下吗？”看着对方那毫无歉意的脸，龙剑飞更加来气了——这帮学生，眼高手低，不堪重用；话音也就更高了些。

“这事儿确实是我们在施工中出了问题，可以说是严重违反了施工要求，犯了低级错误。我……我事先就和牛经理说了好几次，可他……”

“他什么？”

小孔如实道出：“他说要抢工期，一定要提前完工，好接手另外的项目。我也没办法。”

“你也没办法？可你是这个项目的技术负责人，现在出了这么大的问题，你说自己没办法？”龙剑飞的双眼始终盯着小孔。他此时有点儿明白了，一想到二牛那脾气，那行事作风。唉，这个天不怕地不怕的混球。可技术人员就没责任？

“我和他讲了的，这样干，如果天气突然上冻，那涂料会脱落，壁纸会起泡的，他不但不听，还……”

“还什么？他对你发脾气了是吧，向你瞪眼了是吧，他还向你拍桌子了是吧？我现在问问：你是干什么的？”

龙剑飞一脸怒气，声音更高了：“你说了他不听？那你为什么不对他发脾气，对他瞪眼，对他拍桌子！要知道你是技术负责人，而且真理在你手上，你为什么不坚持？”

“我……”原准备好的说辞，不知怎么搞的在龙剑飞的逼视下，小孔一句也说不出来了。

“是的，这事儿他要负主要责任，但你们在同一条船上，如果这船因为他犯的错误沉没了，他葬身海底那是活该，可你能幸免吗？你不也一样下去喂王八！”

龙剑飞愤愤地说着：“小孔你给我记住，如果你没有进入军友，那你完全可以站在岸上看热闹，现在你进来了，那你就在军友这条船上，你只能与这条船共存亡，如果你没有这样的心态和准备，那就别在军友干，也省得你随着这船沉下去！”

被老板劈头盖脸一顿呲儿，这对小孔来讲，是自打工作以来从没有过的，就是当学生时也很少被老师这样批评过。他感觉自己委屈，这事儿明明没有自己的责任嘛，和牛经理说了多次，他就是不听，公司是你们的，牛经理也有股份，他说了算，他想赔钱，我有什么办法。

可话又说回来，细细想来，当时自己确实有一种要看牛经理笑话的念头，心想这个不学无术的家伙，只知蛮干，和你说你不听，那就让事实说话吧，好歹也要给你个教训。

想到这儿，孔令培低下了头。

“如果当时你对他发了脾气，对他瞪了眼，对他拍了桌子，你坚持住了，那结果会怎么样？公司就不会有这么大的损失，我知道了，也一定会升你的职，加你的薪。就是牛经理事后明白过来了，他也会感谢你的。可现在……你让我怎么办？是表扬你还是批评你？”

小孔的头更低了。他和龙剑飞接触不多，进入军友没几天，他就听说了不少关于老板带着他的这帮兄弟创业起家的故事，但他从内心讲并不是很服气，认为那只是他们运气好，赶在了点儿上；说到底也只是一帮幸运的武夫。可今天，被对方这样直截了当地批评，甚至于可说是痛骂，而自己竟无言以对，无法反驳，他内心有些委屈，但他却没有怨恨。因为他能感觉到，对方是真诚的，讲的确实也在理。

二牛有好几天不敢在公司露面，自己闯了这么大的祸，怎么向龙哥交待啊。开始时，他提心吊胆地等着龙剑飞找他。可等了两天，还是没有动静，自己却有点儿坐不住了，躲得了初一，躲不了十五，便耷拉着脑袋走进了龙剑飞的办公室。

“龙哥，我来了。”

“二牛呀，坐吧。”龙剑飞脸上并没有二牛所害怕的那种严厉的神情，相反地，显得比平时还要亲切些。

“龙哥，我当时只是想加快点儿进度，好接手剧院那个大活儿，可没承想会……”二牛满面羞愧，讲起话来也没有了往日的冲劲儿。

“我知道，吸取教训吧，我们不论做什么，都要讲科学，各有各的门道啊。”

“对了，二牛，在事发之前，小孔和你讲过这样干不成吗？”

二牛不好意思地点了点头：“讲过。”

“他和你说了几次？”

“好像两三次吧，当时我想天儿不会这么快上冻的，就没有听他的。还……还骂了他几句。”

“你这个憨牛！”

二牛悻悻地说道：“龙哥，这次给公司造成的损失很大吧？要不……要不用我的分红来赔，一年的不成，就两年的……”

“说哪里话，都是自家兄弟，而且责任也不完全在你，我也有责任的。”

龙剑飞站起来，拍了拍二牛的肩膀：“我们不说这些了，你也别像死了老子娘似的，以后注意就是了。”

“对了，听说淑平怀孕了？”

二牛不好意思地点了点头。

“一定要好好照顾她。做女人不容易的。”

“嗯。”

送走了二牛，本想一个人好好思考一下近来公司发生的这一切，也好琢磨出个对策来，可楼道中不时传来一阵阵噪杂声，搅得他无法思考，推门出去，只见楼道的另一头儿，几十个姑娘在排着队，叽叽喳喳地在交头接耳说个不停，他这才想起来今天是公司招聘新员工，进行面试的日子，因为是为大厦全面启用招聘物业管理人员，所以前来应聘的多数是些姑娘。就在他想关上门的时候，突然发现了队伍中有一双看似熟悉的眼睛，虽说事隔多年，而且也只见过一次，但这眼神在他心目中留下了太深的印象，这怎么可能，是她吗？如果是她，那这世界可真是太小了，竟有这般的巧事儿。龙剑飞有点儿不敢相信，可那眼神……如果真的是她，小丫头长高了，要是现在，那她一定能提得动那个偌大的"行李"，自己也就……想到这儿，他暗暗笑了。就事而论，她的所为在当时确是将自己逼入了绝境，可放得长远些，她却给自己初入江湖上了第一课，没有这一课，没有她这个老师，自己的人生或许还会是另一个样子。坏事可以转化为好事，但骗子就可以不是骗子了吗？管他呢，人总是会变的嘛，何况当初她还小。想到这儿，他又从背后上下打量了她一番，轻轻关上门，拿起了电话。

"龙总，周秘书正在面试考场上呢。"说着，来人将一沓求职表递了过来。

龙剑飞一张张翻着，审视着上面的照片，最后抽出了一张。仔细看了看："告诉周秘书，把这个人留下吧。"

来人走了，龙剑飞感觉有些好笑，是她吗？自己也没有几分把握，想当初自己恨不能抓住这丫头狠狠揍一顿，可现在……唉，如果真的是她，那当时也一定是为生活所迫，实在没办法，那么小的年龄，谁会愿意当骗子做那种事情啊。

# 二十八

两个项目的大面积返工，公司的损失确实不小，但更让龙剑飞心烦的是事儿偏偏出在他们两人身上，他们可都是自己从连队带出来的啊，在公司里，他们是自己的嫡系，是自己的子弟兵，是最可信任也必须信任的人，可现在连他们也出问题，特别是敏杰这小子，竟然干出那种事。这不禁让他想起了半年多前那个叫欧阳宇平的人来。难道他说的是对的？军友只是一个家族式的企业，自己也只适合于进行面对面的管理？可一想到他那目空一切的劲儿来，龙剑飞内心就感觉堵得慌，总觉着这也是一个眼高手低、夸夸其谈的学生，就是他说对了，也只是一种偶然。

夜深了，娟子回来，看到龙剑飞还没有睡，歉意地说道："你还没有睡呀，我临走时做好的晚饭吃了吧？"

"吃了。"

看看时间已快十二点了，龙剑飞关切地说道："你身子还没有完全康复，不能太累的。"

"从小习惯了，没什么的。再说了，酒吧早上没什么事儿，我可以多睡会儿。只是让你……"

龙剑飞突然想起了公司近来的状况，若有所思地说道："你也不能总是这么亲自跑，什么都是自己干，现在是两家，你还想再开第三家店的，那时怎么办？还是要想着找合适的人来为你管着。"

“是呀，龙哥。我也这么想，可一时还真找不到合适的人。”

床上，娟子像只小猫般依在龙剑飞怀中，龙剑飞的手又下意识地抚摸着那虫样的伤痕：“娟子，眼看就到春节了，我已和家里说好了，到时我们就回家把婚事办了，先去山东，再到湖南。”

“非要现在办吗?”娟子靠得更紧了些。

“还是尽快办的好，省得别人说三道四的。”

“让他们说去，咱们又不是为别人活着。”

“你就不怕我会碰到别的女人?”他半开玩笑地说着，手搂得更紧了些。

“怕有什么用，该怕时，就是结婚领证了也还是怕。”娟子低低又道，“只要心里有，就是没那个证，也不怕。如果心里没有了，拿着那个证又能管什么用?”

娟子半伏在龙剑飞强壮的胸上。每次龙剑飞提到结婚时，她内心便无比兴奋，可不知怎么搞的，每到这时，她脑海中马上又会闪现出张凡的影子，激动的心便会冷却下来，就好像龙剑飞、结婚、张凡这几个词句联在了一块儿似的，总是同时出现。虽说她感觉得到龙剑飞是真诚的，他发自内心地想早点儿把婚事办了；但她还是不踏实，总感觉自己好像得到了并不属于自己的东西。张凡姐，你为什么还不来电话呀。好长时间了，每到晚上十点多钟，她总是设法守在老店中，因为过去张凡姐总是在这个时候来电话的。她在等张凡的电话，她想将近来发生的一切告诉张凡，她更想知道张凡对这事儿的真实看法，就是结婚，也要得到张凡姐的祝福。在她看来，这是必须的。

元旦前的一天，张凡的电话终于来了。娟子在电话里说了什么，怎么说的，她自己也记不太清了，反正说了好长时间，该说的都说了，或许不该说的也说了不少。张凡说了什么，怎么说的，她也好像记不大清了，但有些话却深深地印在了她脑海中。“娟子，把自己和自己全部的爱交给他吧，这是一个值得爱、值得信任、靠得住的男人。姐祝福你们。”这声音从遥远的美国传来，略有些回声，但娟子能听得清，一字一句都听得特别清楚，因为此刻她全身的细胞都调动了起来在捕捉这远方传来的信息。就连张凡讲话时的情感，她仿佛都能感觉到，那是一种发自心灵深处的真诚，那是一种长期负重解脱时的轻松，还有就是一种怅然若失的伤感。

龙剑飞和娟子先是到龙剑飞山东老家完婚，后又到湖南见娟子的父母。回到北京时已是正月十七了，人们已从节日之中抽回神儿来。军友公司外地人多，各自都从老家带回来不少当地吃食与物品，节是过了，但节日的气氛还未消退。

这天，早上刚上班，周姗和往日一样，将一天的工作安排向龙剑飞做了简要的说明。随后她突然想起了什么："龙总，有个事儿很奇怪。"龙剑飞看了看她，一脸疑问。

周姗向门外瞅瞅，小声说道："真的很怪，我昨天接到一个电话，是一个什么商场的经理打来的，说是想与公司协商一下，希望我们能提前几天交工。"

"这有什么好奇怪的。这些做甲方的，一旦价钱谈好了，合同签了，他们恨不得让我们马上就完工，他们也好开业赚钱。"龙剑飞没有感觉有什么奇怪之处。

"可是……"周姗欲言又止的样子。

"可是什么?"

"可是我查了一下，我们公司并没有承接这样的工程呀。后来我便问对方施工负责人是谁，他说了个名字，但我们公司根本就没有这个人。我想，可能是对方搞错了，但他说绝对不会错，他是照着合同上的电话号码打过来的，合同上就盖着军友公司的章。"

听到这儿，龙剑飞也感到事情的蹊跷，这怎么可能。"还盖着我们公司的章?"

"是的，可章一直在我这儿保管着。但我怎么也想不起谁来盖过了。"周姗有些着急，"我早就说过，盖章应当有一定的规定，不能谁想来盖就盖，可你们总说是自家兄弟，出不了什么事儿的。这下可好，弄得我也说不清楚了。"对用章这事儿，周姗确实和龙剑飞抱怨过，装修那边大大小小项目多，一旦与对方谈好了，写好了合同，就来找她盖章，别人的还让周姗看看合同内容，可龙剑飞那帮兄弟们来了，二话不说，就嚷嚷着用章，稍慢点儿他们还有意见。对此，周姗和龙剑飞、韩涛说了几次，可他们当时忙，也就没把这当回事儿。

龙剑飞也意识到了事情的严重性，出现这种怪事儿，只有一种可能，那就是有人将有利可图的项目截了下来，并以公司的名义和对方签了合同，再私自转包给了别的什么公司或个人，自己从中获利。

这会是谁呢？谁有这么大的胆子？而且还能盖上公司的章？他不敢再往下想了，万一又是自己这帮兄弟中的一个可怎么是好……

“这事儿别人知道吗？”

“不知道。”

“那好，你不要再和任何人说这事儿了。”

“可……可这要是出了什么事儿，我可承担不起。”

“我知道，这不是你的错，我会查清楚的。”

“反正我向你说了，以后出了什么事儿可别怪我。”说完，周姗用满含幽怨的目光看了龙剑飞一眼，转身走了出去。

周姗出去还没有关好门，龙剑飞又将她叫了回来：“今后不论谁用章，都让他们先找我。”

“可牛经理或是小赵、小刘他们亲自来了呢？也不能盖吗？如果我不给他们，他们还不把我吃了呀！”

“让他们先来找我！”

“好吧，我试试。”

公司竟然出了这种事儿，龙剑飞明白，要查出是谁干的并不难，可查出来了又怎么办？他希望不是他们几个干的，但他也明白，这事儿别的人还真不敢干。八成又是他们几个中的一个。查出来了，难道还能开了他吗？妈的，这帮家伙，照这样下去，公司非让他们搞垮不可。

“军友大厦的招商工作基本结束了，绝大部分房间租了出去，有的就要入住了，新招聘的那帮员工也培训得差不多了，我想咱们应当尽快成立个物业管理部门。”龙剑飞对韩涛继续说道，“我想让周姗过去组建，物业管理这种事儿，尽是些女服务员，她过去了管理起来也方便些。”

“她做秘书确实干得不错，但要独当一面管那么多人成吗？还有就是公司这边也需要有这么一个人的。”韩涛从不过问公司人事方面的事情，但他对龙剑飞这一决定还是有点儿不理解。

“我看她问题不大，总在这儿提茶倒水，有点儿可惜了，给她个机会试试。公司这边，再招吧，现在社会上的毕业生很多，设法物色一个就是了。”其实，在龙剑飞内心，也并不想让她走，周姗确实是一个很不错的秘书，勤快，干练，而且模样儿也好，将公司的日常事务打点得井井有条，再说身边有这么一个女孩子，自己看着也养眼。但他还是下决心让她到物业那边去。她那眼神儿，和自己讲话时的那语气，特别是她对娟子的态度，唉，自己不想下水摸鱼，那就离水边远点儿，省得旁人猜疑。再说了，这对她有好处，过去是当头儿嘛，也可得到实际的历练。

龙剑飞想了想又道：“我想让敏杰也到物业这边来，做小周的副手。”

“他?”

“是!”

“唉，这样也好，他是不适合在现在的位子上干了。”

两人议论完公司的事儿，韩涛插空儿说道：“小瑜可能近期就要回国了。”

“是吗？她的学业完成了?”

“拿到了硕士学位，她不想再读博士了，小瑜妈妈的身体不太好，小瑜本人也想早点儿回来。”

“时间过得真快，转眼小瑜走了都快两年了吧。对了，你们的事儿进展如何?”龙剑飞关心地问着。

韩涛的脸微微一红：“一切看缘分了，这事儿，咱一个人说了也不算，等她回来后总会有个结果的。”

韩涛这些天来一直忙着处理那两起事故。不论怎么讲，龙哥将装修这块儿全交给了自己，出了这么大的事儿，虽说直接责任人是二牛和敏杰，可自己也脱不了干系。组织力量没明没夜地干了近一个多月，总算在春节前将两个项目交付给了对方。虽说公司一共损失了三十多万，好在对方没有就逾期问题更多地纠缠，否则公司损失会更多。

是韩涛用自己新买的车同张忠一起去机场接小瑜的，张忠自打退下来后，用车远不如在位时方便了。原本小瑜的妈妈也想去，可担心小瑜的行李多，坐不下，加上她的身体近来不是很好，两人好说歹说，才将她留下来为女儿准备饭菜。

小瑜比走时显得成熟多了，可能是久别家乡、久别亲人的缘故，或是美国那环境和纯西式的教育使她那内向的性格改变了不少，她的话也比过去多了许多，显得开朗了些。自己的宝贝女儿从美国回来了，张忠老两口乐得合不拢嘴，特别是小瑜妈妈，小瑜一进门，她就不住地问这问那，吃饭时也不停地为小瑜夹着菜。韩涛在一旁看着这其乐融融的一家人，笑而不语，呆了一会儿，便起身告辞了。

他三天后再到小瑜家时，两位老人因女儿归来激起的喜悦还未退去。小瑜妈妈的身体好像也好了不少，没有了往日的病态，还在喋喋不休地与女儿聊着，问着，述说着。张忠看出了韩涛在旁尴尬的神态，乘老伴儿停嘴的工夫，插话道："小瑜呀，你走这两年，亏得小韩时常来家看望我们，干这干那的，否则我们还真不好过呢。"小瑜听到这话，转头用感激的目光望了韩涛一眼。小瑜妈妈这时也意识到了韩涛的存在，来回看着这两个年轻人，突然笑眯眯地说道："你们俩也老大不小的，现在小瑜回来了，抽时间把婚事儿办了吧，我们两个老东西还等着抱外孙呢。"在她心目中，两人交往这么长时间了，特别是小瑜走了两年，小韩还常来家看望，这不明明就是交朋友处对象嘛，现在女儿回来了，谈婚论嫁是再正常不过的事情。

小瑜脸一红："妈，你就别说了。"

看着女儿那害羞的样子，小瑜妈道："好好好，你们的事情你们自己说。我们不说。"呆了一会儿，两位老人这才知趣地先后回到了自己的房间。小瑜和韩涛两人默默地坐着，谁也不说话，也不知该说什么。

最后，还是小瑜打破了沉默："韩涛，真的谢谢你，这么长时间了，你一直在照顾着我的父母。"

"这有什么呀，都是应当的。"韩涛淡淡地说道。

"现在公司怎么样？"

"还好，刚刚搬进自己的办公大楼，公司比你走时阔气多了，也进了不少新人。等你时差倒过来，抽空去看看吧。两年多了，大伙儿还时常提起你。"

"好的，等几天一定去看看大家。"小瑜若有所思地应答着。

她沉默了一会儿，小声问道："在电话和信中我们讨论的那事儿，你有什么打算？"

"我……我想等等再说。现在公司刚刚转到房地产上，正在谈一个大的项目，而且公司内部也还有一些问题亟待解决，这个节骨眼上，我真的很难提出来要离开公司的。"

能看得出，小瑜听韩涛这样说，显得十分地失望。她再没有说什么，低着头呆了一会儿，慢慢站起身，走进了自己的房间。韩涛感觉到了小瑜的不快，可又不知自己哪儿出了问题，想解释，但不知解释什么，只好跟了进去。

“小瑜，我也想早点儿出来自己干，我坚信自己有能力独自做出一番事业来……”

“我从没有怀疑你有这能力。”

“那你这是……”

听到韩涛似要追问的话音，小瑜不知为什么，突然发作了起来，情绪显得十分激动：“你怎么就不能为我想想？你让我怎么面对你们两个男人？”说着，她的嘴角开始有些抽搐，眼中闪现出了泪花，“在认识你之前，我就认识了龙哥，他可以当我是妹妹，可我……这你是知道的。可你……可你怎么就不能为我想想，要是真心喜欢我、爱我，那就帮我从这激流中挣脱出来。”她的泪水终于忍不住流了下来，“如果你们俩每天在一块儿，这让我怎么忘记，让我怎么同时面对你们？”小瑜竟哭出了声。

韩涛被小瑜近似于歇斯底里的发作惊呆了，不知如何是好，慌忙从口袋中拿出手帕来，想着为小瑜擦泪，可由于过于紧张，竟碰到了小瑜的下颚，只见小瑜举起两只手来，不管不顾地捶打着韩涛的前胸，口中不停地说着：“你让我怎么办……让我怎么办？呜——呜——”这哭声夹杂着委屈和羞惭，她不停捶打着，不住抽咽着。韩涛再也忍不住了，他一把将小瑜搂在了怀中：“都是我不好，是我没有体谅到你的感受。不哭了，不哭了。我这就和龙哥说，这就离开军友……”

小瑜稍做挣扎，两只手便无力地垂落了下来，顺从地依在了韩涛怀中，不停地抽搐着，呜咽着，宣泄着压抑了许久的苦闷和情愫。是啊，三年多了，一个是自己深爱着的男人，另一个是深爱着自己的男人，他们像两股自己无法抗衡的力量，一个将自己的心死死地钉在那儿，一动不动，而另一个却锲而不舍地用力拉扯着。她能察觉出自己那颗弱小的心灵即将被他们撕裂扯碎，她无法忍受这种折磨和痛苦，她只有逃避，逃得远远的。可这儿是自己的家，这儿有养育自己的父母，有自己的老师同学朋友，有自己所熟悉的一切，美国再好，那也不是自己的。再说了，人是走了，可心并没有远去，离开的时间越长，越是思念这方故土，北京有着太多的牵挂。她还得回来，她必须面对现实，她只能从这两股激流所形成的漩涡中奋力挣脱出来，与其中之一合为一体，然后奔腾而下，汇入生活的大海。可在她看来，要做到这一点，两股激流就必须分开，没有了漩涡，自己才能解脱。

屋内静静的，没有一点儿声响，有的只是小瑜的哭泣声。渐渐地，抽咽平缓了下来，呜咽也变得微弱了。在韩涛怀中，小瑜慢慢地又还原成了过去的小瑜，还是那么弱小、温柔和娇媚。

# 二十九

一九九五年开春不久，军友公司在城南因上冻而停了几个月的工地又热闹了起来。有了军友大厦可作抵押，资金已不是什么问题，但让龙剑飞难以入眠的，却是公司的运营和管理。这本来是他最为自信的，从一开始，他就坚信自己有一支荣辱与共、能打硬仗的队伍，虽说人数不多，除了韩涛二牛小东他们几个，还有就是那四五个从特务连带出来的战士。少是少了点儿，可个个都是自己可以信赖的兄弟。有这些人在，公司的运转就不会出问题。可现在公司大了，层级多了，人也多了，管理上显得越来越混乱，近来出现的问题和漏洞也越来越多。二牛的鲁莽行事，敏杰的私心发作，周姗说的那份神秘的合同……还有就是那个叫刘猛的特务连战士，前些天竟然因为报销问题差点儿动手打了财务室的人……唉！这一切开始动摇着他的那种自信，也无不让他心烦意乱，这样下去可怎么得了。但对这些跟随自己多年的兄弟，他又能如何处置？在外人眼中，这是一个亲密无间、同甘共苦的团队，作为大哥和带头人，他必须维护这种团队形象，特别是现在公司做大了，自己有钱了，那更不能亏待他们，否则人们还不知道会说什么。也正是因为顾及这一点，他发现了那份吃里扒外的合同，也没有下决心查下去，他怕查出来后反而更不好处理。就是敏杰这小子做出那种事儿来，龙剑飞也从未想到过要开了他，让他走人。而且还怕他心里有愧，与大家生分了，竟然没有将这层窗户纸捅破，装着什么也不知道。可这样下去，公司怎么办，要是别的人也像他这样怎么办？

就在他心如乱麻、理不出个头绪时，韩涛推门走了进来。“龙哥，我和刘海刚从建筑公司回来。他们总算答应在今年‘十一’前交工。”说完韩涛便坐了下来。

“前些天小瑜来公司，觉着她比走时成熟多了，你们的事儿也差不多了吧?”龙剑飞从沉思中回过神儿来，关心地问道。

“龙哥，我……”韩涛吞吞吐吐的，好像有什么事儿要说。

“哈哈，怎么样，一切都搞定了吧?你们俩人都不小了，别总这么干耗着。我们可都等着喝你们的喜酒呢”龙剑飞开心地望着韩涛。

“龙哥，我想……”韩涛咬了咬牙，“我想……我想和你商量……

“有什么事儿你就说呀。今天是怎么了，还吞吞吐吐的。”

“我想……我想离开公司，自己试着干点儿什么。”话一出口，韩涛便低下了头。

“什么?”龙剑飞听到这话，十分吃惊，他怕自己听错了，“你是说你想离开军友公司?”

“龙哥，你别着急，我只是想，只是想试试，看自己能不能独自干点儿什么。”韩涛低着头，窘迫到了极点，他不敢与龙剑飞那双锐利而吃惊的眼睛对视。在他看来，自己要离开军友，这无异于是对龙剑飞和其他兄弟们的背叛；况且还是为了一个女人，这让他羞惭万分，无地自容。可话已出口，只能是硬着头皮撑下去了，有一点他十分明确，那就是绝不能说明原因，绝不能。

龙剑飞很少有失态的时候，但今天他失态了。虽说很快就恢复了镇静，内心却怎么也无法接受韩涛想要离开公司这一事实。他怎么会想到要走?别的人要走还情有可原，可韩涛他不应该，起码不应该现在提出要走。是的，没有不散的宴席，龙剑飞早就意识到自己和韩涛终归要分手的；过去也和韩涛谈论过这事儿，在他看来，韩涛完全可以独自创出一番事业来。像现在这样老是屈居在自己之下，不是长久的办法。可那是以后的事情。在这节骨眼儿上，他怎么能提出来要走。唉！龙剑飞虽然没有说什么，但他内心对韩涛此时提出要走是极为震惊和不满的，甚至于是愤怒。多年的战友了，又一块儿打拼了这么多年，好不容易有了目前这局面，你怎么能在最需要人手的时候，说走就走啊。

“开什么玩笑!”直到此时，龙剑飞还是不能相信或不愿意相信这是真的。

“龙哥，跟着你干了这么长时间了，我真的想试试自己是否能独自做点儿什么……我……”

“那也是以后的事儿，等来年儿公司不是很紧张了，那时我们再商量吧。”龙剑飞显得十分无奈。

“我想……想这几天就离开公司。”

“什么！”龙剑飞这下真的愤怒了。

一连数天，龙剑飞的心一直浸泡在苦恼和愤怒之中，也不时在反省着，是自己哪儿做错了，让韩涛产生了离开的念头？可他思来想去，怎么也思量不出自己哪儿有明显的过失来。或许都是钱惹的祸吧，实在找不出原因，他竟将韩涛的出走也与钱联系到了一块儿，现在公司有钱了，如果按股分成，韩涛可以从公司抽出二百多万，这确是一笔不小的数目。妈的，钱这东西，没有不成，想当初自己刚到北京时，连买瓶水都舍不得，那时身上才有几个钱呀，恨不得将一块钱掰成两瓣儿花。可钱多了也不成，赵敏杰以次充好拿回扣，那份神秘的合同，现在韩涛……这不都是钱在作怪嘛。可多年的友谊，就值这几个钱吗？不知怎么着，他又对自己的判断产生了怀疑，他坚信韩涛不是那种人，绝不是！那他为什么要离开？

“剑飞，今天小瑜到店里来了。”吃完晚饭，娟子边收拾边说道。

“是吗？”龙剑飞又想到了韩涛的出走，冷冷地问道，“她还好吧？”

“看样子还好，只是……”

龙剑飞真截了当地询问：“只是什么？”

“听说韩涛要离开公司了？”小娟小心翼翼地问着。

龙剑飞忙问：“你怎么知道的，是小瑜和你说的吗？”

小娟说：“是的，她提到了韩涛要离开公司的事儿。她还说这都是她的主意。”

“她的主意？”龙剑飞愣了。

“她是这么说的，而且她还说……”

“还说什么？”龙剑飞急切地问道。

“还说请你不要怪韩涛，韩涛这些天来为此也十分痛苦。”

“她这样对你说的？”

“是她亲口说的，她也请你原谅她本人，她说这就是命，命中注定你们要分开，如果要怪，你就怪她吧。”

“是这样。”听到娟子说起小瑜来，龙剑飞似有所悟。这些天听说韩涛要走，自己情急之下，竟没有联想到小瑜，现在看来，这或许真是小瑜的主意，可她……前些天来公司时，还好好的，并没有流露出任何对公司或是对自己的不满来，大家见面有说有笑，她还从美国给大家带回来了许多小礼品。怎么现在就……女人哪，真是难以理解。想到这儿，龙剑飞的情绪平缓了许多。韩涛要走，这无疑对公司是一个重大损失，但连日来，让他夜不能寐的还真不是韩涛出走会对公司有什么影响。在龙剑飞内心深处，他更担心两人的友谊出了问题，如果韩涛是因为和自己有了隔膜，或是自己做错了什么而导致他提出要走，那对龙剑飞来讲将是更大的打击。这么多年了，不论是在部队还是一块儿干公司，两人情同手足，心意相通，现在分开可以，但绝不能让这真挚的战友之情、兄弟之义蒙上哪怕一点儿灰尘。

“龙哥，你找我？”韩涛接到龙剑飞电话不久，走进了龙剑飞的办公室，自韩涛说要离开军友公司那天起，两人就没有单独在一块儿过。

看着韩涛那窘迫的神态，龙剑飞也沉默了好长时间：“离开公司后，想好做点儿什么了吗？”语气十分平静，但能感觉出他内心的无奈。

“还没有最后想好。和小瑜商量了几次，想先试着做些小的外贸，她在美国时，认识一些专门做对华贸易的公司和美籍华人。看看有没有机会。”韩涛小声说着，“这只是我们的想法，不知成不成……”

龙剑飞如实道：“如果有好的设想，那就大胆地去做吧，需要我做什么你说话。”

“龙哥，我……”

“什么也别说了，我明白，而且我也相信你一定会成功的。”龙剑飞苦笑着，却有力地拍了拍韩涛的肩膀。

韩涛真正离开公司是两个多月后的事儿了。走之前，公司没有人知道公司这龙韩铁搭档就要拆散了。这也是他们两人事先协商好了的，要保密，一来韩涛可用这段时间好好策划一下，二来也给龙剑飞留下些调整的时间。

# 三十

就在欢送完韩涛没几天，龙剑飞又将公司中层以上人员和各项目负责人召回公司开会。在军友大厦的会议室，二十多人并不显得拥挤，人们还没有从韩涛离开公司的震惊中恢复过来，大家小声议论着，相互打听这次会议的内容。只见二牛和小东两人坐得直挺挺的，没有了往日的言笑，旁边有人轻轻捅了捅二牛，小声问道："牛经理，今天开什么会呀？"

"你急什么，一会儿不就知道啦。"二牛没好气地回答着。对方看到二牛黑着脸，便不敢再搭腔了。

就在人们交头接耳，窃窃私语之时，会议室的门开了，只见龙剑飞率先走了进来，但人们的目光很快就指向了他的身后，因为大家发现一个三十岁上下的陌生男子随在龙剑飞身后步入了会议室。同样让人们感觉意外的是，刘海和孔令培竟也跟着从外面走了进来。

龙剑飞在会议桌的上首坐了下来，其他三个人也依次落座。龙剑飞脸上带着一丝倦容，好像比过去瘦了些，可从他的脸上能看出一种亢奋。

他环视着大家，又站起身来："今天我们开一个短会，有几项人事安排宣布一下。"

会议室内静悄悄的，所有的目光都盯着龙剑飞，不时还分出余光瞄向他身边的那几个，特别是那个陌生人，只见他高高的身材，戴着一副黑边眼镜，深灰色的西服，十分合体，但他并没有像有些人那样正儿八经地系着领带，白色衬衣的衣领向外敞着，显得潇洒而随意。

“在宣布之前，我先介绍一下，这位大家都不认识，他是欧阳宇平……”

他习惯性地想说是“欧阳宇平同志”，可话到嘴边又咽了回去。过去都是这么称谓别人的，可近来发现在生意场中很少用“同志”这称谓了，关系近的可称兄道弟，为表示尊敬可称做先生女士。这不是称兄道弟的场合，而且他们相识的时间并不长，也没到了那种相互称兄道弟程度，可“欧阳宇平先生”又感觉十分别扭。干脆只叫“欧阳宇平”吧。

“他是经贸大学学经济管理的，过去是盛达公司的总经理助理，从今天起，欧阳宇平就加盟我们军友公司了，大家表示欢迎。”说着带头鼓起掌来。

“现在，我宣布几项任命。”他看了看大家，一字一句地说道，“欧阳宇平为军友公司常务副总经理，协助我负责公司的全面工作；刘海为军友公司的副总经理，主要负责公司房地产业务；孔令培为总经理助理，主要负责公司的装修业务。关于正在组建中的物业管理部门，暂时由我和欧阳副总直接负责。”

这短短的几句话，无异于在会场中扔进了一枚炸弹，顿时一片嘈杂声，特别是刘猛那几个从一开始就跟着龙剑飞干的战士，他们看了一眼坐在那儿的二牛和小东，一个个不服不忿的劲头十足。在他们心目中，韩涛走了，理所当然是小东和二牛上，公司是咱们兄弟打拼开创的；刘海和小孔还好说，不管怎么着也在公司干了这么长时间了，而这个欧阳什么的，算老几呀，还是什么常务，就是韩涛在公司时也没有挂个常务；凭什么让他这个外人来管，这世上，想在外面认干儿子的人有的是，哪儿有从外面往家领个爹的。

龙剑飞面色平静，声音却放大了些：“公司新的领导班子产生了，希望大家要一如既往地努力工作，令行禁止，诚心诚意地支持我们，特别是要支持欧阳副总的工作。”说完，他微笑着，鼓励似的望了欧阳一眼。

“下面请欧阳副总经理讲话。”

欧阳看到龙剑飞是站着讲话的，他犹豫着也想站起身来，但被身边的龙剑飞轻轻摁了一下。“你还是坐着说吧，我那是在部队养成的毛病，坐着说话总是不习惯，可一时又改不了，你可别学。”这略带调侃的话音，引来大家一阵笑声，会场的气氛顿时轻松了不少。

欧阳原来是想好好做一个就职演说的，也做了充分的准备。但他一进来就感觉到了会场上的气氛有些不对，他明白，在这种情况下讲多了，只会引来更多的敌意，可龙剑飞已经这样说了，也就不能不说几句了。他简单说了说自己的经历，临了，用稍重些的语气道：

“我来军友只有两个愿望，一是想多交些真心朋友，二是想多做点儿实事儿。”

他看了看大家：“很早就听说军友有一个铁一般的团队，许多人都是跟着龙总从部队出来的，是战友，是兄弟，也是公司的创业者，有着换命的交情。我十分高兴能与大家一块儿共事，更希望自己能融到你们中去，成为这个团队的一员。关于做点儿实事儿嘛，我之所以离开盛达公司来军友，就是想在龙总带领下，和大家一同实实在在地做点儿事情，把我们军友公司做大做强，做成一个现代化的企业，在公司赚钱的同时，使我们每一个员工也能挣更多的钱。为了实现这个目标，我一定会殚精竭虑，尽我所能的。今后还请大家多多支持，多多关照。”

说完，他站起身来，向大家深深地鞠了一躬。

在龙剑飞的带动下，会场上响起了掌声，但这掌声并不很热烈，会场上多数人鼓掌时显得有些机械。

当天晚上，在公司不远处的一个饭店，二牛、小东和那几个战士先到了，大家还在为公司的变动吵吵着。关于这次公司的人事调整，二牛和小东事先是知道的，龙剑飞近一个多月来就这事儿和他们商量过多次了，虽说心里面还是有点儿不舒服的感觉，但现在明确了，倒也没什么。只是那帮兄弟不明就里，还在一个劲儿地为他们俩鸣不平。就在他们嚷嚷不停的时候，龙剑飞走了进来。

这顿饭吃得很是沉闷，大家很少说话，过去在这种场合总是二牛的话最多，可今天他那大嗓门也变哑了，只是不停地喝着酒。龙剑飞看了看大家：“我知道你们对这次公司的调整有看法，想不通。”他不知为什么，这次没有站起来，“是啊，军友是我们这些人辛辛苦苦办起来的，现在却要交给别人来管理，这于情于理都讲不通。可要想做得更好，有更大的发展，光靠我们几个人是不成的。我们这些人，知识不足，文化不够，只知舞枪弄炮的，干活儿出力什么的还可以，但要说到搞技术抓管理，还有资本运作、市场论证什么的，可就都是外行了。三国时刘备三顾茅庐请来了诸葛亮，才开创了自己的基业，那我们就不能请个高人来为我们做事？”

“那他也不见得就是什么诸葛亮，我看更像个吹牛皮的书呆子。”刘猛小声嘟囔了一句，一脸不屑一顾的样子。

是啊，他是不是诸葛亮，龙剑飞心里还真没有底。这两个月来，和欧阳宇平多次接触，也通过其他方式进行了解，只能说这是一个敢想敢说，而且说起来头头是道的人，别的也还是一头雾水。但有一点龙剑飞通过几次深谈能感觉到，先不说他的本事有多大，能力如何，但他确是一个一心想做大事儿的人。而最后让龙剑飞下决心挖他进入公司的，却是这小子提出的条件：“不要高薪，只要做事的权力，一年没有成效，自动走人。”这虽说听起来像没什么谱的狂言，但龙剑飞欣赏他这种敢于放弃优厚待遇，冒险一试的自信劲儿。想到这儿，他说道：

“是不是诸葛亮，我们也要让人家试试才能知道。”

龙剑飞用深沉的目光看了看这帮跟随自己多年的战友和兄弟：“我们现在说好，一年，只一年，在这一年中，你们一定要全力支持他的工作。我可是将加薪晋级、人事调整，甚至开人的权力都交给了他，到时你们可别跑我这儿来求情。真有那么一天，我也是爱莫能助。我答应了欧阳的，不干涉他正常而合理地行使职权。”

说完，他转头看了看二牛和小东：“你们告诉敏杰、刘猛他们有关年度分红的事儿了吧？”

“还没有。”

“那好，现在我来宣布。我们公司将面临着一系列的改革和变动，包括建立各种规章制度，这或许会涉及到你们几个的利益。我和二牛、小东商量了一下，为了保证你们不受损失，从明年起，我们几个股东在分红时，如果二牛小东能分五万的话，那你们每人各得一万。这钱从我们几个的红利中按比例摊扣出来，和公司的工资制度没有关系。”

“连长，不用这样的，你放心，不论碰到什么，我们都会跟着你好好干的。只是……只是……”刘猛在旁听了有些激动，竟又叫起了“连长”。他本想为二牛和小东鸣不平的，可话到嘴边又不知讲什么。

龙剑飞望了望这几个小战友，当目光扫向一直坐在那儿一声不吭的敏杰时，稍作停留：“今后不比过去了，你们不论做什么，都要严格遵守公司的各项规章制度。不要让我为难，更不能丢咱当兵的脸。”

看来欧阳不仅是个敢想敢说的家伙，而且还敢干。由于事先得到了龙剑飞的承诺和支持，上任没几天，就大刀阔斧地动手了。先是制定了公司的运营管理制度，事无大小，一律按工作流程办，无论谁都不得违反。他还一再向大家伙儿强调说，他可是只认规矩不认人的，谁违规罚谁。紧接着又将房地产、装修和物业三个部门相对分割了出来，独立进行核算，并实行目标效益考核，特别是对装修部门，还提出了更具体的要求，必须实行项目管理，要将项目组人员的个人所得与项目效益直接挂钩。

俗话说新官上任三把火，但大多数新官们都会找些边边角角、无关痛痒的地方去烧，这样既能树立自己的威信，又不至于烧毁了主体框架，得罪太多的人，威胁到自身的生存。可欧阳的这几把火却是烧在了军友公司的核心部位，人们从开创时期就形成的行事习惯一下子被打乱了。人们有点儿无所适从，工作显得更加混乱。龙剑飞每天听到的都是喋喋不休的抱怨声，接待的也都是络绎不绝的告状者。

“他欧阳宇平凭什么在这儿指手画脚，他算老几?”

“本来我们公司好好的，可他这一来，一切都乱了套。龙哥，你可得出面管管了。再这么让他搞下去，公司非出大乱子不可!”

龙剑飞总是微笑着，耐心地听着，最多也只是说些“现在公司大了，人也多了，没有点儿章法确实不成，大家慢慢就会习惯；这些也都是我和欧阳商量好了的，希望大家能理解和支持”之类的话。他在不住地安慰着大家，同时也是在有意压制着人们对欧阳和他的新政的责难。虽说他对欧阳的这一系列做法也持有一种怀疑和担心，特别是看到自己所创建和习惯了的管理方式被彻底打碎，跟着自己多年的战友满腹牢骚，有的甚至扬言要不干了的时候，自己心里确实不是滋味。但他努力忍受着这一切，看看再说吧，或许欧阳的做法会有效果，公司会渐渐规范起来；再说这帮小子，确实要好好治治，否则还不无法无天了。自己答应欧阳的，那就让他放手干。

在龙剑飞的默许和支持下，欧阳的火越烧越旺，各种制度和规矩在人们的责难声中一项项建立了起来，公司上下人员也不得不开始慢慢适应这些严格、甚至于说是有点儿繁琐的程序和规定，再不敢像过去那样任意行事了，公司也从开始时的混乱状态变得有序起来。

看着公司一天天好起来，龙剑飞别提有多高兴了。但没过多久，这火却烧到了自己头上。这天，一阵敲门声过后，欧阳走进了龙剑飞办公室。

“龙总，我想就公司的财务问题向你汇报一下。”

“是欧阳呀，请坐。”龙剑飞这些天对欧阳有了更大的信心。

欧阳在龙剑飞的对面坐了下来。“是这样，在公司新的支出和报销制度实施前，我查了一下公司近半年来的账，其中有些小的支出好像有点儿问题。我想……”

“那你就设法纠正过来，不用事事向我说明的。”龙剑飞用信任的目光看着欧阳。

“因为其中有一些是你签了字的，特别是那些公安局拿过来的发票，大约有三万多元，我认为……”说到这儿，欧阳停了下来，他看着龙剑飞，等待着他的反应。

“是这事儿呀，为了支持他们办案，我答应他们有关费用由我们出的。”龙剑飞听说是这事儿，并没有在意。

“龙总，你遭遇劫匪和娟子……不，和嫂子受伤的事儿，我还没有来公司时就听说了。但关于这笔开支……我认为还是应当由你个人来出。”

“我个人出和公司出，这不是一样吗？”听到欧阳这么说，龙剑飞觉着有些可笑，真是个书呆子。

“还是有区别的，如果你仅仅是公司的经营者，那就没有权力这样因个人的事情花公司的钱，如果你是公司的所有者，那倒是可以，因为公司本就是你的，钱放在公司还是拿出来用于干什么，你完全说了算。”

“那不就得了？”

“可问题是……”

“是什么？”

“问题是你并非公司的唯一拥有者，还有牛新海和高小东，他们也是公司的拥有者，虽说比例很小，但他们也是股东。”

“哈哈哈，你是怕他们有意见？”龙剑飞大笑了起来，“这事儿他们是知道的，而且绝不会反对。”言外之意是想告诉欧阳自己和他们是不分你我的交情。

“可问题就在这里，现在你碰到了事情，这么做了，以后要是他们俩碰到事儿了呢，也这么做吗？还有赵敏杰、刘猛他们几个，从第一天起就跟着你在公司干，他们也可以这么做？另外还有刘海副总经理，虽说他没有出资，不是股东，可也享受高和牛的待遇，这是你亲口答应他的，那他也可以吗？还有……还有我，我们事先讲好的，一年后，如果公司取得了明显成效，我也享受他们的待遇，那时我也可以吗？

猛然听欧阳这么问，龙剑飞竟一时无以回答。

“朋友间的情义是十分珍贵的，但一个公司，不能只用情义来维系，更不能将公司的运作建立在情义基础上。”

听过几次欧阳为自己“上课”了，可过去他只是讲大道理，说得也很在理，听听也还罢了。可这次却是直接对着自己来的，而且是一连串的责问，好像自己有什么私念似的，龙剑飞内心多少有些反感，可又说不出什么来。不就是几万块钱嘛。“那你说怎么办？”

欧阳似乎察觉到了龙剑飞的不快，但他还是不依不饶地说着：“而且，出资人从公司抽出资金，不能算作经营性支出，财务上也无法入账，所以还应当有一定的手续。”

“你是说要我把钱还上？”龙剑飞冷冷地问道：

欧阳这才缓了缓口气：“那倒也不必。龙总，你看这样好不好，先按你从公司借支来处理，你写个借条，这样财务也好做账，等年终分红时，再从你的红利中把钱扣出来还上。”

“好吧，好吧，就按你的意见这么处理吧。”龙剑飞没好气地说着。同时站起身来，这无疑就是逐客令。

但欧阳并没有走，而是从龙剑飞的桌上拿起一个本来，撕下一张纸，慢慢地放在了办公桌上，龙剑飞瞪了他一眼，只好弯着腰，龙飞凤舞地写下了借据。

欧阳拿起这借据，如获至宝般用嘴轻轻吹了吹未干的墨迹，长长叹了口气：“那再早的事情就不提了，但过去半年来公司财务上类似的情况我都按这办法处理了。”他好像并不在意龙剑飞是否生气，心平气和地说着。

“什么！还有这种情况？别人也……”

欧阳微微点了点头，会意地笑了笑，转身走了出去。

在公司初创时龙剑飞他们就常去的那家“川味火锅”，龙剑飞和韩涛找个没人的角落坐了下来。“怎么样，公司注册手续办完了吗?”龙剑飞关切地询问着。

“差不多了，如果没有什么意外，我想不久就可以批下来了。”韩涛满脸的倦意，“真没想到，注册个公司这么难。”

“如果二百万不够，再从公司拿些。现在可不比过去了，那时我们有几万就能办很多事儿，现在可不成。”

“不用，不用，龙哥，公司的流动资金本来就很紧张的。”

“这边没问题，现在是银行追着我们放款。”龙剑飞笑了笑，接着问道：

“小瑜不再找别的工作了?”

“搞外贸，我什么都不懂，而且需要美国那边的关系，只能是她出面做。近期她必须全力投入的。”

“你们的事儿也要快点儿办了。我们哥儿几个还等着喝你们的喜酒呢。”

“等忙过这段时间吧。小瑜父母也催着我们抓紧办了。”

韩涛望着龙剑飞，将话题转到了公司上：“小东他们几个说公司现在变化很大。欧阳来了后，一切都变了。”

“是啊!”龙剑飞意味深长地叹息着，“也不知会变好还是变坏。”

“我觉着他还是一个有思想、有办法的人。”原来龙剑飞在与欧阳接触的过程中，韩涛也参加了几次，“我只是担心二牛他们几个会闹情绪。”

龙剑飞心想，欧阳这家伙可不仅是有思想、有办法，他还敢干，连自己他都……但他没有多说什么。“是啊。他们可能一时还接受不了欧阳。慢慢来吧。”嘴上说慢慢来，可此时龙剑飞内心正在为此着急，就在昨天晚上，小东悄悄告诉他赵敏杰私下里说想要离开公司。

虽说自从敏杰做出那事儿后，龙剑飞对他十分恼火，但听说他想离开公司，心里面不免还是有些失落和不忍。他一心只想将公司办好办大，但他绝不想让自己带出来的这帮兄弟散了。韩涛走了，现在敏杰也想走，今后还不知谁会离开自己，离开军友。唉!可话又说回来，这也是没办法的事情。人各有志，只要他们能有个好的出路。

“可能敏杰想离开公司。”龙剑飞用平淡的口吻说道。

“是吗？他离开了能干什么？”

“我也是听别人说的，走吧，走吧，谁想走谁走。”龙剑飞的话中明显带着情绪。

韩涛原本就低着的头更低了，再没有说什么。

吃过晚饭，娟子收拾完桌子碗筷，又转身跑到卫生间去洗龙剑飞刚换下来的衣服。她从老家回来不久，就选定了人做两家店的店长，说得好听点儿也可算是经理吧，而自己当起了真正的老板，再不用像过去那样不停地在两个店之间奔跑，事事都得自己做了，更不用每天泡在店里很晚才能回家。这样一来，她不仅能在龙剑飞回家前做好饭，而且两人还能一块儿吃。这似乎就是娟子心目中幸福的家庭生活，对此她是满足的。恰巧也没有寻找到合适的店址，她为了使这种日子尽可能地延续下去，索性将开办第三家店的念头暂时放在了一边。可她内心还是有着一个天大的遗憾，她总觉着对不住龙剑飞，更害怕龙剑飞的父母知道了事情真象会怪罪自己。虽说回山东完婚时，他们并没有告诉家里娟子受伤的事儿，加上时间太紧，两位老人也难得有机会提起生儿育女的话题，但她明白，抱孙子对两位老人来讲是何等的重要，从他们的眼神儿中就能看得出来。

“剑飞，我今天上午去医院了。”

“啊！你哪儿不舒服？”龙剑飞吃惊地问道，“那你为什么不给我打电话？我好陪你去呀。”

娟子微微笑笑：“我只是去做一下复查嘛。”

“大夫怎么说？”龙剑飞急切地问道。

“伤口彻底愈合了，很好的。”

“那就好。”

“剑飞，你说……你说我就真的不能生了吗？”娟子低着头，小声地说着。其实，今天做完检查后，她特意又挂了妇产科，她想从妇科大夫那儿得个准信儿，自己这种情况是能生还是不能生。虽说妇科大夫也建议她不要怀孕生育，但态度远没有那个给自己动手术的大夫坚决。这使她内心燃起了一线希望。

“我们还是要听大夫的话。”他看着娟子，又说道，“其实，生不生的也没什么，如果你真想要个孩子，那咱们就设法领养一个。”说完，他故意开心地笑了起来，“我一定给你找一个漂漂亮亮的。你想要男孩儿还是女孩儿?”

“去你的，人家才不想养别人家的孩子呢!”娟子瞟了龙剑飞一眼，头更低了，脸也有些发红。

“那就让你哥他们多生一个，过继给我们。这不就成了嘛。反正在你们湖南老家不比北京，计划生育这基本国策也就那么回事儿。大不了，我们交点儿罚款。”

“不，要养就养我和你生的，要不就不要了，谁的都不要。”说完，娟子郁郁不乐地转身进了厨房。

时间过得真快，转眼就进入了一九九六年。在龙剑飞和欧阳的掌控下，军友公司发生了巨大的变化，他们一个唱白脸，一个唱红脸，有打有拉，有拉有打，短短不到一年时间，军友公司便脱胎换骨，先是建立起了完善的内部运行和管理制度，后又在欧阳的竭力劝说和运作下，组建成了军友集团，将公司一分为三，分别注册为军友房地产开发公司、军友楼宇装饰公司和军友物业管理公司，用欧阳的话讲，三个部门看起来好像紧密相关，但业务和管理运作完全不同，分开单独经营和核算更好些。刘海和孔令培分别兼任房地产和装修公司的总经理，小东和二牛以公司董事的身份当了他们的副手；周姗被提拔为物业管理公司总经理；赵敏杰几经挽留，还是走了，自己做起了小生意。龙剑飞又将刘猛调到了物业管理公司做周姗的副手。军友集团俨然成了一个现代化的综合公司。

公司理顺了，有欧阳他们支撑着，再不用龙剑飞像初创时期那样跑前跑后，忙得不可开交了。现在公司运行良好，自己名下的财富也越来越多。按理说，龙剑飞应当心情舒畅才是，可不知为什么，他内心反而感觉空荡荡的。在别人眼里，用短短七八年时间，从一个穷光蛋一跃而成为腰缠万贯的大老板，不论用什么标准来衡量，这无疑都是成功的，自己也可算是一个成功人士，可他内心却越来越没有了成功后的那种激动与喜悦，而且随着时间的推移，他却越来越感觉沉闷。如果说自己是成功者，那在这成功的过程中，自己的价值何在?自己做了什么?发挥了什么作用?他内心十分明白，这并非是自身的成功，而是钱的成功，在成功的过程中，也没有自身价值的发挥，而是钱的作用。不论是在公司还是在外面，碰到的都是敬佩、甚至是嫉妒的目光，可他能感觉出，人们的敬畏，好像是对钱的敬畏，而自己这个活生生的人，好像要被大家忘记似的。他开始担心起来，他感觉自己渐渐地被钱所奴化，被钱所边缘化，甚至是被钱所取代。妈的，钱这东西真怪，没有绝对不成，你会寸步难行，可钱多了又会出现钱多的问题，也让你感觉苦恼。

# 三十一

在北京向南开的一列火车上，龙剑飞没有和大家一块儿打牌，他不时望着窗外的原野，地上隐隐约约已能看到绿色，大地很快就要返青了，他不禁回想自己七年前只身北行，好像也是这列火车吧，只是方向相反而已。这么多年了，也不知连队现在如何。别说是特务连了，就是整个部队，除了刘巍然之外，可能自己熟悉的战友也没有几个了。这次就是应刘巍然的邀请回部队的，自己当连长时的这位搭档，现在已是团政委了。几次来电话，一定要自己带着从特务连出来的这帮战友回老部队看看。就在他沉思的时候，身旁坐着的韩涛小声说道："龙哥，巍然几次让咱们回部队看看，是不是有什么事情呢？"

"我也不知道，他在电话中什么也没说，只是说要我们一定设法回去看看。"龙剑飞回答着，他又想起了韩涛现在的处境，关心地问道，"你那边情况怎么样？如果人手不够，就从这边带几个过去。"

"不用了，现在搞装修的民工很多，在劳务市场招些就是了。"原来，韩涛和小瑜的进出口公司，因为民营公司不能直接从事进出口生意，一直没有注册下来，要想做进出口生意，他们必须要挂靠到一个有进出口权的国营公司上，可他们找了几家，挂靠可以，但人家要的管理费都很高，所以一直谈不拢。万般无奈，他只好先干起了老本行，也注册了一家精装修公司，营业执照刚批下来，现在正在急着招兵买马。

火车就要进冀中车站了，二牛小东他们几个也收拾起了扑克。可能是一局还没有完，二牛一个劲地嚷嚷着："咱们回了连队接着来，我就不信这局能输了。”看得出，大家的脸上都带着兴奋。离开部队多年了，现在马上就要回到那块曾经生活和战斗过的地方，每个人内心无不激动异常。

刘巍然比龙剑飞大两岁，现在看上去比他当指导员时老了些，一身儿笔挺的军装，肩上扛着中校的牌子，还是显得那么精神。没等龙剑飞他们下车，他就迎了上来：“剑飞，总算把你们盼来了。”龙剑飞脚一落地，两个老战友就紧紧地拥抱在了一起。

“老刘，除了赵敏杰不巧有事儿来不了，我们特务连出来的这帮兄弟我可是全带来了。”

“哈哈，韩排长……二牛……小东……猛子……可想死你们了！”刘巍然一个个握手拥抱着。

“走！咱们回部队再好好聊。”他看着龙剑飞他们这些分别多年的老战友，微笑着。

“唉，团里只有两台吉普，一台还坏了，这可是我从师部专门借来接你们这些大老板的。”出了车站，走到两辆半新不旧的伏尔加车前，刘巍然自嘲似的解释着。

“什么老板不老板的，我们可是准备坐公交车回部队的。想当年，不全是这样干嘛。”龙剑飞说的确是实话。临来时，二牛他们几个就想开着公司刚刚买的面包车来，他没有同意，心想，回部队嘛，在战友面前还摆什么阔气。

出了车站，汽车一路向西，在宽阔的公路上飞驰着。龙剑飞和韩涛坐在第一辆车上，不时向外望着，但一切都是陌生的，再没有自己在这儿时所熟悉的景物了。窗外到处是拆迁的痕迹，有的已开始盖新的大楼，有的地段可能是刚刚拆了原有建筑，一片狼藉。

“这是哪儿呀？过去好像从没有走过。”

坐在前面的刘巍然笑了笑：“怎么没走过，我们那时骑自行车进城，为了抄近道，不总是从这儿穿过去的嘛。”

“什么？”韩涛还是不解。

“这就是那条从刘庄中间穿过去的小路呀。”

“啊！”不但韩涛感到吃惊，就是龙剑飞听了也有点儿难以置信。几年间，竟发生了如此的变化。

车走到营区附近时，眼前的景物开始熟悉了起来，还是那种浅灰色的院墙，矮矮的，上面还可以看到“提高警惕，保卫祖国”八个大字，虽说外面变化如此巨大，但营区还是老样子。

能感觉到，刘巍然对龙剑飞他们这次回来十分重视并做了尽可能好的安排，联系让他们住在了师部的招待所。这是一栋建于五十年代的三层楼，房间不大，但还算干净。进了房间，刘巍然还在不住地说：“部队比不了地方，让你这大老板住在这儿，真有点儿不好意思了。”

“什么呀，想当初，这可是我们想都不敢想的待遇。”说完，龙剑飞和刘巍然两人不约而同地哈哈大笑了起来。

“本来我们王团长也要去车站接你的，但不巧今天师里开训练会，看来还没有结束。唉！这段日子上面对部队训练抓得很紧，这全他妈是那个李登辉搞的。好好儿的，又提出了什么‘两国论’，这不，美国佬的航空母舰也开了过来。”

说到这儿，刘巍然突然想起了什么：“对了，你还记得当年从师部下来在咱们连蹲点搞训练改革的那个王参谋吧？”

“就是那个让我们在训练中‘以步代车’的师作训科王参谋？”

“对，对，就是他。你走后不久，他就到国防大学深造去了，现在是团长了，我俩搭班子。”

“哈哈，他可是一个有歪点子的人。”原来龙剑飞当连长时，师里要求抓部队训练，可当时经费十分紧张，装甲车不敢动，发动一个摩托小时就要消耗掉买一辆自行车的钱啊。没办法，这个王参谋竟然想出了让战士们以“以步代车”的训练方法。以乘员组为单位，在演习场上跑来跑去的，说是搞什么分队协同训练，还要求战士们权当是在驾驶着车辆训练。用他的话讲，这样不仅能训练协同运作，还能增加战士们的体能，一举两得。这可累坏了那些当兵的，跑得上气不接下气的，满身尘土，加上累得全身是汗，一个个活像泥猴。想到这儿，龙剑飞不由得笑了起来。

“他都当团长了？”

“如果你不走，一定也能当上，你可是全师出了名的连队主官呀。”

“我可不成，那时我们确实还很幼稚，现在回想起来，当初我们有些做法真的很可笑。对了，老刘，说吧，这次让我们来，有什么事情需要我们做？”

“你这家伙，难道说没事儿你就不回来了？”刘巍然一脸坦然，“这次请你们回来还真的没什么事儿。只是多年不见，想你们啊。”

“算了吧，老刘，我还不知道你！一个无利不起早的家伙。说吧，只要我能帮上忙的，一定尽力。”

“真的没有什么事儿，再说了，现在你们来了，就是对我最大的帮助。”刘巍然依旧如是说。

如此一来还真让龙剑飞嘀咕起来。

刘巍然收起了笑容：“现在部队难带啊，别的不说，全团百十名干部，每年都要转业十个八个的。可现在回到地方找工作谈何容易。”说到这儿，他看了看龙剑飞，“剑飞，你可别着急，我再不能让你接人了，这几年不论是转业干部还是复员兵，我已经让你们接了有十几个了吧？再这样下去，你们可就真成了咱们团的收容所了。”说完，刘巍然陷入了沉思，自言自语道，“我就奇怪了，现在这些人为什么就不能像你当初那样，自己设法创业呢？非要找个安稳的工作……”

刘巍然回过神儿来，转头冲着龙剑飞笑了笑：“这次请你们来，就是想让大家看看你这个转业不要国家安置工作、自己创业的成功人士。你在他们心目中可是传奇式人物啊。”

“别、别、别。这可不成，我你还不知道，哪里是什么成功人士，当初也是没有别的办法嘛，而且也是赶上了好时候。再说了，生意场可不是训练场，并不是做个动作示范就能解决问题的。”

“你就别谦虚了，不需要你长篇大论讲什么，更不需要你做什么。你只要吃饭喝酒闲聊就成了。我要让他们看看，你和他们一样。不，是他们自己和你一样！”

“哈哈，巍然，可真有你的，你这不是要把我们当样品吗？”说完，龙剑飞一脸正色，“现在部队训练这么紧，你这样做就不怕扰乱了军心？”

“只和几个确定今年转业的干部一块儿坐坐，不打紧的。”

晚饭安排在了距营区不远处一家刚开业的酒楼。当人们看到刘政委陪着一行人走进餐厅时，已经先来的十多名军官“刷”的一下站起身来，身子挺得笔直。

刘巍然向前一步介绍道：“这位就是我常向你们说起的原特务连连长、七年前转业下海经商、现在是北京军友公司董事长兼总经理的龙剑飞同志。”一阵掌声过后，他依次介绍完，大家全落了座。满满两大桌，为了交流方便，刘巍然还特意将两边的人穿插开了坐。那些个穿着军装的人不时用敬佩的目光偷偷瞟一眼这几个原来和自己一样穿过黄棉袄，而今却是腰缠万贯的大老板。其中有一两个人可能是在龙剑飞没脱军装时就见过他，小声议论着。开始时气氛还有些拘谨，可几杯酒下肚，场面就热闹了起来。人们轮番向龙剑飞他们几个敬着酒。也有人不时凑过来聊着，问着。

大家关注的话题，更多的还是脱了军装回地方后能做些什么，在座的都是今年确定要转业的人，一说起在地方找工作来，都是满肚子的苦水，无不摇头叹息。刘巍然指了指对面坐着的一位上尉：“唉，现在回地方找工作难啊，就比如侯参谋吧，在部队干了十多年了，媳妇就是冀中市的，按政策转业可以留在市里，可是没有单位接收呀，跑了有大半年了吧，四处求人，不是请客就是送礼，现在城里人讲究吃柴鸡蛋，这小子隔段时间就跑回农村老家去收鸡蛋，本村儿的收没了，就收别村的，弄回来一筐一筐地送，可送到现在了，工作还没有着落。老家的人还以为他已经转业做上了鸡蛋生意呢。”听罢刘政委这多少有些演义性质的介绍，大家哄笑了起来，可龙剑飞他们从这笑声中，能听出无奈和心酸。

刘巍然自己反而没怎么笑，他接着说道：“这也很难怪人家地方上了，工厂企业都在转制，本身的人员还多得没有地方去呢，就是人家接收咱们这些人，咱也不敢去呀，今年接收你了，搞不好明年就得下岗，那时怎么办？所以转业的个个都想进行政机关或事业单位，可政府部门就那么几个，现有人员都严重超编，闲着没事儿干，我们就是想尽办法进去了，一没有专业，二没有经验，也只能是打个杂、跑个腿什么的，正经儿事也做不了。可才三十多岁呀，何年是个头儿。剑飞，还是你当年走了一步妙招，置之死地而后生嘛，七八年时间就成大老板了。”说完，他端起了酒杯：

“来，为了你的成功，干了这一杯。”

回到了战友们中间，没有了生意场上的戒备，不一会儿，在大家伙儿的轮番进攻下，龙剑飞他们几个人的酒就高了，话也多了起来。临近结束时，除了龙剑飞和二牛还保持着一些清醒外，韩涛他们都已烂醉如泥了。

晚餐结束后，龙剑飞他们是被搀扶着回到房间的。此时团长王金权才急匆匆赶来。几个人虽说和他认识，但过去在一块儿共事的时间并不多，再说已有七八年不见，难免有些生分。一阵寒暄过后，小东、刘猛他们几个实在坚持不住了，各自回到房间休息。韩涛强睁双眼坚持着。几个人边喝着茶边聊。

“真是对不起呀，人在军营，身不由己，本来是想和你好好喝几杯的，可碰巧师里今天开会……”王金权显得有些遗憾。

“要是知道部队近来训练抓得这么紧，那我们就改时间来了。”

“唉，现在台海局势又紧张了起来。春节过后，部队一直在训练。”

“还用你发明的那种以步代车法?”

“哈哈哈！老龙，你还记着呀。那时师里要我们作训科抓部队训练，可一无经费，二无器材，巧妇难为无米之炊，怎么搞？真的是没办法嘛，只是苦了连队的同志们。”

他长长叹了口气：“就是现在，比那时也好不到哪儿去，上面说：一切以经济建设为中心，军队要忍耐，也不知要忍耐到什么时候。这不，团里要搞火炮实弹演习，连靶布都凑不够。”

“妈的，我们总是练、练、练！要我说，打过去不就得了，李登辉、阿扁这帮孙子，没一个好东西，连祖宗都不认了，还有什么好说的。”二牛开始时在刘巍然和王金权面前还显得有些拘谨，怎么说他们当年也是自己的首长。或许是酒喝多了点儿，或许是情绪有些激动，竟在他们面前开始讲起了粗话。

“更为可气的是，美国佬也来凑热闹，这不，将航空母舰也开过来了。”王金权随口说着。

“在美国人面前我们怎么总是硬不起来：前些年是拦截我们的船，还要上去检查，现在又将航母开到了我们家门口。台湾再怎么说也是我们兄弟之间闹家务，关他美国什么屁事儿呀。可我们……我们总是退让、退让！有时感觉我们都不像个爷们儿。”龙剑飞愤愤地说着。

“还是我们综合实力不够啊，不退让又能怎么样。现在是用实力说话的时代，我们仅仅‘提高警惕’有什么屁用，没有强大的军备和经济实力，‘提高警惕’了也无法‘保卫祖国’啊!”王金权边说边摇着头，感慨万分也十分无奈。

“我们硬不起来，是不像个爷们儿，可就是我们软下来了，人家就会喜欢吗？这么大的块儿头，五大三粗的，你就是向人家卖弄风骚，抛个媚眼儿什么的，人家也不会真就把你当做可爱的小女人，更不会喜欢上你，将你搂在怀里。”韩涛这个家伙，每次喝多了，都这样，尽管生理反应很重，有时喝得站都站不起身来，但心里面却不糊涂，嘴上更加尖刻。

“妈的，那我们是什么了？不是男人，也做不成女人，那只能是当太监了呀。”二牛真的喝高了。

刘巍然看到龙剑飞几个今天喝得真差不多了，再说时间也不早了，便站起身来：“今天一路上累了吧？早点儿休息，明儿一早，我陪着你们回特务连。对了，现在叫警通连了，”

“巍然。”龙剑飞又转头望了一眼王金权，“王团长，我们这次回来，总不能空着手呀。”

他想了想：“团里的军人俱乐部还是老样子？”

“那还能变成什么样儿。”

“这样吧，我们几个设法给团里置办些健身和体育器材，把俱乐部装备起来，这样战士们业余时间也有个活动的地方。也算是我们几个对老部队的一点儿心意。”

“那怎么好意思，你们赚钱也不容易。这要花不少钱的。”

“得了吧，巍然，不管怎么说我们几个都是从这儿走出去的。多了也拿不出来，十万二十万的还成，我一回去就办，保证一个月内到货。只是团里需要把俱乐部收拾一下，再就是列个单子出来，看需要些什么。”

“那我就代表全团干部战士感谢你们了。”王金权在旁插话道。他正愁着全团没有个活动场所，有些小战士憋不住总往外面的歌厅舞厅跑，天天为他们操心，生怕出什么事儿。这下可好了。“只是这样就让你们破费了。”

“这也是应该的嘛。”龙剑飞爽快地说。

铁打的营盘流水的兵。龙剑飞他们在时的特务连，现在的警通连还是老样子，两排平房与七年前相比没有任何变化，就连房前那几个龙剑飞他们在时亲手垒的小花池也还保持着原来的模样。但连队的兵已换了两三茬儿，由于不经过军事院校培养，士兵不能直接提干了，连队的几个干部也都是外来的。全连上下百十多号人，竟无一人相识。

几个人看着这曾经生活学习和摸爬滚打过的地方，激动中夹杂着失落；四处走走，看看，真有一种物是人非的感觉。七年了，在他们心中，特务连是一个内涵丰富的概念，它不仅仅是一个物理场所，有房子，有操场。而且其中还有着自己吃饭、睡觉、学习、训练的记忆，有着战友间的嬉笑打闹声，有着受表扬时的得意和挨批评时的沮丧，更有着连队在评比中争得第一时的那种群情振奋和不可一世的自豪。而这些鲜活的记忆又总是和那一张张熟悉的面孔联系着的。没有了他们，虽说又回到了这个地方，但那种感觉却怎么也找不回来了。

# 三十二

龙剑飞自打回了一蹚部队，一连几天，回到家总是心事重重的，话也少了，每到晚上七点，便打开电视，看国际新闻；吃完饭，更多的时候是将自己一个人关在书房，也不知在写些什么。娟子看在眼里，但她并没有多问，只是更尽心地操持着家务。从两人一块儿生活以来，他们就很少过问对方生意上的事儿，这也是娟子一再要求的，互不干涉，各干各的。就是她当初想开第三家店，资金有些紧张，也没有向龙剑飞提起过，后来龙剑飞知道了，要从公司给她先拿出几十万应急，也被她谢绝了，宁可自己设法去找银行贷款。

夜深了，娟子已上床。龙剑飞从书房出来，先冲了个澡，他怕惊醒了娟子，蹑手蹑脚地上了床，可他怎么也睡不着，身子半靠在枕上，点了支烟，深深吸了一口。如果自己又身无分文了，那生活怎么办？还能东山再起吗？这些问题几天来一直缭绕在自己心际，他相信现实会给人们种种成功的机会，他更相信自己有能力面对各式各样的危机和挑战，哪怕是再回到初来北京时的样子。可……要是万一……他有一段时间没有想起过张凡了，这倒不是他已将有关张凡的一切记忆从脑中删除掉了，而是每当她的身影将要从自己内心深处蹿出来时，自己便极力设法将她压制下去，排挤出去，他总感觉这样才对得起娟子。可现在脑海里突然又出现了张凡的身影，他并没有像往常那样再阻挡，如果她知道我这么做会怎么看，是反对还是支持？

唉，管不了这么多了，人这一生，攥着拳头出来，撒开双手离去，活着时恨不得将这世上所有好的东西都据为己有，到头来还不是双手一撒而去，将一切留给了后人。反正自己没有后顾之忧，也没有更多的拖累！大不了和过去一样，过那种平淡的生活。

其实娟子并没有睡着，一直合着眼在等着龙剑飞上床，这也是两人共同生活以来她一直保持的习惯——自己的男人不睡，自己怎么可以先睡呢。对龙剑飞今天这反常的举动，娟子早已察觉到了，但她什么也没说，只是将自己柔软的身子贴近些，紧紧地依在龙剑飞身侧。龙剑飞这时才感觉到了她并没有睡着，轻声叫着：

“娟子。”

“嗯。”

“你还没睡？”

“睡过一会儿了。”

“娟子，如果……如果……”龙剑飞想说什么，可又不知如何说起。

娟子睁开了双眼，抬头望着。

“你说，如果我现在又变成了当初那样的一个穷光蛋，那可怎么办？”

娟子吃惊地看着他：“公司碰到大麻烦了？”

“不是的。”龙剑飞用手将娟子搂得紧了些，“我是说，如果我现在真的空无一文了，那你怎么办？”

娟子想了想，似回答又似自言自语地说道：“那……那样就好了，要是你真变回了当初那样子，我收留你，就像当初我们收留你那样。不，是我独自收留你，如果这样……你可就完全属于我了。”说完，她将身子贴得更紧了些，脸上也现出一丝幸福的笑容。

“不开玩笑的，我说的是真的。”

“嗯？……那我也不开玩笑，有时真的希望你能回到当初那样子。”

“我想……我想将这些年来赚来的钱捐出去，让这些钱发挥更大的作用……”

听到这话，娟子已完全没有了睡意，那双眼睛瞪得更大了，看了龙剑飞许久，才说道：“你决定了吗？”

龙剑飞顿了顿，随后下意识地点了点头。可马上他觉察出自己这样做并不妥当，怎么说娟子也是自己的老婆，这么大的事儿事先也应当和她商量一下的，便又轻轻摇了摇头，可还没等他开口说话，娟子叹息了一声说道："唉……你做什么样的决定我不管。我只想说，真要到了你一无所有的那一天，我养着你。"

看着娟子那纯纯的目光，龙剑飞内心一阵发热，没再说什么，便翻身将娟子搂在了怀中，不知为什么，今天他竟没有用手去抚摸那道伤痕。

接下来的日子是平静的，有欧阳和刘海、小孔他们几个在，龙剑飞省了许多事儿，再不用陷在那些杂七杂八的事务中了。就是那帮兄弟，在公司新制度和机制的约束下，也安稳本分了许多。龙剑飞有时去听听课，有时出去和朋友们聚会。对公司的事儿，过问得很少。直到这天，他正在办公室翻阅着三个公司报上来的报表数据，这些数据反映着公司的业绩，是赚是赔全在这里面。可在他眼里，却只是一组组枯燥无味的数字，总感觉不出它们的重要，但他不得不看，因为他是老板，再无聊，他也要对公司的经营情况了如指掌。就在他强忍着审核那一组组数据时，周姗推门走了进来。物业管理公司成立后，虽说只管理着军友大厦，挣的也是军友自己的钱，但也很快走上了规范的轨道，招聘来的三十多名员工，基本上也安定了下来。现在周姗一心想着向外扩展业务，承接别家商务楼的物业管理，与几家正谈着，有望近期签约。汇报完了这些，周姗说道："龙总，你推荐来的那个王小美，挺能干的，我想让她带班……"

"什么？我推荐的？我没有推荐什么人呀。"龙剑飞一头雾水。

"就是面试时你让我们留下的那个姑娘呀。"

"哈，我想起来了，她叫王小美？"

"怎么，你不认识她？"周姗也十分奇怪。

"是这样，她很像多年前我见过的一个小姑娘，一时好奇，就让你们留用了她。可到底是不是，现在我也说不准。哈哈哈。"

龙剑飞想了想："怎么用，你决定，最好……最好别让她接触现金。唉，其实也无所谓，你看着用就是了。"

周姗刚走不久，随着一阵敲门声，办公室的门又慢慢开了，只见一名身穿军装的人走了进来，三十岁左右，窗外的阳光正好照在他两杠一星的肩章上，一闪一闪的。从神态和身姿就能看出，这是一个标准的军人。

"您是龙剑飞同志吧？"他在说话的同时，身体很自然地处于立正的姿态。

"我就是龙剑飞。你是？"

"您给首长写的信收到了，他让我来找您，想约个时间和您谈谈。"他好像又意识到了什么，马上又补充道，"我是他的秘书，姓刘。您叫我小刘好了。"

这是一家部队的招待所，看上去像是解放初期建的，显得有些陈旧，院落内几株紫丁香正值花期，飘洒着浓郁的香味儿。走进房间，龙剑飞环视了一下，很大，加上内部装修简洁，这使人更加有一种空旷的感觉。

"您先喝点儿水，首长刚开完会，正往这边来。"刘秘书微笑着将茶杯轻轻放在了茶几上。龙剑飞望着那笑容，想从中发现点儿什么，他看过自己写的信吗？知道信的内容吗？他知道首长将要与自己谈什么吗？但他无法如愿，那笑容只是让他感觉有些亲切，而笑容后面，特别是刘秘书的内心世界，他却什么也感知不到。唉，反正一会儿就见到了，他压了压忐忑不安的心绪。从沙发上站起身来，走到窗边，向外观看着。

没一会儿，房间的门开了。一位年近六十的将军走了进来："龙剑飞同志吧？"

龙剑飞快步向前迎了上去，身子挺得笔直："首长好。"

"你的信我收到了，谢谢你对我的信任。"他伸出手来，有力地握了握，"没想到你这么年轻。请坐。我来晚了，让你等了吧？"

"您工作忙，我也是刚到不久。"在将军面前，龙剑飞显得有些紧张。将军也看了出来。"哈哈，听口音，你好像也是山东人？"龙剑飞点了点头。"那我们不仅是一个部队的战友，而且还是山东老乡嘛。"

"是吗？没想到您也是山东人，我是最近回部队时，才知道您曾任过我们军的副政委，所以……所以才很冒昧地给您写了信。"

"你的信我看了，了不起，真是了不起呀，视金钱如粪土，几千万的资产啊……我为有你这样的小老乡、小战友而感到自豪。"将军显得有些兴奋。

"老首长，您就别取笑我了，我也是一时冲动。这次回部队，感触很深，外面变化万千，可部队……唉！这么多年了，还是老样子。再说了，钱这东西，生不带来，死不带去的。”

说到这儿，龙剑飞停了下来，他不知道在这么高级别的首长面前自己是否应当说下去，说些什么。

“是啊，我们国家改革开放十多年了，各条战线都取得了显著的成绩，只是部队建设……这也是我们必须付出的代价啊。当前我们的首要任务是经济建设，只有经济搞上去了，才能谈得上其它。中央提出来要以经济建设为中心，我们军队要忍耐些日子了。”

“老首长，这道理我明白，只有经济搞好了，我们才有力量搞别的。”

“是啊！”将军望着龙剑飞，赞赏地点点头。

“可是……可是李登辉、陈水扁他们，还有美国佬，他们能让我们这样忍耐下去吗？”

提到台湾问题，将军表情严肃了起来。

他看了看龙剑飞：“小龙，我比你大好多，这样称呼你不会反对吧？”他端起杯喝了口水，“你让我将信转到有关部门，我思考再三，总觉着应当在转交之前，与你当面谈谈。”

“几千万的资产，这对一个中国老百姓来讲，可不是一个小数目啊！你要捐出来用于国防建设，对你的这种爱国之心、报国之志，我这个穿了大半辈子军装的人，也可算是你的战友，是你的老乡，从内心感到敬佩。”

将军的双眼慈祥地望着龙剑飞，话题一转：“关于台湾问题，或是当前的台海形势，我们怎么看，又要如何应对，这本来是一个国家战略问题，不是我们在这儿一两句话就能说清楚的，但你在信中提到了它，而且你说‘如果中央决定武力解决台湾问题，你愿将自己所有的资产捐献出来’，那我们就不能不谈了。”

“如果中央从全局出发，暂时不武力解决呢？你怎么办？还捐吗？”将军慈祥的目光变得犀利了起来，紧紧地盯着龙剑飞，在这目光的逼视下，龙剑飞感觉有些紧张，脸一下子红了：“这……”

“从你的信中，能感觉到，你最根本的愿望是尽快地解决台湾问题，但你用这种方式表达自己的心愿，是否合适？还值得商榷啊。”

龙剑飞听到将军这诛心之语，显得有些慌张和窘迫：“我只是想为解决台湾问题尽一些力。并没有多想。我总感觉……总感觉我们在这一问题上太过软弱，特别是面对美国佬的介入，好像……好像总是在退让。"

"台湾自古以来就是我国不可分割的一部分，两岸人民都是同宗同脉的兄弟姐妹，这是任何人、任何势力都无法改变的事实。我理解你的心情，希望祖国早一点儿统一，也想着能为此做点儿力所能及的贡献。小龙，说心里话，别说是作为一名军人或曾经是军人，就是做为一名普通的老百姓，哪个不想早日看到祖国的统一和同胞的团聚！但对岸两千一百万人民也都是我们的骨肉同胞啊，这可不仅仅是个软弱不软弱的问题。"

"可李登辉他们……"

"他们也只是一小部分嘛，不知你想过没有，如果两岸战端一开，遭殃的还是台湾的老百姓。再说了，当前的国际形势十分复杂，我国的改革开放刚刚取得一些成效，如果动起武来，那我国改革开放的大计将会受到什么样的影响?"说完，将军喝了口水，"你读过三国时曹植的七步诗吗?"

"煮豆燃豆萁……吗?"

将军轻轻点了点头。低声诵读着："煮豆燃豆萁，豆在釜中泣。本是同根生，相煎何太急。"

听着将军那低沉的诵读声，龙剑飞内心并不是很赞同，便小声说道："如果他们承认自己是豆或是萁，那我们就是同根生，双方不但不应相煎，而且还应相济才是。可要是他们连自己是豆是萁都不承认，明里暗里地搞独立，并不把两岸当做同根生，我们也听任他们胡闹下去吗?"

"李登辉他们不是还不敢公开搞独立嘛。"说到这儿，将军重重地将茶杯蹾在桌上，"如果他们敢一意孤行，冒天下之大不韪明目张胆地搞台独，那性质就变了。到那时……到那时我们十几亿中华儿女绝不会答应，别说是你们年轻人了，就是我这个老头子，也会以普通一兵的身份请战！渡海！打过去！彻底解决台湾问题！"他因激动手有点儿微微发抖，慢慢端起杯喝了口水，缓了缓自己的情绪。

虽说两人年差很大，并不属于同一代人，而且一个是军队的高级将领，另一个刚当了几天小连长就离开了军队，两人的观点似乎也不完全一致，或许是老乡，或许是两人投缘吧，很聊得来。聊着聊着，龙剑飞原本紧张的心态放松了下来，将军也没有了平日的严谨，他们从台湾问题聊到部队建设，从军队建设聊到地方发展，又聊到山东老家，聊到龙剑飞的公司和他的创业经历……

将军看了看手表："到吃饭的时间了，怎么样，小龙，就在这儿吃顿便饭吧。陪我喝两盅。"龙剑飞这才意识到自己可能呆得时间过长了，猜想着将军一定很忙，本想起身推辞，可还没等他说话，将军已吩咐刘秘书去安排饭菜。

刘秘书引导他们走进餐厅时，几个小菜已上齐。"拿瓶酒来呀！"将军冲刘秘书喊着。

"大夫不让您喝的。"刘秘书并没有动。

"今天例外，只喝两杯。"他乞求地望着小刘，"就两小杯，其余的都让小龙喝，这总成了吧？"

这是龙剑飞平生第一次与一位将军喝酒。从刘秘书的话中，他知道将军的身体不能多喝，便主动将自己的小杯换成了大杯，还不时抢着往自己的杯中倒着。

"你是最近回部队的吧？"

"是的，就上个月，部队训练抓得很紧，只住了一晚就回来了。"

"是啊，虽说现在是和平时期，但军人嘛，就是要时刻保持警惕。"

"老首长，有些话不知我当讲不当讲？"龙剑飞犹豫着，看着对方的表情。

"你说嘛，我们是在私下里聊天，你尽管讲就是了。"

"我们总说要提高警惕，可仅仅提高警惕，就能保卫祖国了吗？没有先进的武器装备，军队拿什么去保卫祖国？"龙剑飞偷偷看了一眼将军，见他没有阻止的意思，便更加大胆地讲着：

"为了国家的改革开放和经济建设，军队忍耐可以，军人过苦日子也成，可国防建设……却时刻都不能停啊，我们本来就落后于发达国家，如果再停滞不前，那不更加落后了吗？！这次我回部队，发现装备还是我在时的那些，没有任何更新变化，而我刚到连队时，听老兵们讲，他们来时就是这些装备。"

说到这儿，龙剑飞想起了自己在军校当学员时，经常议论的一个问题，便接着说道："什么是国？我们的先人在造字时，就有着深刻的解释。您看繁体的"國"字，四处有墙围起来，里面有'人口'，有'土地’，还有兵器，也就是‘戈’，这是用来保卫领土完整和人民安全的。也不知现在的那些酸臭文人是怎么想的，将“國”简化为“国”，里面是个“玉”字，玉应当代表财富吧，可你就是富足了，有财富了，如果没有强大的军备，这财富能守得住吗？八国联军进北京，抢走了多少好东西？临了还一把火烧了圆明园。日本鬼子侵略了我们这么多年，有多少财富被运到了日本。您看看美国，他们很富足，可哪个敢去抢他们的？因为人家保持着全世界最强大的军备，他们每年的军费竟高达几千亿美元，比我们高出了不知多少倍……”

“是啊，我们的经济实力还不够，国家还拿不出更多的钱来装备部队……”将军可能也有着同样的感受，对龙剑飞这明显有悖于当前政策的话随声附和着。

但他话题一转：“你说的情况是事实，但我相信情况会好起来的。我们的眼光也要放长远些，我们中华民族自古以来就是一个爱好和平的伟大民族，但我们也绝不会屈服于任何外部势力，特别是来自外部的武力威胁，你看我们北京城，不仅有崇文门，还有宣武门，想当初我们的先人在为城门命名时，他们内心怎么想，为什么偏偏要叫这么个名字？他们通过‘崇文’和‘宣武’这几个字，要告诫后人什么？我以为他们是想让我们这些后人时刻牢记文武兼备吧。”

龙剑飞的脸显出了一丝红晕，一来是他怕将军喝多了，不停地用大杯抢着喝，二来可能是喝得太急了，或许也和自己情绪激荡有关，此刻他开始有点儿上头，感觉晕乎乎的。

在刘秘书的监控下，将军每次都是小口抿着，但算下来，也不止两小杯。“小龙，你的心情我理解，你想为解决台湾问题出力，想为国防建设做贡献，但方式和途径很多，不仅仅是捐款，更不能将武力解决台湾问题作为前提。如果你把企业办好了，为我国增强综合国力出把力，这也是贡献，我认为这是更好的更大的更持久的贡献。中央要求军队忍耐，不就是为能尽快地发展经济吗？”

自从那晚知道龙剑飞想将自己的资产捐出去，娟子心里一直沉甸甸的。她并不担心龙剑飞把资产全捐了，今后的日子怎么过，他没了，自己还有，第三家店也很快就开业了。再说了，她内心有时真的希望龙剑飞能回到当初的样子。可她此时困惑的是，他为什么突然做出了这样的决定。部队上的事儿娟子并不懂多少，也不知他们几个人回了一蹚老部队到底发生了什么，但她知道龙剑飞内心有着难以释怀的部队情结，虽说脱军装多年了，但他始终关注着部队，可仅仅是这个原因吗？不知怎么搞的，每当思考这个问题时，娟子总是将其与自己不能生育联系了起来。或许他是因为没有孩子的原因吧，自结婚以来，每当提起有关孩子的话题时，他的言谈话语总显得很是随意，让人感觉到他并不很在意自己有没有孩子，而且两人在一块儿时，他总是提醒娟子是否采取了避孕措施。但娟子能察觉出龙剑飞内心并不轻松，他只是不想给自己更大压力。一想到这些，娟子便心乱如麻。感觉自己有愧于龙剑飞，难道真的就不能生了吗？随着时间的推移，这成了她一个难以解开的心结，而且结得越来越紧，让她喘不过气来。

# 三十三

在公司会议室，欧阳和刘海向董事会汇报着他们与西郊白马镇商谈的结果，关于合作建度假村的事儿，双方已经谈过多次了，龙剑飞他们还去实地考察过两次。

欧阳将最近一次谈的结果汇报完了，继续说道：“如果上这个项目，虽说近几年内无法收回投资，但从长远看，还是有利可图的。随着人们生活水平的提高，周末外出度假的人将越来越多，而周围十多公里内，还没有一个像样儿的度假场所。我坚信，数年后，我们将会得到高额的回报。现在最关键的问题，就是政府对占用可耕地卡得很严，审批起来将会有很大的难度。好在白马镇答应由他们想办法。”

龙剑飞看到欧阳汇报完了，便说道：“那好吧，如果他们能跑下审批来，那最好不过。我们就上这个项目。但在审批下来之前，我们不宜有更多的动作和投入了，万一他们跑不下来，也省得我们白忙碌。”

他看了看欧阳说：“对了，上次我们看的那块山脚下的地呢？大概有二三百亩吧，那儿可不是农田。”

“那倒不是，但离开公路太远了，有近三公里，如果将度假村建在那儿，客人往返极为不便，我们很难经营。再说了，在偏远的山脚下建高档建筑，成本很高，上下水及电源的接入，都得由我们自己搞。”

“那倒是，但如果我们想要那块地，一定很便宜吧？”

“那块与其说是地，还不如说是山，不论干什么，都派不上用场。我想不会花多少钱的。”

“那你下次和他们顺便谈一下，如果我们想要那块地，对了，还有那块地西面的山沟。他们是否愿意。”

“这……”欧阳不解地望着龙剑飞。

“这和度假村的合作项目无关，只要能批下来，度假村我们还是要上的。关于那块地和山沟，我有别的想法，但现在还不是很成熟，你先顺便了解一下情况。我们以后再谈。”龙剑飞神秘地笑了笑，再没有说什么。

会散了，小东有意落在了后面，当只剩下他和龙剑飞两个人时，小东低声道：“龙哥，你还记得广利大厦的那个孟总吧，听说出事儿了。”

“是吗？”

“我昨天碰到了广利大厦那个赵主任，听他说的。是因为贪污公款，被判了两年。”

“啊，这么严重？”龙剑飞听了也感觉有些吃惊。

“听赵主任说这都是半年多前的事儿了。他还说老孟原本就要提到局里当副局长的，都贴在墙上公示了，也不知他得罪了什么人，一封告状信上去，局长没当上，却进了大牢。”

“都这么长时间了，我们怎么一点儿消息都没听到。老孟这个人确实有些……”但龙剑飞一想到孟子模不管怎么说也帮过军友的忙，便没有再说下去。

韩涛和小瑜婚后的生活是幸福而忙碌的。外贸暂时做不成，但装修却是韩涛十分熟悉的行当，公司注册还不到半年，就承接了几个项目，虽说有两个项目是军友特意转让过来的，但也总算是度过了初创时期的困难。小瑜联系了一家外贸公司去上班，将成立自己的外贸公司的想法暂时放在了一边。小两口的日子过得有滋有味的。

可问题却出在韩晴身上。这天韩晴到了公司，只见她眼睛有些红肿。

“哥，你能借我些钱吗？”

韩涛感觉有些诧异，心想这丫头又怎么了。

“需要多少？你准备做什么用呀？”说着韩涛为她倒了一杯水。

“我辞职了，想到上海。”

“啊！辞职了？还要到上海，那家里和阿昆怎么办？”

“别提他！他……”韩晴没有往下说，但韩涛发现她两眼湿润，强忍着泪水。

“到底怎么了？你们吵架了？”

“你就别问了，我已在上海联系好了一家公司，准备去那儿发展。过几天就走。现在我需要些钱，等到了上海那边站稳了就还你。”

“看你说的，这有什么还不还的。你呀，两人吵架难免，但吵过了就过了，怎么能说走就走呢，而且还跑得那么远。”

“你不知道，他……他……”韩晴再也忍不住了，泪水涌了出来。

原来，从一开始韩晴就知道阿昆在香港时结过婚，但他说已离了，还说自己主动要求来大陆工作，就是为了忘却那段婚姻，好开始新的生活。所以韩晴和阿昆认识不久就同居了，可她每次提到结婚时，阿昆总是以要为她举办一个盛大婚礼，还需些时日准备为由，往后推，一会儿说是在北京买了房子再办，一会儿又说是等他再赚些钱，婚礼要办得风光些，这样一推再推。开始时韩晴还没在意，总以为这是阿昆爱自己，看重婚礼的表现，心里面还美滋滋的。可时间一长，她也感觉出事儿有些蹊跷，说是要买房子，可拉着他去看了好几处，总不见他有什么动静，后来他干脆看都不去看了。在韩晴的一再追问下，阿昆这才承认，说是在香港那边的离婚手续，因财产分割问题还没有办好，要韩晴再忍耐些时日，并信誓旦旦地说，只要那边一办利索，这边马上就结婚。可最近，一个偶然的机会，韩晴才知道实情，他在香港那边不但根本就没有提出过离婚，还时常回香港看望妻子和三岁的儿子，他的父母和家人，根本就不知道在大陆还有自己这个人。自己争来抢去的，竟落这么个下场，别说是结婚了，就是连个名分也没有，如果有，用他们香港话讲，也只是一个“二奶”。韩晴与阿昆大闹了一场，算是分了手。可当初为了炫耀，她恨不得让全世界的人都知道自己找了一个香港人。现在这样的结局，她脸上实在挂不住了，一气之下，也不和家里商量，就辞了职，让她一位在上海的同学帮着联系好了上海浦东一家公司，要只身一人到上海工作。

是韩涛将韩晴送到机场的，临分手时，韩晴小声说道：

“哥，你常到我家看看。我妈妈身体不好，这次又……唉！都怪我不好。”

“事已至此，你就放心去吧，我会常到家看望叔叔婶婶他们的。你也是的，怎么说辞职就辞职，也不好好想想，现在说什么也晚了。”韩涛望着这个刁钻的妹妹，接着又关切地吩咐道：

“你到了上海，能干就干，不成就回来，别一个人硬撑着。我这儿也正需要帮手，真希望你能来帮我一把。”

韩晴苦笑着点了点头：

“哥，我的事情一定不能告诉龙剑飞，最好也别让小瑜知道。我落到这种地步，是自己看错了人，我不怪谁，认倒霉了，但也绝不想再让人家看我的笑话！”

韩涛望着韩晴那仍然昂着的头和含着泪水的双眼，默默地点了点头：“好的，一定。”

韩晴的背影在人流中消失了。韩涛鼻子有点儿发酸：唉，这个争强好胜的丫头，或许上海对她更合适些，离开了家人，离开了这宠着她的环境，保不准儿还能做出一番事情来。

山脚下的那块儿荒地在白马镇的人们看来，并不是什么值钱的玩意儿，他们更关心的是双方合作建度假村的事儿。可现在占用耕地的批文迟迟下不来，他们担心军友公司等不及会放弃合作，那白马镇的发展规划和人们的发家致富梦无疑都会泡了汤。镇上的几个领导合计了一番，便以那块儿荒地为诱饵设法钩住军友。“如果双方合作成功了，那块地不算什么，送你们都成。”

欧阳他们一直不明白，龙剑飞为什么突然对那块山坡上的荒地产生了那么大的兴趣。就在他们猜测不定的时候，谜底揭开了：“建一个军事夏令营，专门接待大中小学生的军训和课外活动。”当龙剑飞说出自己的这一打算时，所有的人都摸不着头脑，“军事夏令营？”这是个什么玩意儿，几个人还从未听说过，怎么建？建成后又怎么经营？能赢利吗？这一系列疑问谁都无法回答。但龙剑飞对此却热情高涨，不容别人有丝毫怀疑和反对。

这下可好，度假村的用地批文迟迟下不来，一直无法启动，白马镇的人急得像热锅上的蚂蚁，而“军事夏令营”却热火朝天地干了起来。由于不是可耕地，征地的手续好办得多，没几天就办下来了。通过将军，龙剑飞专门请来了几位军事科学院的专家帮着论证和出谋划策，设计方案很快就搞了出来。生活区以我国基层部队的营房为样本，稍加改进而成。操场外加一条近百米的阅兵道建在最为平缓的地段，那条山沟，也被划分为几个功能区，分别设计为拓展训练区、野外生存训练区和实战对抗演练区。整个建设预算要五百多万，主要是能容纳三百人的营房和那条阅兵道费用要高些，别的还真不用多大的投入。征那块地真的就没有花钱，只是在合同中注明了，占用耕地的手续办下来后，军友公司须执行双方的协议，合作建设度假村。另外，就是在夏令营建成营业后，需安置十名当地青年在其中就业。

夏令营的开工典礼，因为将军出席，市、区两级政府的有关领导也来了不少，很是热闹。奠基仪式完成后，将军的兴致很高："小龙，我可是从不参加类似活动的，特别是什么开工仪式呀，剪彩仪式的，今天破例了，因为你这事儿做得好啊!"

望着将军那笑容，龙剑飞显得有些得意，他脑海中又出现了初次相会时将军那严厉的话语声："你这样做，不是逼着中央表态吗！如果不打，你成了英雄，那中央和政府呢？要是真的有心为国防事业做些贡献，可做的事情很多……"

是啊，可做的事情很多，想到这儿，龙剑飞说道："老首长，我这也是按照您的指示做的。您上次不是说，脱了军装，在地方也可为国防事业做贡献嘛。想了好多天，就琢磨出了这个主意。"他停了停，又说道，"现在是开工了，以后怎么样我也没有把握，不知道现在的学生们是否喜欢。但我向您保证，不论怎么样，我们绝不会通过这个赚钱。"

"那就好，那就好。等你们建成开营时，我还来。"

欧阳进来时，二牛正好要从龙剑飞的办公室出来。虽说欧阳刚来时，彼此的关系有些紧张，但近两年过去了，欧阳的所作所为无不让二牛他们打心眼儿里服气，欧阳这家伙还真有两下子。关系也融洽了许多。几个人总是开玩笑："你当初就不应当姓什么欧阳，干脆姓诸葛得了，那我们也好叫你诸葛先生了。"这样一来二去的，几个人有时还真就叫起他诸葛老总了。

"诸葛，龙哥在等你呢。对了，你可不能赖账，上次说好请我们哥儿几个喝酒的。要快点儿。"说着二牛冲欧阳做了个鬼脸儿，转身走了。

满屋子的烟味，由此推断，龙剑飞和二牛刚才抽了好多烟，那也一定谈了许久。欧阳在龙剑飞对面坐了下来。

龙剑飞只寒暄了几句，便直奔主题："欧阳，现在夏令营开工了，前天北京电视台还报道了一下，我们没有了退路，只能把它办好。对今后的发展，你有什么想法？"其实，从一开始，龙剑飞就知道欧阳对此持有反对意见，只是因为自己态度坚决，他不便说什么而已。

"建成我们并没有什么困难，投入也不算大，只是……"

"有什么疑虑你就直说吧。"龙剑飞笑了笑，一双真诚的目光看着对方。

"只是将来怎么经营，我心里面一点儿谱都没有。政府要求学校组织学生进行一定时间的军训是不假，现在的孩子们也确需有这样的活动和经历。但我们如何管理和经营，怎么收费？这些问题事先一定要有个章程，搞明白了才好，否则就是建成了，也难以生存下去，更别说赢利了，那会成为公司一个巨大的包袱。"

"是啊，这的确是个问题。"龙剑飞若有所思地点点头，"欧阳，从一开始我是这么想的。一是我们上这个项目并不是为了能赚钱，只要能保本运行就成，为的是多多少少能引起全社会对国防教育的一点儿重视吧，也让学生们能有个增长点儿军事知识和国防意识的场所。再一点，你刚才也说过，由于指导思想和目的不同，在管理经营上夏令营可能与公司有着较大冲突，搞不好真会成为公司的包袱，所以……"说到这儿，他有意把话停了下来，看了一眼欧阳，才继续说道：

"我想将夏令营从公司中独立出来，对它的考核也不以赚钱多少为准，而是看它的接待量，看它的社会影响。"

"如果是这样，那我们在夏令营的经营管理上就得另有一套办法。而且在管理队伍上也需要另起一炉灶才成，可这样交由谁来……"

还没等欧阳说完，龙剑飞就接着说道："这正是我找你来商量的关键问题。这些年，公司发展很快，也越来越规范，初创时期的几个老人，虽说都是我的战友和兄弟，但不可否认，他们几个，当然也包括我自己，做点儿具体事儿、干些力气活儿还成，要是管理经营一家现代化的公司，还真有些不成了。什么资本运作呀、流程管理呀、成本控制呀，一听就头大。但他们都是公司的创始人，说白了，他们也是我龙剑飞同甘共苦、荣辱与共的好战友、好兄弟，我绝不能丢开他们不管，可随着发展，我们这些人在公司中越来越感觉吃力，这样下去，几个人自己难受不说，搞不好还会影响和制约公司的发展。两年多了，你虽然嘴上没说什么，而且和他们的关系处理得也比较好，但我十分清楚，他们并不能帮上你什么忙，甚至还会成为阻力。”

说到这儿，龙剑飞停了停，用信任的目光看着欧阳：“所以，我想将他们从公司的管理一线抽出来，不再参与公司的日常经营和管理。让他们去专门搞夏令营，这正好也是他们的专长。等条件成熟了，我也想从总经理的位子上退下来。到那时候，可就要辛苦你了……”

“这可不成！”听到龙剑飞这么说，欧阳赶忙截住了他的话题，“公司是你们创建的，军友之所以叫军友，全是因为你们在，再说了，二牛他们几个虽说没什么学历，但他们都很能干，而且为人正直、豪爽，对你，对军友忠心不二，在公司中有着很高的威信，两年来，我们的关系也越来越铁，如果他们离开了军友，那军友还是军友吗？这绝对不成。”欧阳一听对方竟在不经意间将话题转到了人事安排上，虽说内心很是赞同龙剑飞的主张，但嘴上还是表明了自己的反对态度。

“也不是说离开，他们有的还是董事，还有公司的股份嘛。我只是想让他们退出管理一线，而且这也需要一个过程。慢慢来。刚才我已和二牛谈了，让他先过去，这边的职务也不免，先让他全力负责夏令营的建设，等建好了，开营了，再根据需要陆续让其他几个人过去。我现在和你先说一声，是想让你也好有个思想准备。”

说完，他用充满信任的目光看着欧阳，又嘱咐道：“这事儿，只我们俩人知道就成了。我会慢慢做好他们的工作的。”

“龙总，如果说夏令营那边需要人手，抽调些过去我没意见，但也不用全将他们调过去。说心里话，和他们相处两年多了，开始时，是有点磕磕碰碰的，但时间一长，相互了解了，还感觉很对脾气，这不，我们也成了好兄弟。说实话，如果没有他们帮着，我还真支应不过来。怎么也要留下几个的。”

欧阳显得有些激动，用炽热的目光看着龙剑飞。在他看来，龙剑飞这样做，不仅仅是在安排他的这些兄弟们，更是对自己的莫大信任。但他转念一想，他真的是这样认为的吗？或许他是在试探自己的真实想法吧。便继续说道：

“说到你要辞去总经理一职，除非你有合适的人选，否则是绝对不成的，反正我肯定不成。有你主持着，我还能做些事情，如果只我一个人，恐怕什么也做不了，说到根儿上，我就不是一个独当一面的人，如果说过去我还能做些事情，那也是因为有你在上面给撑着，否则，我什么也办不成。”欧阳少见地谦虚了起来。

望着欧阳那有些着急的面孔，龙剑飞笑了笑：“看你说的，你不成那谁成？你可是答应过要帮我将公司包装上市的呢。”听到这话，欧阳也不好意思地笑了起来。

自龙剑飞提出搞夏令营，欧阳就持反对态度，只是看到龙剑飞那决然的表情和不容置疑的目光，才没有明确表示出来。心想，投入五六百万建这么个东西，虽说投入不算大，可将来能做什么呀，投进去的钱根本无法收回来，搞不好，还得不断地往里填钱。

可现在，他意识到龙剑飞这么做，好像有着更深更远的考虑，难道他在确定这一项目时就已……虽说近来自己和二牛他们几个的关系好了许多，但他内心还是认为，这些人并不很适合现在的工作。只是因为他们是老板的兄弟，又是公司的创建人，从一定意义上讲，他们也都是自己的东家，是老板，自己不便多说什么。原以为龙剑飞满脑战友情谊和哥们儿义气，绝不会意识到这一点。可没想到，他竟然……如果真是这样，那他想得比自己更远更深，他不仅十分清楚二牛他们已不适合现在的工作岗位，而且还在悄悄为他们做着长远的安排。想到这儿，欧阳内心的敬佩之情油然而生，这不仅仅是一种敬佩，更可以说是一种敬畏。他的脊背上不禁生出一丝凉意，这家伙，目光这么长远，心思如此缜密，天生就是一个做大事的人，难怪那帮兄弟会死心踏地地跟着他干。

就在欧阳准备离开时，他突然又想起了什么，便转身走了回来。“对了，龙总，近来一家叫罗德的美国公司驻华人员来过几次电话，好像对我们公司很有兴趣，说是想见见你，也想来我们公司考察一下，听对方的口吻，他们可能是一家专门从事风险投资的公司。”

“风险投资？”龙剑飞有些不解。

“是这样，在西方国家有一些专门从事资本运作的公司，它们有点儿像银行，专门对那些新兴产业和有潜力的公司进行投资，以获取高额利润，当然了，成功了可获得暴利，但失败了也会赔得血本无归。具有很高的风险，所以人们习惯上称其为风险投资。”

“是这样，那他们找我们做什么？难道说我们有那么高的风险吗？”龙剑飞明白了个大概，但他对将自己的公司与高风险联系了起来很不以为然。再者说了，他内心还真的对这些美国佬没有什么好印象。“那你出面和他们谈谈吧，听听他们说些什么就是了。”

“可对方点名要求见你。他们好像对我们公司很了解。”

“他们怎么可能了解我们公司并知道有我这么个人？他们不知是从哪儿听来的，现在拿来忽悠我们吧。再说了，和你谈不也一样嘛。”龙剑飞临到了，还是一口回绝了。

# 三十四

进入深秋，虽说出门已感一丝凉意，但却是北京最美的时节，特别是出城向西行，眼前一片金色的原野，向远望去，西山的绿丛中已开始点缀上了片片红叶。

经过大半年的施工，夏令营的土建基本结束了，剩下的只是各种设施的购入和调试。

“怎么样，二牛，春节前能彻底竣工吗?”龙剑飞从车中下来，望着迎上来的二牛，关切地问着。半年多来，二牛没明没夜地盯在工地上，人也显得瘦了些。

“我想没什么大问题，只是摊子铺得太大，头绪也多，这儿人手又少……”二牛的语气并不是很自信。

“是啊，我们计划明年开春时就开营，看来还真得想想办法。”

“龙哥，你看能不能再调些人过来?”

“你说吧，需要几个？看上谁了?”龙剑飞微笑着看了看二牛。接着说道：“这儿不仅是施工期间需要人，就是开营了，也需要管理人员和教官啊!”

二牛被猛地一问，一时还真提不出人选来，便没有再吭声。在二牛的陪同下，龙剑飞在各个功能区察看了一遍，不时询问着，一圈转下来竟用了两个多小时。临走时，龙剑飞说道：“好久没喝酒了吧？等几天有空了，叫上小东、猛子他们几个聚聚。好好犒劳一下你。”听说有酒喝，二牛咧着嘴笑了。

快下班时，在一楼物业管理公司刘猛的办公室，当年一块儿从特务连出来进军友的三个人忧心忡忡，在小声议论着。“真要是到了那边，我们能做些什么呢?”

“也就是搞搞队列训练吧，还能做什么。”

“那有什么干头儿。一定是那帮学生出身的家伙搞的鬼，他们怕是嫌我们在这边碍事儿了吧。”

“也不知龙哥是怎么想的。他会甩开我们不管吗?

“我想不会，跟了他这么多年了，龙哥不是那种人。只是……只是……”说话的人内心好像并不踏实。

“要是早知如此，还不如像敏杰当初那样，能捞就捞……”看来几个人对赵敏杰在公司时的所作所为多少也知道些。

“好啦，好啦，再怎么着也不能像他那样，为了几个钱连情义都不要了。”说着刘猛站起身，边收拾东西边说道，“你们在这儿瞎猜有什么意思呀，不想走，那就跟龙哥说去。”刘猛内心很是烦躁，那两个人想想也感无趣，悻悻地走了。

刘猛上了五楼，推门走进高小东的办公室：“你听说了吗？夏令营那边快完工了。”

小东回应道：“听说了，二牛这家伙，没明没夜地逼着人们加快进度，这次可真把他累坏了。”

刘猛向前凑了凑，小声说道：“听说要调一些人过那边工作。让谁过去你知道吗?”

“过去些人这是一定的，那么大一摊子，总得有人干呀。但谁过去我还真不知道。”

“你真的不知道?”

小东好奇地望着刘猛，再次摇了摇头。

刘猛下意识地四处看了一眼：“那……那你能不能和龙哥说说，别让我过去了。”

“为什么?”小东想弄明白。

“每天和学生们混在一起，有什么干头呀，整天忙个臭死，又不挣钱。”猛子撇着嘴，他好像预感到了什么。

“没那么严重吧，那边的活儿干起来或许更适合我们。”小东对猛子的想法有点儿诧异。

“那谁想去谁去好了，反正我是不去。这么多年了，我们几个一直在公司干，没有功劳也有苦劳吧？可现在公司不需要我们了，就……就……这不是卸磨杀驴嘛。”刘猛的话音更低了。

“猛子，你怎么能这么想，别人信不过，龙哥你还信不过吗？我相信他会安排好的，不论谁过去，都不会吃亏。再说了，谁过去不是还没有确定嘛。八成我也要过去呢。”说完，小东想了想又道，“如果你真的不想过那边，我可以把你的想法和龙哥说说。其实，最好是你直接找龙哥谈谈。我们跟着龙哥干了这么多年，都是自家兄弟，有什么不好说的。”

几天后，小东和猛子他们三人，一块儿到了约定的饭店，可令他们意外的是，当他们走进订好的房间时，龙剑飞已在里面了，脚前脚后的，二牛也急匆匆赶了进来，嘴里面还一个劲儿地解释着：“对不起、对不起。路上有点儿堵，来晚了。”

菜开始上桌了，大家好像并没有急着要吃要喝的意思，总感觉还应当有什么人似的，就在几个人傻乎乎地坐等着的时候。龙剑飞却站了起来：“今天再没有别人了，我特意连欧阳和刘海他们都没叫。就咱们特务连出来的兄弟。”说着，他端起了酒杯，“一来是二牛这大半年一直在夏令营工地，现在眼看着就要完工，他劳苦功高，我们要好好慰劳慰劳。二来是我们兄弟几个也很长时间没有聚聚了，借这个机会好好喝几杯。”

几个人虽说经常能碰到，但由于各忙各的，聚齐的机会还真不多。就是公司有什么活动，大家伙儿凑到一块儿了，那也有其他人在场，不能过分地随意。今天可好，全是特务连出来的，龙剑飞的开场白一过，席间便热闹了起来。刘猛他们几个也暂时忘却了内心的不安和忧虑。大家有说有笑，不一会儿，就和过去一样，又将矛头指向了二牛，不停地敬着酒，笑着，闹着，仿佛又回到了连队。

就在大家吵闹着非要二牛换大杯的时候，龙剑飞站了起来，端着酒杯说道：“来，二牛，这大半年你最辛苦，为公司立下了汗马功劳，我敬你一杯。”

二牛慌忙举起了杯，伸出手臂向前碰了一下：“我这算什么呀，还是龙哥你辛苦，我们哥儿几个还不是全靠着龙哥你，我们敬你。”说完一仰头干了。龙剑飞喝完了酒，但他并没有坐下，看了看大家说道：“夏令营很快就建成了，明年开春，就可以正式开张。那么一大摊子，人手少了根本不成。而且还需要受过军事训练的人。我想，到时候我们这些人可能都要过去。”

听到这话，欢笑声突然终止了，几双眼睛盯着龙剑飞，“我们都过去?”

“是的，说心里话，建是建起来了，怎么经营和管理这个夏令营，我心里也没什么谱，只能是边干边摸索了，可公司的其他人，他们没有当过兵，更没有受过军事训练。而这正好是我们这些人的长处，所以，我想咱们几个人今后的主要精力恐怕都要放在这上面了。”

“那公司这边怎么办?”

“交给欧阳、刘海和小孔他们。他们应当比我们更适合做现在的事儿。”

“我们就不管了吗?”

“管！公司是我们的，怎么能不管呢？但不是管什么具体的事儿，而是管他们!”说到这儿，龙剑飞环视了一下大家，“公司是我们的，当然要管，而且要管好，还要设法把它做得更大，让它为我们赚更多的钱。但管也有管的讲究，看怎么个管法儿。我想今后就把公司交给欧阳他们去做，由这些懂经济懂市场有专业的人去为我们经营，为我们管理，为我们赚钱。而咱们只要管好他们就成了。这样我们也可腾出精力来，把夏令营的事儿办好。”

说到这儿，他特意看了一眼刘猛：“可能你们有人不太想到夏令营那边工作。可在这边，我们这些人干起来会很累、很累，而且还不一定能干好。不得不承认，咱们的知识和经验已经很难把公司长远地做好了！就是我，也想在适当的时候从总经理位子上退下来。”

听到这话，刘猛低下了头，脸也有点儿微微发红。他能感觉出，这一定是在说自己，可他内心并不认同，他们能干，我们就不能吗？这么多年了，公司不是也干得很好嘛。说白了，还不是因为公司做大了，不需要我们了，想让我们走。想到这儿，刘猛低声嘟囔着：“整天价和一帮孩子混在一块儿，有什么可干的。”

龙剑飞听刘猛这么说，扫了他一眼，但并没有生气：“是啊，整天和孩子们在一块儿，这看起来真不像我们这些大老爷们干的活儿，做这事儿也确实有点儿无聊，但绝不能说没什么可干的。你们看看现在这些孩子们，家家户户只有这么一个宝贝疙瘩，家长们恨不得将自己的子女含在嘴里，攥在手心里，生怕放出去了会有什么闪失，碰到什么意外。唉，这可好，一个个娇生惯养，哪里还能经什么风雨，见什么世面。我楼上的一个女孩儿，都初二了，还从没有独自过过马路，这不，每天上下学爷爷都得接送她过了马路，看着她走进学校。老人家最近还乐呵呵地逢人便讲，现在孙女儿长大了，敢一个人走到学校了，想必过去是要一直送到学校的。你们想想，当这一代人长大了，就是有再多的知识学问，又能干得了什么？”

他看了大家一眼，继续说道：“我们现在搞这个军事夏令营，就是要为这些学生们提供在家庭、在学校无法得到的经历风雨，面对挑战的机会和场所。这不仅对孩子，对家庭，就是对全社会也是件十分有意义的事情，而且我认为这对我们公司来讲也是一个持久而广阔的市场。这怎么能说是无事儿可干呢？”

其实，龙剑飞对刘猛他们不想去夏令营的内心根源十分清楚，不就是怕那边挣的少，也没什么出息嘛。他停了下来，喝了口水，随后用会意的眼神看了看小东和二牛，只见他俩轻轻地点了点头。他转睛看了看猛子他们三个人，接着说道：

“你们三个人虽说不是公司的创建人，当初也没有投入，但从第一天起，你们就在公司干，这么多年了，为军友公司做出了巨大的贡献，公司能有今天，其中也有你们的心血。我和二牛、小东商量了一下，决定将公司的股份赠给你们每人一股。原来公司是五十股，其中四十股是我的，二牛和小东各有五股。今后将公司分为五十三股，你们每人名下各有一股。”

听到这话，刘猛他们三个人都有点惊呆了。他们万没有想到龙剑飞此时此地会做出这样的决定，特别是那两个人，自从复员进入军友，跟了老连长，虽说玩命地干活儿，但他们深知自己的本事有限，除了出力气，很难为公司做出什么惊人的业绩来，而这么多年了，公司，更准确地讲是龙哥，却给了他们许多，别说是自己成家立业全靠着公司和龙哥，就是在老家的父母家人不也靠着自己在公司的收入吗?!

一段时间以来，他们也听到了不少关于夏令营那边需要人手的传闻，虽然他们并不知道去了那边是比这边好还是坏，但他们对现在的工作和待遇却是满意的，虽说不是什么总经理、经理的，但在装修公司内，他们却是老人，又是龙哥的战友和兄弟，工资待遇比其他人高出许多不说，就是装修公司的总经理孔令培，对他们也是恭敬有加，事事都要先征求他们俩的意见。他们从内心讲就不愿拿这现实的利益去赌那不确定的东西。因此，多日来他们总是担心龙哥会点到自己，无不为此犯愁，他们担心，他们害怕。可没想到……会是这样的结果，天上突然掉下了这么大一笔财富，两个人真有点儿激动得不知说什么好了。

刘猛内心激动之余，却为自己对龙剑飞的不满和猜疑感到十分愧疚，他本来满肚子的委屈和怨气，总认为龙哥可能会甩了这帮兄弟，可万没有想到，龙哥会做这样的决定，想到那天和小东发的牢骚和刚才自己所说的话，唉！龙哥一定生气了，他刚才看自己时的那眼神，虽说并没有什么异样，可能感觉得到，他一定生气了，这可如何收场，他的头更低了。

龙剑飞显得有些激动：“作为公司的股东，我们心里一定要明白，军友公司完完全全是我们几个人的，虽说欧阳和刘海也享受二牛小东他们两人相同的待遇，但那只是在年度分红上，他们并没有公司的股份，也不是公司真正的所有者。公司就好像是我们自己的连队，甚至于就是我们自己的家。希望我们每一个人都像当初爱护我们的连队，爱护自己的家一样爱护公司，只要对公司发展有利，对公司的经营有好处，那我们就应当义无反顾地去做。”

他停了停：“如果以后你们有了什么好的机会，想独自做事，也可以像韩排长那样，抽出你们的股份，自行创出一番事业来，按公司现在的情况，每股怎么也可折个六七十万的。当然啦，这是以后的事儿，也是你们自己的事儿，完全由你们自己决定。但目前，我们最紧迫的任务是将夏令营搞起来……”

# 三十五

搬进新居有几天了，娟子忙着收拾，就一直没有到店里去。其实现在也不用她天天跑了。自从第三家店开业以来，娟子反倒显得轻松了许多。反正是照顾不过来，她索性按照当初龙剑飞和自己达成的协议那样，将三个店也半承包给了三个店长，再不用整天价来回穿梭奔跑了。

她独自环视着新近搬迁进来的近二百平米的房子，内心很是满足和得意，不禁想起了儿时的姐妹们，和她们比起来，自己无疑是幸运者、成功者，只身一人进了北京，靠着自己的打拼，有了一个了不起的老公，有了这么大属于自己家的屋子，有能挣好多钱的三家店，这任一个都是那些至今还生活在湖南山区的姐妹们想都不敢想的。而自己却实实在在得到了，今后或许还会得到更多。一想到这些，娟子脸上现出了笑容。忍不住又转着身子环视着这刚刚装修好的房子。阳光透过宽大的落地窗斜射进来，整个客厅显得更加明亮而华丽。可不知为什么，她突然心底涌出了一股空荡荡的感觉，这房子真的好大，站在客厅中央，显得自己是那么地渺小和孤单。原本兴奋而欢快的情绪一下子降了下来，继而是一种莫名的惆怅。

她呆呆地坐在沙发上好久，墙上的钟指向下午四点了，她才长长叹了口气，站起身来。二牛小东他们约好今天要来的，说是要来祝贺乔迁之喜。这些人凑一块儿，还不知道怎么闹呢。

娟子又收拾了一遍，随着一阵脚步声从外面传来，二牛和刘猛他们几个先到了，一进门就嫂子长嫂子短地不停叫着。刘猛他们三个到夏令营上班有一个多月了，今天在二牛的带领下，特意开着公司为夏令营配的面包车提前从西郊赶回了市区，没承想竟比龙剑飞回来得还早。几个人看到龙哥还没有从公司回来，便自儿在各个房间参观了起来。

龙剑飞处理完手头的事儿，和小东才离开公司。“你别开车了，坐我的车吧，今晚二牛他们几个不会轻饶了你。”龙剑飞边说边向自己的车走去，小东没说什么便跟着坐进了龙剑飞的车。

“龙哥，二牛他们都过那边去了，你看我是否也过去？”

“你想过去吗？”龙剑飞双手握着方向盘，侧身看了一眼坐在旁边的小东。

“也说不上想不想过去，二牛他们都在那边，我想自己也应当过去吧。”

龙剑飞并没有表明自己的态度，而是话题一转。

“小东，你看欧阳副总这人怎么样？”

“他很能干，办法也多。”小东想了想，“开始时大家伙儿对他有些看法，总是顶着他，现在好多了。我们真的从心里面服气。”

“我想过些时候从总经理位子上退下来，让他干。”

“这……”小东没有说话，欧阳很能干，让哥儿几个服气，这一点儿不假。但要将公司完全交给他，小东他们可从来没有想过，毕竟不是从特务连出来的，能信任他吗？小东原本就不怎么爱说话，碰到如此重大的问题，他更加谨慎了。

龙剑飞看了一眼小东：“我知道你在想什么，那你就不要到夏令营那边了，但也不要仅仅在房地产这块儿了。过些天，我和欧阳、刘海他们几个碰一下，你到总公司来，和他们一样任副总经理，遇事儿好有个照应，也可从旁帮他们一把。”

“这……”小东听说要让自己到总公司任副总，内心一阵激动，但也感到十分意外，“龙哥，我在下面干都感觉很吃力，更别说到上面来了。如果我不用去夏令营那边，我想还是留在房地产开发公司更好些。”

“总公司也需要人呢，再说了，不论在上面还是下面，都有我们这些人做不好的事儿，也都有我们能胜任的工作，有些事情我们做起来可能比别的什么人会更合适些。你来总公司后，主要管行政这块儿，其它的让他们干。”说完，他再不做更多的说明，也没有给小东说话的机会，很明显，这就是他最后的决定。

“对了，你和韩涛联系上了吗?”

“通了电话，他今天正巧在外面有事儿，说可能晚点儿，但一定来。”小东回答着。

“那就好。”

韩涛是在龙剑飞他们到家后又过了半小时才来的。他推门进来时，人们意外地发现小瑜也来了。

“真对不起，今天我陪小瑜去医院做检查，来晚了。”

娟子一看小瑜来了，十分高兴，心想总算有个伴儿了，自己和他们这些个大男人在一块儿，也没得什么可聊。原本想上前拥抱一下小瑜，可一听韩涛这么一说，硬是停住了脚，她上下打量着小瑜。只见小瑜比过去更白净些，腹部微微突起，使得上衣显着不是那么合体。“小瑜你怀上了吧?”看到小瑜这样子，娟子不假思考地脱口而出。

听娟子这么一说，所有的目光一下子都集中到了小瑜身上，这令小瑜十分地难为情，白白的脸上泛起一丝红晕。此时韩涛下意识地向前走了一步，挡在了小瑜前面，他笑嘻嘻地点了点头：“今天约好上医院检查的，本想先送小瑜回家再来，又怕你们等，就直接来了。”龙剑飞此时感觉到这么一帮大男人盯着人家一个孕妇看实在过分，虽说大家都很熟，但这也有点儿太那个了，便说道：“娟子你陪小瑜到里面去吧，让她休息一会儿。一会儿我们到外面吃饭。”小瑜没说什么，只是微微笑了笑，显得格外的温顺，和娟子转身进了里面。

要出去吃饭了，娟子看着小瑜，一脸的羡慕，便拉着小瑜的手说道：“小瑜，让他们去，咱俩可不陪着他们出去傻吃傻喝的，就在家里吃，我给你做鸡蛋羹和炒米粉，我们也可好好聊聊。”

不知是因为白马镇四处活动有了成效，还是临近年底了各级政府要统计上报数据，怕影响了自己招商引资的业绩，度假村的征地和立项报告总算有了结果。镇里的人上上下下欢欣鼓舞。可龙剑飞和欧阳在高兴之余，内心却也感到有些忧虑。“龙总，我们的资金链绷得太紧了。”

“是啊，现在几个项目的销售情况怎么样?”龙剑飞也意识到了当前公司在资金上的困难。

“城南的卖得差不多了，可另两个楼盘才刚刚开始挂牌销售。现在还无法估算销售前景。如果此时度假村开工，我们的资金缺口还是很大的。我想……能不能把开工的时间往后推推。”

龙剑飞想了想："咱们答应镇里的，也写在了协议里了，现在变动不太好吧，我们不能失信于人家。而且夏令营还没有开营，又在人家的地面上。要考虑双方长期的合作。"

"我是这么想的，过去也和你汇报过，度假村的整体设计方案还需要修改一下。"

"不是说那只是局部的改动吗?"龙剑飞有些不解。

"是局部的小变更，但也需好好论证一下，这个项目不比其它，就是建成了，我们也还要经营，在整体设计上一定要十分周全，如果到时再发现问题改起来可就难了。"

龙剑飞听着，心想也是这么回事儿，便点了点头。

"还有，建成后，是我们自己管理经营还是托管出去？如果我们自己搞，那是以我们公司为主呢，还是由白马镇他们负责？这一切都需要事先充分考虑好，托管出去还好说，如果是自己经营，不论是镇里还是我们公司，根本没有这方面的专业人才，都有一个人员招聘和培训的问题。如果你同意，我想先不忙着开工，不妨与白马镇一同好好研究论证一下，这一系列问题，事先都要拿出个方案来，不论怎么讲，度假村是两家的事儿，双方应当好好商量一下的。"

龙剑飞听欧阳说完，也就明白了他的真实用意，心想，这样的论证，可长可短，那开工日期也就可前可后了，便会意地笑了笑："那就照你说的这么办吧。要尽可能多地听听镇里的意见。"

"龙总，还有就是我们是否设法和银行再做些工作，现在房地产的机会太好了，只是我们的现金流是个大问题。"

"是啊，我们的资金是紧了点儿，夏令营虽说基本完工了，但后期也还需要些钱……银行方面还有办法可想吗?"

"总应当试试，否则机会错过了，谁知以后会是什么样子。如果我们能再上几个项目，那也就快达到上市的门槛了。"

看得出，自打龙剑飞与欧阳谈了对未来的打算，欧阳知道自己有可能接任总经理后，他对公司今后的发展考虑得更加全面和长远了。

"那好吧，你拿个可行的方案出来，在董事会上研究一下吧。这么大的事儿，让二牛、小东和刘猛他们也知道一下。"

欧阳本来想和龙剑飞说一下自己与美国罗德投资公司几次接触的情况，但一想到上次谈到罗德公司时龙剑飞的态度，明白他对美国的风投公司好像不是很感兴趣，甚至有些敌意，也就没有再说什么。

娟子确是一个理家能手，加上店里的事不用她再过分操心，整个心思都放在了家里，搬进新房没有多久，一切便已收拾妥当。

更让龙剑飞舒心的是娟子近来对自己也更加体贴和温柔，就是在床上，也比过去热情主动了许多。看来女人的情欲确实是可以开发的，而自己作为开发者，他不免有些暗自得意。

这天吃过晚饭，龙剑飞在客厅看电视，娟子收拾完餐厅，在他身边坐了下来。

“剑飞，快到春节了。”

“是啊，我们成家都快两年了。”

“我想回老家一蹚，这么多年了，一直在外面，想回去和家人一块儿过个年。”

听娟子这么说，龙剑飞也有同感，除了结婚时陪着娟子回去过一次，就再没有去过，而那次也只住了三天。便说道：“这是应该的，快到年根儿时，我和你一块儿回去。去年是在我家过的春节，今年就到你家，也好让你父母高兴高兴。”

娟子望着龙剑飞，感激地微笑着，但却轻轻摇了摇头：“我想在家多住些日子。父母上了年纪，这次回去多陪陪他们。你公司上的事儿多，离开时间长了不好。你就别去了。”

“那怎么成，我这做女婿的应当去看望一下老人的。”

“以后有你表现的机会的，再说你现在忙，我和他们解释一下就是了。”看来娟子真是不想让他去。

龙剑飞想了想，也确是如此，公司这边儿的事儿，诸如跑银行、与白马镇协商以及各个项目的销售，有欧阳他们顶着，自己倒也不用过多操心，但夏令营春节一过就要举行开营仪式，这可是别人无法代替的，非得自己张罗不可。

“这样也好，只要这边不是很忙，我随时可以飞过去的。我这做女婿的，在岳父母面前也要好好表现一下才是。”

“去你的，就你心眼儿多。”说罢，娟子将头依在了龙剑飞肩上。她的神色有些飘忽不定，当听到龙剑飞问她准备何时动身时，这才收回神儿来，神情恍惚地轻声说道：“一时也说不准，和家里联系一下再定吧。”

可没过几天，娟子突然又急着要走，龙剑飞原本想送她回去的，可事到临头因夏令营的事儿却无法脱身。只好让她独自坐火车走了。

娟子走后，龙剑飞便一头扎在了夏令营。有时连着几天都吃住在那儿。先是和二牛他们一起忙着验收工程和调试各种设备，后又请了一些军事和教育方面的人一同研究制定大、中、小学生不同的接待方案。更让他高兴的是，通过将军，他竟搞来了两辆报废的坦克和几门不知哪个年代生产的大炮，费了九牛二虎之力才算运进了夏令营，安置在了实战对抗演练区，看上去更有了一股子实际战场的氛围。

总算有个眉目了，看着整个夏令营已基本就绪，虽说连日来的奔波使龙剑飞略感疲劳，但他内心是兴奋的。他憧憬着开营后，一队队大、中、小学生拥进来。操场上是学生们训练时此起彼伏的口令声……实战演练场到处是孩子们奔跑着的身影……想着想着，他自己也觉着这似乎不很现实，不觉偷偷苦笑了一下。唉，现在的人们，经商的只想着赚钱，当官的只想往上爬，就是小小年纪的学生们，在家长的灌输下，也满脑子都是怎么样才能上个好学校，将来有个好前程，赚更多的钱，当更大的官，谁还能对军队这枯燥无味的生活感兴趣。可话又说回来，自己已穿上了军装不也脱了吗，就是建这个军事夏令营，难道就是出自自己的真实心愿？对此连他自己也说不清楚。但他可以肯定，这绝不是自己一时的冲动，就是到现在，他也还认为这样做是正确的，不论结果如何，别人怎么看，自己总应当做点儿什么。

就在他胡思乱想之际，手机响了，一定是娟子打来的。她走后，每隔三五天，两人都要通次电话，有时是龙剑飞打过去，更多的是娟子打过来。一年前，娟子就为父母在城里买了一处房子，现在她和两位老人都在城里住，打电话也十分便利。

通完话，龙剑飞笑着挠了挠头，这丫头，总说回北京时一定要送给自己一个珍贵礼物。劝她别乱花钱，她也只是笑笑，也不知她会带个什么稀罕物件回来。

春节很快就到了，他想飞到湖南去看娟子并与她的父母一块过年，这是娟子走时自己就答应过的。可他刚这么一说，电话那头的娟子却怎么也不让，一再劝他回山东陪陪自己的父母，她还说自己去不了已是对公婆的不敬，如果他再不回去，那两位老人还不知怎么怪她呢。而老家那边也一个劲来电话，想让他回去过年。只好打消去湖南念头，只身回了山东老家。

时间过得真快。龙剑飞春节后回到北京，一直忙着筹备夏令营的开营仪式，现在总算一切顺利过去了。夏令营开营后，由于收费很低，又得到了区教育局的支持，一些中小学校在上级主管部门的推荐下，也经常组织学生们来，既是军训，也算是春游。能感觉得出，孩子们进得夏令营来，还是蛮高兴的。是啊！现在的孩子们整天坐在教室里，趴在课桌上，就是放学回家了，还不是一大堆作业在等着他们，即便是周末和节假日，家长们也恨不得给自己的宝贝孩子报八个班，哪还有时间玩。再说现在的北京到处高楼耸立，哪儿还有孩子们玩的地方。

一晃两个多月过去了，细细算来，娟子离开北京已四个多月，虽说俩人常常通电话，但这么长时间不去看看，特别是还有两位老人，那怎么也说不过去的。想到这儿，龙剑飞给娟子打通了电话，说明自己这一两天就动身去湖南看望她和两位老人，娟子还像前几次一样竭力劝阻，但龙剑飞这次不再听她的了，口气也很是坚决。

从长沙黄花机场出来，龙剑飞乘出租车一百多公里赶到了娟子所在的城市。

看到女婿风尘仆仆地进来，娟子的父母高兴得合不拢嘴，但还是面带笑容地责怪着："媳妇怀孕这好久，再没得空也要来看一下的。"

"什么？"龙剑飞一下子蒙了，整个身子僵在了那里，虽说老人家的话有些难懂，但他还是听明白了个大概。

听到外面的说话声，娟子赶忙从里屋出来。只见她穿着一件较为宽松的睡衣，一眼看去并没有多大变化。

"你……你……"龙剑飞情急之下，竟不知说什么好。

娟子望着龙剑飞惊恐的神情，小声说道："怕你担心，一直没有说，本想再过些日子告诉你的。"

此时两位老人才明白女儿并没有将自己怀孕的事儿告诉女婿。瞪了女儿一眼，随后又为刚才的责备不好意思地冲龙剑飞笑了笑，忙着为女婿做饭去了。

龙剑飞上下又打量了一番娟子，下意识地赶忙上前伸手扶着娟子，将她带回到里屋，关上了门。

“你怎么可以……不要命啦！”

娟子微微一笑，用淡定而略带得意的语气说道：“我这不蛮好的嘛。你别担心，大夫的话，有些要听，有些也听不得。我前些天又去长沙做了一次检查，大夫说孩子发育良好。”

“可你的心脏到后期会受不了的。”龙剑飞情急之下，话声也大了些。

“你小声点儿。”娟子用手指了指外面，随后又摆了摆。

“你跑回家来过年就是为了怕我知道？”

娟子低下了头，喃喃道：“我知道你担心有危险不会让我生。可我……可我真的想要个孩子，淑平生了，人家小瑜也生了，我……”

“你和她们不一样，你会有危险的。你怎么就不明白！万一……”龙剑飞真的有点儿生气了。

看着龙剑飞那因着急而有些发白的脸，娟子却显得十分平静：“在北京时就到好几家大医院问过了，大夫也只是说存在着那种可能性，我们不能只因为有这可能就不要孩子吧。再说了，到了后期，也可以提前些日子做剖腹产的。我咨询过。”她的声音并不大，但眼中却闪烁着坚毅，这个原本对龙剑飞百依百顺的女子，此时为了捍卫自己做母亲的权利，却表现得十分强大，语气中丝毫没有征求对方同意的意思。

“那你也应早点儿告诉我的，这儿的医疗条件差些，你不应当离开北京的。”龙剑飞一脸的无奈。

“人家不是怕你担心嘛。再说了，早期不要紧的。”看到龙剑飞渐渐接受了这现实，娟子也开始撒起娇来，将头依在龙剑飞肩上。

“你这礼物也太珍贵了，真有点儿让人承受不了。”此时龙剑飞才意识到娟子在电话中多次提起过的珍贵礼物是什么了。她竟然要冒着生命危险怀孕生孩子！

娟子笑笑，脸上悲壮的神色一闪而过。

“喜欢吗？”

“喜欢是喜欢，但这……”

“喜欢就好，这一两天，都能感觉到他在肚子里动了，也不知是男孩还是女孩。”

“唉，你呀，真拿你不知怎么办才好。还男孩女孩呢，你这可是拿自己的性命开玩笑啊！”说着，龙剑飞心疼地搂了搂娟子，不禁好奇地俯下身子，将脸轻轻贴在娟子的肚子上。虽说娟子怀孕使他极为吃惊，一时没了主意，可回过神来，想到自己也要当爸爸了，却也兴奋异常。两年多了，对孩子的渴望深深藏在他的心底，从不敢让它钻出来，生怕不经意间触动娟子心灵上的伤痛。而现在这已变成了现实，再也不用自我戒备了。他掀起娟子的上衣，屏声敛气地想听到自己创造出的生命的跳动，可娟子肚子上那块已变成淡紫色的伤痕跃入了他的眼帘。心随即又冷却了下来。

在湖南只呆了两天，龙剑飞就急急慌慌将娟子连同两位老人一起接回了北京。

自从娟子有了身孕，龙剑飞的心就一天都没有放下来过。他有一种从未有过的忧虑和紧张，当初大夫的警告不时出现在脑海之中，他不仅仅是害怕真的像大夫说的那样，出现最坏的结果，这可是人命关天的大事儿。更使他无法忍受的是，生养孩子本是两个人的事儿，可一旦女人怀孕了，竟然就成了她单方面承担和面对的问题了。自己在旁既无力为娟子分担什么，也无法左右事态的进展，只能是眼巴巴等待着结果的出现。要是娟子身体没什么问题，那还好说，可……这无异于将他的灵魂放到了沸腾着的油锅里，忍受着百般的煎熬。着急、担心、紧张、害怕……各种难以忍受的元素统统被煎熬了出来。尽管如此，他还是想着要做点儿什么。回到北京第二天，他就带着娟子去医院做了全面检查，并向大夫一五一十地说明了娟子当初受伤的情况，一再要求医院事先制定好各种应对预案，以备急用。直到这一切都有了眉目，龙剑飞这才稍稍稳住了神，可心还总是悬着。唉，只能是一天天地熬了。

原本就想在条件成熟时将总经理的位置交给欧阳，娟子怀孕这事儿，使他更早地下了决心。

“欧阳，马上就要进入旺季了，夏令营那边会更忙些，有些事情二牛他们几个还一时接不上手，今后我可能在那边的时间要多点儿。”

“你放心，不论你在哪边，有什么事情我们也可以用电话找到你的。现在通讯发达了，不论人在哪儿，都可以找得到。”

“我的意思是公司如果碰到什么重大问题，那就开一开董事会，平时的一些日常性工作，就不用事事和我说了，你和刘海、小东他们商量着办吧。”

“那不好吧，有些事情还是要由你来拍板的好。”欧阳还是坚持着自己的意见。

“等下次开董事会时，我就从总经理的位子上退下来，军友公司就交给你了。”龙剑飞用信任的目光看着欧阳，“一定要把公司做大。这可是你答应过我的。”

“龙总，你让我好好干没问题，但要是你退下来，我可是顶不上去的。”欧阳推辞着，虽说这只是他口头的谦虚，但他内心也真的有一种担忧，一是他吃不准龙剑飞退下来后是否真的能放手让自己；二是这两年多来，他深深体会到军友公司从一开始就深深打上了龙剑飞个人的印痕，形成了独特的企业文化，在军友公司，有龙剑飞在上面撑着，自己什么事儿都好办，如果没有了，那可就难说了。虽说二牛他们几个调到了夏令营那边，可公司还有许多军人出身的员工，他们只听龙剑飞的，就是刘海和孔令培，也都是唯龙剑飞马首是瞻。想到这儿，欧阳十分诚恳地说道：“龙哥，什么总经理副总经理的，只要你信任我，那就没什么两样，也就不存在你退不退的问题。”

龙剑飞微微一怔，他记得很清楚，欧阳从没有这样称呼过自己，但这次他是这么叫了，他十分在意欧阳对自己的这种称谓。而且他能感觉到，欧阳在叫出“龙哥”时，没有丝毫的做作，完全是一种内心的流露。

龙剑飞掩饰着心中的欣慰，看似很随意地轻轻拍了拍欧阳的肩膀：“兄弟，你就放手干吧。”

娟子的肚子一天天大了起来，龙剑飞的心也一天天向上提着。可娟子或许是从没有感觉到自己有什么不适，反而不那么紧张。对龙剑飞不时提醒她卧床休息之类的提醒，也很不以为然：“没那么严重，你看我不是好好的？大夫说了，产前多活动活动有好处。”甚至还趁龙剑飞不在家，自个儿挺着大肚子跑到店里去转转。

# 三十六

娟子的预产期还有三个月零几天，龙剑飞想让她提前住院，可娟子怎么也不干："我这不好好的嘛，为什么这么早就到医院里住着？"

"在医院里面有什么事情也好处理。"

"剑飞，我真的没什么问题，现在感觉很好，哪儿像大夫们说的那么可怕。再说了，在家还有父母陪着，一个人住在医院烦都烦死了。"

看着娟子那坚定的态度，龙剑飞也只好作罢。只是他尽可能不离家外出，就是公司和夏令营也难得见到他的身影。

手机响了，是欧阳打来的，对方先是问了问娟子的情况。"龙哥，你要是有时间的话，我想和你见个面，有些事儿要汇报一下。"

"什么事儿呀，你们商量着办不就成了？"在上个月，龙剑飞已经将总经理位置正式交给了欧阳，此时他打电话过来，而且还要见面，一定是有什么重要的事情。

"如果你家里面有事离不开，要不我去你家？"听得出，欧阳显得有些着急。

"那好吧，我一会儿就到公司。"

进了公司办公室，龙剑飞还没有坐下，欧阳就推门走了进来："龙哥，真不好意思，还让你跑来。"

"没什么，你说吧，碰到了什么问题？"

"是这样的，白马镇一个劲儿催，看来度假村的事儿不能再拖了。可问题是……"

“是什么?”

“我们的几个楼盘近两个月来，销售情况一直不是很好。城南的还成，剩下十几套尾房。可是另两处，开盘以来，只售出了不到百分之三十。特别是近期，基本上没有任何进展，每天只接待零星几个看房者，连一份合同都没有签下来。”欧阳忧心忡忡地介绍着公司的情况。是啊，资金回笼不了，别说是度假村开工，就是维持在建项目也感到捉襟见肘，他接任总经理才一个多月，就碰到如此艰难的局面。

“这样一来，我们确实无力再开度假村了，起码是近几个月，如果情况还不见好转，那可就……”他没有说下去，但下面的话不言自明。

“怎么会是这样?”龙剑飞踱着步，自言自语地嘟囔着。

“可能和当前的大形势有关，金融风暴虽还没有吹到我们这儿，可人们购房的心态却已起了变化，老百姓不再敢大笔花钱了，都在观望，就是那些已交了订金的人，也迟迟不来办手续。唉！不知这种状况会持续多久。”说完，欧阳无可奈何地叹了口气。

龙剑飞通过电视，也了解亚洲的一些国家正在经历着金融危机，还知道是一个叫索什么斯的美国佬搞的鬼。可怎么搞起来的，他也不甚了解。但他明白这是很遥远的地方发生的事情，可现在，竟然也影响到了自己的公司，这却是他始料不及的。沉默了片刻：

“可度假村那边，我们已采取各种借口拖了有半年多了吧？再这么拖下去，恐怕镇里面也不干。”龙剑飞看着欧阳，“你有什么好的办法吗?”

按欧阳的意思，在这种情况下，度假村绝对不能开工，就是与镇里闹翻了脸也不能上。大不了夏令营不营业了，其实从效益上讲，营业不营业的也无所谓，就是营业，撑死了也只能是保本运行，根本赚不着钱。可他知道，龙剑飞绝不会同意自己的想法。便说道：

“如果度假村一定要开工的话，最好是设法从银行再搞到些钱，或是寻求第三方合作，由他们注入资金。没有新的资金来源，度假村开工之日，也就是公司其他在建项目停工之时，那损失可就大了。”

听欧阳这么说，龙剑飞皱了皱眉。从银行贷款，公司一直都在争取，做了许多工作，但难度很大，基本没有什么希望。而引进第三方倒不失为一个救急的办法。“去年不是有几家抢着想和我们合作开发度假村吗?”

“是啊，可现在，他们是否还有这样的意愿就难说了，就是有，谈起来也一定会很艰难。关键是时间，我们拖不起啊。”

“那就尽力争取一下吧，银行也可再跑跑。总要想办法渡过这一关的。”

这些天来，不论是家里，还是公司的事，都让龙剑飞难以入眠。原设想是要娟子提前做剖腹产的，可在时机的把握上，却难坏了龙剑飞，太早了会影响孩子的成活和健康，晚了又怕娟子出现意外。几次问大夫，可人家却绝不给出一个明确的回答，只说这事应当由你们自己决定。和娟子商量，娟子总是说：“现在好好的，为什么要提前，太早了对孩子不好。还是让小宝贝在我肚子里多住些日子吧。”孩子在她肚子里，最后的决定权当然也就归娟子了，龙剑飞再着急也没用。而且娟子近来的胃口也大，从没有感觉到有什么异样，精神头儿甚至比刚怀上时还要好，还一个劲儿地埋怨医院：“都怪医院的那些大夫，要是早知这个样子，去年就生了。”她甚至都动了让自己的小宝宝足月顺产的念头。

而公司那边，和几家银行交涉过几次，均没有下文，不得不放弃。引进第三方合作的事儿，虽说与几家公司正接触着，但谈得很是吃力，对方远不像去年时那样儿求着你了，无不提出一些难以接受的条件来，有的干脆表示目前没有兴趣搞任何事情，就是再好的项目他们也不参与。军友真真切切面临着或是放弃度假村近期开工的打算，或是将公司其它在建项目停下来的两难选择。

# 三十七

这天一大早，龙剑飞就到了公司，昨天欧阳就做好了有关安排，今天出面与美国罗德公司的人商谈双方的合作事宜，这也是对方多次提出的要求，一定要见到龙剑飞本人。本来龙剑飞对此并没有多大兴趣，这段日子，欧阳与对方接触了几次，事后也和他说了商谈的情况，但他并没往心里去，哼！美国佬并不傻，什么风投不风投的，他们还不都是为了赚钱，说是风险投资，可如果你真有风险了，他们躲得远远的，根本不会理你。有利可图时才来找你，他们做的一定是有风无险或干脆就是稳赚不赔的生意。在龙剑飞看来，与其合作，无非是将自己手中的利益分一些给他们。

但公司目前面临着的困境，是他不能不考虑的，银行贷款无望，引进第三方合作建度假村看来也是凶多吉少，一时很难找到一个理想的合作伙伴。虽说与美国公司合作并非所愿，而且还是什么风险投资。但在目前这种情况下，也算是公司一种脱困的途径。没别的办法，只好一试了。

不到九点，对方一行三人就来了，两个洋人一位华人，一个奇怪的组合，只见那两个白人一高一矮，高者不但高，还壮，像个力士，而矮者不但矮，还精瘦得很，人们都说西方人高大，可这位比中国人还要小一号儿，只有那华人还算不大不小，一副深度眼镜架在鼻子上，显得书生气十足，也不知是中国人，还是美籍华人。

那个叫爱伦的精瘦者是三人中的头儿，看上去四十多岁不到五十的样子，双方寒暄过后，他便开口了，令龙剑飞吃惊的是，他居然能讲汉语，虽说有点儿结结巴巴，但还是能听懂：“想必……想必龙先生……很忙，我们几次来……都……都没有见到你。”听得出，对方语气中带着不满。

龙剑飞这还是第一次与外国人面对面地交谈，感觉怪怪的，也有些紧张，忙歉意地说道：“真对不起，我近来家里面有些事情，在公司的时间少些。再说了，欧阳是公司的总经理，他完全能代表我和公司的。”

“据我们所知，龙先生是中国大陆改革开放以来……出现的……杰出人物，我们也知道关于你的一些……一些传奇故事。白手起家，办起这家公司来，很不容易，这也是我们希望双方能够合作的一个重要因素。”对方说着，还不时低头看看手中的资料。

“我们商谈的不是一般性的……生意往来，也不是……不是经理人……所能……能决定的，所以，还是在公司所有人这个层面……层面谈好些。”

听到对方这么说，龙剑飞看了身边的欧阳一眼，心想这帮美国佬，说话从不考虑对方的感受。便接话道：“我哪里是什么传奇人物，只是处在这样一个飞速发展和变革的时代，碰到了机会而已。再说这么多年了，军友公司能够生存和发展起来，关键在于有欧阳他们的帮助……”他用手指了指身边的欧阳，特意强调道，“欧阳总经理完全能代表公司和我的。”

双方的会谈就这样开始了，在对方讲话的时候，龙剑飞有些走神儿，他瞅了一眼对面那个年龄和自己差不多、格外壮实的白人，心中暗暗估量着，要是和这个庞然大物进行格斗，自己不知是否能将对方制服。

会谈开始时还算顺利，分别介绍了各自的情况，也表达着希望合作的诚意，但双方的分歧和冲突很快就出现了。龙剑飞想着是从罗德公司贷款或借钱过来，就是利息高些也可以谈。而对方却并不这样认为：

“龙先生，请你……请你不要误会，我们是投资公司，不是银行，我们为贵公司注入资金，并不是想得到什么利息。我们之间的合作，是根本上的合作，那就是我们要成为公司的合伙人，或叫股东，我们的商谈也要在这个基础上进行才是。”

其实，在与对方见面之前，欧阳就将对方的意图和双方谈的情况向龙剑飞做了详尽的说明，龙剑飞十分明白对方能拿出什么来，也明了他们想要得到什么，但此时他还是要做进一步的争取，虽说这样做并不是他不相信欧阳他们前边谈的结果，也知道要想让对方让步没有什么希望，但他还是要坚持自己的想法，这或许是源于他那争强好胜的天性，同时在龙剑飞看来，这也是为下一步谈判增加些己方的筹码。双方的争执是激烈的，各说各的，很难拢到一块儿去，那个精瘦者，一着急，竟然在汉语中加杂着英语：

“从一开始……开始接触，我们的……的这一立场就十分明确，现在怎么可以……”他的话不得不由那个华人重新再翻译一遍。

在一旁的欧阳也有点儿坐不住了，心想这样下去的话，前面谈的全废了不说，就是双方的合作也将告吹，他十分不解龙剑飞为何要这样，前面谈的情况他都知道嘛，也是同意了的，可现在……他几次想插话，可都被龙剑飞用目光阻止了。

就这样双方各执一词，争来争去，无法有个共同的话题，在争吵中，时间不知不觉已过去一个多小时了，龙剑飞看着对方那焦急、无奈甚至有些愤怒的神情，也觉好笑，心想差不多了，别绷得太紧了，真要是谈崩了，双方合作这事儿也就没戏了，现在公司需要资金，与他们的合作还是要尽可能地实现，该将谈判进行下去了。想到这儿，他显得十分无奈的样子，话题一转：

“那如果按照你们的设想，你们想得到多少股份呢？”

那个精瘦者听龙剑飞这样说，绝望的神色有了些缓和，口吻也平和了许多：“龙先生，关于我们注入多少资金，得到多少股份，这才是……才是我们今天要讨论的问题。”

他接着又道：“而决定这两个问题的一个前提，那就是我们首先要对贵公司的价值有一个客观真实的评估。”他用闪现出一丝希望的眼神看着龙剑飞。

“那好吧，既然你们一定要以这种方式合作，那我们可以做出些让步。关于对我们公司的评估，这是下一步的事情，可以让双方的工作人员去做。”

说到这儿，龙剑飞看了看表：“时间不早了，各位今天就在我们这儿吃午饭吧。也算是表达一下我们对双方合作的一点儿诚意。”

“不，不，不。我们……我们还是就下一步的工作……定出……定出一个时间表来，这样就不会影响后续的工作了，也好确定下一次会面的时间。吃饭嘛，这是一个很次要……很次要的问题。”临了，他还补充了一句，“我们很欣赏龙先生这种务实的态度。”

妈的，同意你们的观点，按照你们说的办就是务实了？这帮趁火打劫的家伙。龙剑飞内心暗暗骂了一句。

过后的几天，虽说龙剑飞再没有与对方接触，但双方的商谈在紧锣密鼓地进行着。欧阳带着人与对方日以继夜地忙碌。但对公司的估值可不是一件容易而简单的事情。

“什么？这绝对不成！”龙剑飞接听着欧阳打来的电话。

“……”

“如果连这一点他们都不同意，那和他们还有什么合作可言。”龙剑飞对着电话近乎于喊叫着。

“……”

“他们能有什么设想……还是为我们公司着想？这些美国佬还会为我们着想？鬼才信……

“……”

最后，他对着电话恶狠狠地喊着：“那好吧，你和他们安排时间。”

这次罗德公司来的除上次的三个人之外，还有两位会计人员，其中一位听说是罗德公司专门聘请来的一家著名会计师事务所的专家。或许是这些天频繁接触的缘故，双方人员也熟悉了许多，不停地打着招呼。

“龙先生，这些天我们双方……双方合作的进展是……是令人满意的，我们现在更加……更加相信你以及你的团队是一个难得的合作伙伴……”那个精瘦者以这种恭维的方式开始了谈判，看上去他较上次显得更加有信心了，“现在还有一些小小的问题要讨论一下。那……那就是关于贵公司开办的夏令营的问题。”

说到这儿，他有意停了下来，双眼看着龙剑飞，发现对方没有任何表情，显得有些意外，竟不知如何进行下去为好，他尴尬地用手梳了梳头发，只好继续说下去：“我们知道贵国是一个十分重视……重视教育的国家，特别是中国的父母们，为了自己孩子的教育可以……可以做他们能做到的一切。”

他用眼环视了一下在坐的军友人员，继续说道：“可据我所知，在这里，家长们对孩子教育上的投入，完全是与考试……考试相关的。只要能提高孩子考试……考试成绩的事情，他们……他们都十分乐意去做，就是出再多的钱也不在乎。可要是与此无关嘛……那他们是绝不会做的。”

他又看了看龙剑飞，显得很无奈，双手一摊：“所以说，这个……这个夏令营嘛，我们认为是……是不会有市场的，现在不会，将来也不会有，更不会有什么……什么利润可言。”

“那你们认为应当怎么办呢?”龙剑飞面无表情地问道。内心也不得不承认，这家伙说的有一定道理。

看到对方没有明确地反对，精瘦者继续说道：“从贵公司的利益出发，我们认为有两个办法解决这一问题。”

他抬头望着对方，看到龙剑飞两眼盯着自己，好像是在等待着自己提出什么高招来。便有些得意地说道：

“最好的办法是停办夏令营，改为房地产开发。虽说那儿偏远些，但北京发展很快，如果时机成熟了，可以利用那块地搞乡村别墅。我们认为这在几年后就会是一个很好的项目。

说到这儿，他兴高采烈地望了大家一眼，显得很是得意，“如果这样的话，夏令营……不，应当是夏令营这块地就可纳入到对公司的资产评估中，而且应当给予相当的溢价。完全可以把公司在夏令营建设上的投入全部纳入进去。甚至于还可以高一些……”

“那第二种解决办法呢?”龙剑飞并没有对对方提出的第一种解决办法说什么，却冷冷地问道。

对方可能是没想到龙剑飞对这一十分有利的方案并没有多大热情，竟一时不知再说什么了。

“这……这……”他看到对方一直在等着他说出第二套方案来。又一次用手轻轻理了一下本就不多的头发。用低沉的口吻说道：

“关于第二种解决办法嘛，那就简单多了。”他说到这儿，有意停了停，看了一眼龙剑飞和在场的其他人，用一种无奈的口吻说道：

“那就只能将夏令营彻底从公司剥离出去，现在也就不用对它进行评估了。”

说到这儿，他又看了龙剑飞一眼，十分认真地补充道：“如果这样的话，今后军友公司是军友公司，夏令营是夏令营，两者再不能……不能有任何账目……账目和利益往来。”

“你是说从此夏令营只能是自生自灭了?”

“这是……这是两家毫无关联的公司。”精瘦者虽然没有正面回答，但他的话再明白不过了。

接下来的几天，罗德公司并没有再来人，也没有电话打过来催促，但大家都知道，对方在等待军友的最后决定，到底以哪种方式解决夏令营这一难题。

时间一天天过去了，最为着急的是欧阳，在他看来，公司目前的处境已到了无法再坚持下去的紧要关头了，与罗德公司的合作，不论以何种方式解决夏令营问题，都是上上之策，也是当前唯一可以使公司脱困的途径。他有意无意地往龙剑飞办公室跑了多次，他希望这事尽快定下来。

而龙剑飞对此却始终一声不吭，他陷入了难以抉择的困境。

就在龙剑飞独自一人在办公室来回踱步的时候，欧阳又一次推门走了进来。

“是欧阳呀，你坐。”看到欧阳进来，龙剑飞才从沉思中回过神来，很勉强地笑了笑：

“龙哥，罗德公司来电话了，整个评估工作就差这一块了。你看……”

“是啊，他们那边等不及了吧?”龙剑飞脸上挂着一丝苦笑。

“你看哪个方案对我们更有利。”欧阳试探着问道。

“我们就没有别的办法渡过这一关了吗?”龙剑飞所问非所答地接着话。好像是在问欧阳，又好像是在自言自语。

“这……”欧阳十分吃惊，他这时才意识到，龙剑飞头脑中思考的可能不仅仅是这两个方案。怪不得这几天自己问了多次，他总是没有个明确的态度。

看到欧阳那惊诧的神情，龙剑飞长长叹了气：“其实罗德公司提出的两个方案，对我们来说并没有什么大的区别。如果我们将夏令营关了盖别墅，先不说政府有关部门是否能同意，我们可是以夏令营的名义要的地，一分钱都没花啊，关于这个问题我们暂时不说。夏令营要是真的不办了，那我们如何面对舆论，电视都播了，我们如何向市里、区里的领导和那么多关注此事的市民交待？还有军方，他们为建这夏令营提供了多少帮助，我们怎么对他们讲？而且二牛他们近二十多人，如何安排？这一系列问题我们都无法解决。”

龙剑飞那忧虑的眼神扫一下欧阳：“关于第二种方案，你是知道的，当初我们决定上夏令营，就不是为了赚钱，这也不是一个赚钱的项目，如果从公司分出去，怎么可能独自生存和发展？关闭也是迟早的事儿。”

“可公司目前的处境……”

“是啊，如果度假村不马上开工，白马镇这一关就过不去。听二牛说，镇里的人有点儿坐不住了，说是再不开工他们就要围堵夏令营……”

又过了两天，就在龙剑飞苦思苦想着应对之策而不得要领时，电话响了，是欧阳那充满焦虑的声音：“电梯生产厂家逼着我们汇款，说是必须支付三分之二款项，才发货，否则他们宁可不做这单生意。”在电话中，欧阳向龙剑飞大略汇报了一下公司账面的情况，他还提到，再过些时候，水电就要接入，那时还需要一笔不小的数目交市政有关部门。总之，如果还搞不到钱，问题将极为严重，电梯装不上，水电通不了，就无法按期交付购房者房子，在这样的市场氛围下，必定会出现退房潮……”

“这钱不是预留出来了吗？”

“是留了些，可一旦出手了，公司账面上就再没有什么了，那度假村可就……”

放下电话，龙剑飞默默地呆在了那儿。他突然想起了大华公司的那个刘典来，真是此一时，彼一时，此刻自己的处境和心情和当时的他一定十分相似。唉，难道说真的只能是违约将度假村停下来？不成，这绝对不成，他马上就否定了这种想法。因为度假村和夏令营是绑在一起的，违约必然会影响到夏令营，白马镇的人非把夏令营的门给堵了不可。再难，这一关也要咬牙挺过去。难道说只有和罗德公司合作一条路可走了吗？

龙剑飞径直进了欧阳的办公室。

“需要多少资金，我们才能渡过这一关？”他瞟了一眼忙碌着的欧阳，急切地问道。

一筹莫展的欧阳赶忙大略估算了一下："怎么也需要两千万左右吧，但这也最多能撑一年。如果一年后地产市场仍是这样低迷，那我们还需大笔的投入……"

"我想不会持续那么长时间，不论怎么讲，人们都需要房子住。现在的问题是怎么才能搞到这两千万。"

"如果……如果我们降价销售呢？"龙剑飞无奈之下竟想用牺牲公司利润来加快资金的回笼。

"这法子我也曾想过，但恐怕很难行得通。"

"为什么？"

"我们这样做，一是会遭到同行们的声讨，目前整个房地产业都在苦撑着，如果我们率先降了，别家公司会不高兴的，但这还不是主要的麻烦，更为严重的是，人们都有着买涨不买落的心理，如果我们现在降下来，人们还想等我们再降些，反而更不会出手买了。出现了这种情况，那时我们的局面将更难应对。"

"那还有什么可行的办法吗？"

"只能是向别的公司拆借了。但这很难，在这种时刻，让人们拿出钱来，真比拆他们的肋骨还难。就是给他们超高的利息，恐怕也难借到。"

"是这样……"欧阳低头思索着，好长时间没有再说什么。

第二天一早，欧阳刚刚进了自己的办公室，电话就响了，是龙剑飞从家里打过来的，电话那头只说了"我马上就到，有事儿需要商量一下"便挂断了，感觉得出，他好像有了什么主意。

不一会儿，龙剑飞兴冲冲推门进来，还没等欧阳让坐就开口道：

"装修公司一年上交的利润是多少？"

"去年是一百六十万，今年怎么样还不知道。"

"那物业那边呢？"

"周姗他们去年基本没有赢利，算上刚刚外接的两个写字楼，今年最多也就是二三十万吧。

"你告诉孔令培，今年他们必须上交二百万，我知道他们去年底还有几个项目没有结算。现在到了关键时刻，他就不要给我打埋伏了。周姗那边嘛，刚刚起步，也不要过分为难他们，但和她说明，今年一定要尽可能多上交，大家勒紧裤带，过一年苦日子吧。”

欧阳听了这话感觉有些吃惊，装饰公司去年还有些利润没有计在账内，他也只是略有耳闻，没承想龙剑飞竟也知道，而且比自己还了解内情。就在他发呆时，龙剑飞又问道：“去年的年度分红和管理层的年奖发出去了没有？”

“三个公司中层以下人员的年度奖金春节时就发了，但总公司有关人员和三个公司领导层的还没有发，但也做好了，随时可发。股东们的分红原定总额是八十万，这钱年初就预留了出来，但还没有做账，因为这并不急。”

“这两块加起来一共有多少？”

“大约有一百万出点头，我也记不清了，要核实一下。”

“那好，扣住不发了，关于奖金，告诉大家，算我龙剑飞欠他们的，记个账，日后一定加倍奉还。”

他沉思片刻，看了欧阳一眼，接着说道：“年度分红嘛，股东们的取消，今年不分了。但……但是你和刘海的还是要发的。”

欧阳听到这儿，感激之余也觉着有些不好意思，忙插话道：“这样不好吧，要是不分红，那我们俩的也不要，我们应当同舟共济的。”

龙剑飞说：“你们不一样，名下的是干股，今年不分，以后也就无法给你们补上了。”

“这样不好，都在同一条船上……我们也应为公司做点儿什么的。”

“你就别推辞了，就这么定。”

“剩下的一千七百万，我来想办法。”龙剑飞显得有些兴奋。

“？”欧阳不知老板还有什么办法能搞到这么大一笔钱，用询问的目光望着对方。

“我想这样，拿出五十套现房来，以优惠价卖给公司的员工，这并不是对外降价吧？别的公司也管不着我们自己家的事儿，想必他们也不会说三道四的。”口吻中有些得意。

“可要是我们的员工不想买或是买不起怎么办，一套房子怎么也得三四十万啊，而且现在这种时候……”欧阳一听这法子，也是一阵兴奋，可随后他又出现了一丝忧虑。

“想不想要房子那是他们的事情，我们不强迫。他们买得起买不起，我们也管不了，如果想买，那自己想办法去，找银行贷，找亲戚朋友借，反正那是他们的事情。我们能做的就是可以优惠得多些，百分之十五怎么样？甚至可以优惠到百分之二十。都是自己的员工，改善他们的居住条件也是公司的责任嘛，反正肥水没有流到别人家田里去。”

而龙剑飞接下来的话却真正让欧阳看到了希望，他不得不佩服龙剑飞的魄力和奇思妙想。

“我们还需向大家讲明，如果一年后购房者不想要房子了，那公司将按全价无条件回购。”说到这儿，他停下来想了想，“关于这一点，要写到每一份购房合同上面。这总可以给大家吃一粒定心丸了吧？”

听着龙剑飞这连珠炮般的指令，欧阳内心翻江倒海似的激荡着，如果这样做，两千万资金顷刻间就可筹措出来。可自己怎么就……说实话，欧阳并不是从没打过这种主意，但这种念头也只是一闪而过，他知道，自己根本做不到，做不到的事情想又有什么用。扣发奖金？取消股东分红？那大家还不把自己骂死，就是自己挨了骂，得罪了人，事情也还是办不成。没一个人会同意的。就是让员工购买公司的房子，那也需要大家的绝对信任，虽说有些优惠，但现在这市场氛围……别说自己没有想到公司保证一年后全价回购这绝妙的主意，就是想到了，谁敢相信你一年后会全价无条件回购？写在合同上就算数了吗？到时你反悔了，受损失的可是那些购房人。别人做不到，但龙剑飞却可以，公司上下对他充满了信任甚至是崇拜，人们愿意将自己的切身利益托付给他。在军友这样的公司，常识和规律并不一定时时发挥作用，而个人的魅力有时却是决定性因素。

在欧阳的内心，突然有了一个全新的认识，虽说自己过去对那些有过从军经历的人并没有多少偏见，但也和其他人一样，认为他们学识不多，没有专业，唯一的优点就是习惯于服从，不论干什么都听话好使唤。俗话说的好“服从命令是军人的天职”，可仅仅是这样吗？进入军友以来，特别是与龙剑飞共事合作这么久了，在他身上，自己似乎发现了军人身上的另一种被世人所忽略了的品质，而这种品质却与“服从”截然相反。那就是他们还敢于和善于“决策”，作为部属和下级，他们是习惯于听命行事，可作为首长和上级呢？他们决策起来更加果断和迅速。决策是否正确是一回事儿，这和一个人的学识、经验有关，但决策的过程和方式却也是一个人难能可贵的品质。

“龙哥，要是这样，我想大家一定会抢购的。”

“抢购？那可不成，我可没有那么多房子让他们抢，最多五十套。”说完龙剑飞笑笑，“我们还是要设定些购房条件的。”

他想了想：“这样吧，在本公司工作满三年以上的老员工可按优惠价购房，再者就是……就是每人限购一套。最后嘛，还要向大家说明，本政策有效期为两个月，时间太短了怕大家搞不来那么多钱，但我们要说好，错过时间绝不再补。”

听龙剑飞说完，欧阳内心连日来挥之不去的阴影顿时消失得无影无踪，突然间也兴奋了起来，问道：“那……那是否要开董事会过一下？”

“你先让人照我们商量的搞一个方案出来，准备好了，就开会。”

龙剑飞刚要走，突然又转身对欧阳道：“如果到时有些不够条件的员工也想着要买，那就是你这总经理处理的问题了，只要有你的签字，也可享受老员工的待遇。”说完，他冲欧阳狡黠地笑了笑。

开完董事会，龙剑飞长长舒了一口气。连日来，内忧外患使龙剑飞的神经总是处于高度紧张中，现在公司的难题总算有了个应对之策，尽管还不知道灵不灵，但有办法总比在那儿干着急好些。

晚上回到家中，两位老人已休息了。本想和娟子多说会儿话，可他还是放心不下公司，虽说今天在董事会上各个方案都很顺利地通过了，可他还是担心员工购房这事儿。明天大家伙儿就都知道了，也不知他们如何看待，他们会出手购房吗？。想到这儿，他又分别给公司的一些老人打了一通电话，然后才进了卧室。娟子还没睡，一个人在看电视。

“感觉怎么样？”他关切地问。

“很好的呀。”娟子随后很神秘地一笑，轻声说，“我想一定是男孩。”

“为什么一定是男孩？”

“他踢我时很有力，一定是个大胖小子。”

听到娟子如此解释，龙剑飞也笑了：“女孩也一样的，只要你们母子平安就好。”他轻轻伏在娟子肚子上听听，可什么也听不到。

“这么晚了他一定也睡了。”娟子显得很是开心。

“离预产期不到两个月了，我想你还是住在医院里吧。”

“再等几天，我一点儿不舒服的感觉都没有，没什么问题的，再说去了医院，你和爸妈就得每天来回跑，人家在医院也不舒服嘛。”娟子说话有些撒娇的味道，但却显得十分坚决。

“为了保险起见，还是去医院的好，等我忙过这几天，就送你住院。”

允许员工按优惠价购房的消息在军友集团几个公司内迅速传开了，人们议论纷纷，相互打听着消息，估算着利弊得失。

就在龙剑飞焦急地等待着大家最终的反应的时候。办公桌上的电话响了。

电话中传来了韩涛的声音。

“龙哥，听说公司要向员工卖房子？”

“是的。”

韩涛对龙剑飞确实是太了解了，而且他也十分的机敏，虽说近来忙着自己的公司，和军友与龙剑飞的联系少了些，但他一听说军友这边按优惠价动员员工购房，就明白了军友一定是在资金上遇到了困难。

“这可不成，你那边刚有起色，正需要资金。”龙剑飞对着电话轻声说着。

只听话筒中传来韩涛稍有些激动的声音：“我这儿都是些小项目，拖一拖没有问题，就是不做了，损失也不会大。现在军友更重要……”

开始的一、两天，人们还都在观望，不敢轻易出手。

随后军友公司的几个老员工便开始登记要房，用他们的话讲，以后房子涨价了咱必定赚了，如果跌了，那就全价退给公司，咱还落个百分之二十的差价，比存银行强多了。人们听了，也觉着是这么个理儿。随后便是一哄而起，赶忙申请登记，有的还跑到现场去选户型，那些家底不厚，积蓄不够，但又想要房子的人，便急着四处想办法筹措。最为着急的是那些在军友工作不够三年的人，不住地发着牢骚：“我就差几个月，难道说我比他们的贡献就小了那么多吗？”一个劲儿地说这规定不合理，嚷嚷着要找董事长，找总经理。当他们得知只要总经理欧阳同意，就可购房时，便一窝蜂似的涌进了欧阳的办公室。

就在龙剑飞密切关注着员工们的反应，也因自己这一举措初见成效而松了一口气时，小东来了电话：“龙哥，刚才敏杰来电话，询问公司内部购房的事儿，听他那意思，他好像也想买。”

“敏杰？看来这小子离开公司后混得不错嘛。”龙剑飞想了想，“那你转告他，如果是他本人买，那就在优惠价的基础上，再优惠百分之十吧，不论怎么说，我们都是一块儿从特务连出来的弟兄啊！对了，小东，你一定要转告他，让他有时间常回公司来看看，就说我们都很想他……”

虽说因此公司利润损失了不少，但员工们的购房款很快就集中起来了一千多万，加上韩涛打过来的二百万，公司在资金上的困境片刻间得以缓解。

与罗德公司的谈判也就无果而终了。

度假村终于开工了，一片热闹景象。可白马镇的人并不知道，欧阳有意将整个工程分割成了好几块儿，进场施工的也只是一部分，其它的还在和几家建筑公司慢慢地谈。他要的两千万龙剑飞搞到了，而自己也答应了坚持一年，他丝毫不敢大意，严格控制着施工进度和资金的投放。再说了，如果一年以后还不见好转，那时怎么办？自己可是总经理，他不能将自己置于死地，到时实在坚持不住了，就是停下来，那时停下来的也只是谈判，而不是工程，损失也不会有多大。

# 三十七

前两天就联系好了让娟子住院的，也做通了娟子的思想工作，这事儿不能再拖了。可没想到，事情又凑到了一块儿，几个月来一直活动争取为夏令营挂“爱国主义教育基地”的事儿竟有了眉目，今天市教育局和军方的有关领导要去实地考察，娟子住院的事儿只好再往后推几天了。一早儿，龙剑飞在欧阳的陪同下，一块儿驱车赶往白马镇，他们一定要赶在考察人员之前到达的。在车上，龙剑飞本想睡会儿，这可是他在部队养成的习惯，可今天却怎么也睡不着，这或许是刚刚进入初秋，天气还有些闷热吧，他让司机将空调再开大些，但还是不成。大脑中一个个兴奋灶不停地交替出现，使他无法平静下来。两千万筹集到了，资金链有所缓解，度假村开工了，公司的难关总算是闯了过去。如果夏令营能挂上爱国主义教育基地的牌子，那自己当初建夏令营的设想也基本现实了。忙过这一两天就让娟子去住院，今天离家时，他还没有忘记让两位老人先收拾一下住院所需要的东西，顺利的话，用不了几天自己也要当爸爸了，如果真是儿子……其实女儿也好……

就在他似睡非睡，想入非非的时候。一阵急促的手机铃声从上衣口袋中传来，他赶忙掏出电话。是家里打来的，可讲话的并不是娟子，而是娟子的爸爸，电话那边一阵慌张的话音。“什么？您别着急，慢点儿说。”对方这时也意识到了女婿听不大懂湖南方言，尽力用自以为普通的发音一个字一个字的讲着：“娟子……娟子不舒服，怕……怕是要生了……”

“你们别慌，我马上就回去。”龙剑飞本想让他们直接给医院打电话，可转念一想，又大声说道：“医院的救护车很快就到，准备上医院!”

他马上又拨通了医院急救中心的电话，将地址和大概情况报了过去，这才对旁边坐着的欧阳说道：“我必须回家，娟子可能要生了，你代我接待一下来考察的有关领导吧，我这就打车回去。”

欧阳虽然没有听清电话那头说了什么，但从龙剑飞的神情中也感觉到了紧张和问题的严重性：“还是我想别的办法赶到白马镇吧。你别耽搁时间了，再说到了医院用车也方便些。”说完他让司机将车停在路边，慌忙下了车。

“那就辛苦你了。”

车掉头飞一般往回赶。

到家时，医院的救护车也到了。只见娟子脸色苍白，嘴唇发紫，呼吸十分急促。在救护车上，龙剑飞紧紧握着娟子的手，轻声安慰着：“别害怕，很快就到医院了，一切都会好的。”原来，今天龙剑飞走时，娟子还好好的，和老人吃过早饭，在妈妈的陪同下像往常一样到外面去走动走动，可出去没走多远，就感觉心脏难受，有些喘不过气来，这才踉踉跄跄设法回家……

“临产孕妇，心力衰竭，必须马上手术!”救护车驶进了医院，还没有停稳，随车医生就喊着，医院的大夫护士们一阵慌乱，娟子被直接推进了手术室。

手术室的门悄无声息地关上了，刚才的慌乱仿佛被关在了里面，四周一下子静了下来。医院的楼道内好像没有空调或是坏了，龙剑飞感觉闷热无比，有点喘不气来。他又一次等在了手术室的外面，上一次被送进里面的是作为朋友作为小妹的娟子，她奋不顾身为自己挡了一刀而身负重伤。这一次被送进里面的却是作为妻子的娟子，她为了生育自己的孩子而承受着巨大的危险，生死未卜。在以往的经验之中，在面对他人时，龙剑飞的自我感觉总是强大的，他习惯于这种角色，虽说有时也渴望得到别人的关心和呵护，甚至为了自己有时不得不强撑着为别人提供帮助、支持、关心、呵护……而抱怨和叹息，但那也只是一瞬间灵魂深处的外泄。可在娟子面前呢？两人相识多年了，就是结婚成家共同生活也已两年多了，娟子的温顺造成了一个假象，仿佛自己是娟子的依靠，是娟子的保护者和守护神，在她面前，自己也时时感觉高大无比，无所不能。可细细想来，自己究竟为娟子做了什么？龙剑飞却什么也想不起来，头脑中一片空白。没有，什么也没有，就是对她的爱，也有着无奈的水分。相反的，娟子为自己却付出了许多，许多。想到这儿，龙剑飞那根深蒂固的大男人意识突然间将要崩塌了。双眼开始模糊起来，泪水慢慢地充盈了眼眶。

“这是怎么搞的嘛，哪个女人不养崽，轮到她怎就这么难嘛！”在小东和公司其他几个人的搀扶下，娟子的父母也赶到了医院。娟子妈的话语声带着哭泣，充满了焦急和忧虑。龙剑飞赶忙搓了一下双眼，上前安慰着二老，让他们在走廊一侧的靠椅上坐了下来。

手术室的门开了，一个护士走了出来，龙剑飞赶忙上前挡住了她的去路：“怎么样？顺利吗？”

“按照预案，孩子取出来了，是个男孩儿，健康。”

“那大人呢？”龙剑飞急切地询问着。

“还在抢救中，她的心脏很微弱。你们也是的，为什么不早些天来，非要等到……”话还没有说完，她可能是要拿什么急需的物品，便用责备的目光狠狠瞪了龙剑飞一眼，急匆匆走了。

楼道里，可能是因为人多了的关系，显得更加闷热难忍，时间一秒秒向前推进着，一群人在外焦急地等待着，当得知自己已有儿子，已为人父时，龙剑飞的喜悦也只是一闪而过，随后他整个心都集中在了娟子的安危上。无奈地、默默地祈祷着：“上帝保佑，一定要让她挺过这一关啊……”

也不知过了多久，手术室的门突然又开了，一个大夫模样的人走了出来：“哪位是病人的家属？快，换衣服。”说着，他将一件白大褂递给了听到喊声走向前来的龙剑飞，“病人很危险，她好像有什么话要说，家属进去看看吧。”

手术室内，所有的大夫和护士都戴着大大的口罩，只能看到他们那一双双无奈的眼睛和两鬓因紧张而渗出的汗珠。无影灯下，娟子静静躺着，脸上扣着氧气面罩，周身插满了管子。

“娟子，娟子。”龙剑飞轻轻呼唤着，他握住了娟子那纤细的手，不停呼唤着，“娟子，你当妈妈了……当妈妈了。你说得对，是男孩儿，是一个大胖小子，我们有儿子了……”

龙剑飞感觉到娟子的手微微动了动，更加急切地呼唤着：“娟子，好娟子，我是剑飞，我是龙哥……”

娟子的双眼慢慢睁开了，她直直地望着龙剑飞，眼中充满了爱恋和企求。嘴唇吃力地嚅动着，可龙剑飞什么也听不到。“大夫，她要说话，她要说话呀!”

手术台前的大夫们相互对视了一下，其中一个长长叹息了一声，上前轻轻将娟子脸上的氧气面罩取了下来。龙剑飞赶紧俯下身子，将耳贴近娟子。

“孩……孩子，我要……我要看看咱们的孩子。”

“大夫，她想看看孩子，看看孩子!”

不一会儿，孩子抱了过来，一位护士将襁褓中的婴儿举在娟子眼前，小声说道:“男孩儿，很健康、很漂亮。”说完，她又将婴儿轻轻地放在床上，将他紧紧地贴在妈妈的身侧。只见娟子毫无血色的脸泛起了一阵惨淡的笑容。她的嘴吃力地张合着，龙剑飞的耳朵贴得更近了些。“一定……照顾好……我们的……的儿子。”说完，她慢慢闭上了双眼。她的脸上没有痛苦，没有遗憾，有的只是惨惨的、淡淡的一丝笑容。

娟子的双眼看到了自己孕育创造出来的新的生命之后，便再也没有睁开。

这是个不幸的女人，仅仅二十九个春秋，就告别了这花花绿绿、充满生机和燥动的世界。但在这短短的二十九个年头，她却经历和完成了一个女人应当经历和完成的一切。

在告别这世界时，她内心似乎没有什么遗憾，她应当为自己生活在这样一个飞速发展和变化着的时代而感到庆幸，社会的变革给她提供了绝好的机会，十六岁走出大山，靠着自身旺盛而坚韧的生命力，打工、创业、拼搏，在这繁华的大都市中顽强地生存了下来，并且创下了一番属于自己的事业，连续开了三家店，以自己的勤奋、善良和机敏赢得了人们的尊重，她无疑是一个成功者，尽管这成功的背后有着那么多的艰辛、汗水和眼泪。她也曾爱过了，而且爱的是那么的彻底，那么的无怨无悔，无我无私，她从没有想到过要从自己所爱的人那里索取什么，得到什么，在她看来，爱与被爱同样是人世间至高无上的幸福。为了这爱，她在人生这个大舞台上进行了一次绝唱，最后竟用自己的生命完成了一个女人伟大的责任和使命，为自己所爱的人献出了一切。可她内心就真的没有遗憾吗?

# 三十八

秋天又到了，龙剑飞醒得比平时更早些。他推开窗子，外面的风小得微乎其微，甚至察觉不出空气的流动，但他能嗅出这秋的气味，这气味有些特别，已深深地印刻在了他的记忆中。

公司的难关已过，在中央政府强有力的掌控下，一九九七年的金融风暴到底还是没有能侵袭到我国，那个叫索什么斯的美国人也惨败而归。国内房地产市场的低迷没有持续几个月，很快就过去了。到现在为止，整整一年了，公司那些购房的员工并没有要求公司回购他们用毕生的积蓄和借来的钱买的房子，这是他当初最为担心的，如果整个形势不见好转，他再也没有钱回购了，那可不仅仅是自己在员工心目中信誉扫地，就是公司也无法再支撑下去，好在这种惨象没有出现，一切都已成为过去。不仅没有人退，相反的，个别当时能买而未敢买的人却懊悔万分，房价较一年前又上涨了近百分之十，而且还在涨，加上公司优惠的百分之二十，人们获得的利益不可谓不大。大家一个劲儿地称赞着公司，称赞着他们的老板。军友公司又迎来了新一轮的快速发展，欧阳、刘海和小孔他们个个志得意满，正满怀信心地要将公司包装上市。

度假村在按着原定的计划不紧不慢地施工着，相关的管理和服务人员也已陆续招了进来，正在进行培训。而夏令营那边半年前就挂上了“爱国主义教育基地”的牌子，就是运营状况也较一年前好了许多，虽说没有出现龙剑飞当初想象的那种景象：一队队学生拥进来，到处是孩子的身影和笑声。但春季一到，还是有不少大中小学的学生们或是有组织地来，或是三三两两的结伴进入夏令营，特别是在暑期和开学报到之时，夏令营的床位竟显得有些紧张。

令人莫名其妙的是，近来许多公司为了提高员工的创新能力、适应能力和团队精神，竟然对拓展训练趋之若鹜，纷纷花大价钱组织员工来夏令营活动。这使夏令营不仅能对学生们维持较低的价格，而且还能有所收益。更让龙剑飞欣慰的是，二牛他们这些自己从特务连带出来的人，在夏令营仿佛也找到了自己的感觉和归属，一个个乐此不疲地忙碌着。

只是娟子……她离开人世整整一年了，在这一年中，龙剑飞的心始终浸泡在悲伤和自责之中。当时要是早些住院，提前几天做剖腹产就不会有事了。他悔恨自己当时没有坚持让娟子早点儿住院，再早几天就成，就不会出事。但他很明白，现在后悔和纠结于事无补，根本没有什么意义，可他还是忘不了，也放不下，娟子临走时那惨淡的笑容不时会出现在自己的眼帘。

这一年来，龙剑飞不停地在公司和夏令营之间来回穿梭着，忙碌着，他用不停的劳作来压仰着内心对娟子的疚愧。他为了使夏令营更加吸引孩子们，竟别出心裁地在园内复制了我军历史上一些有名的战例实景沙盘，时不时地还亲自为孩子们讲解当时的战况，可以说是投入了自己极大的热情和心血。但是，不论怎么忙，他只要一有空，便会陪在儿子身边。

“照顾好我们的孩子。”这可是娟子临走时对自己提出的唯一要求，也是她在这人世间最后的一句话。对此他看的很重，很重。就是自己的父母得知娟子离世的噩耗赶到北京来，准备将孙子带回山东老家帮他抚养时，他也一口拒绝了，他决意不让儿子离开自己，哪怕再难也要自己亲手将他抚养成人，一天都不能让他离开自己身边。这是自己对娟子的承诺，也是自己的责任。两位老人面对儿子的执拗，望着这没娘的孙子，也只好留在了北京。

此时，两位老人也起来了，正忙着为孙子穿衣服，龙剑飞的妈妈口中还不停地唠叨着：“好孙子，今天可是你的生日，不能哭的，要高兴、要笑才是……”小家伙被从酣睡中叫醒，很是不情愿，哪里还会高兴，只见小家伙的嘴咧了咧，但最终还是没有哭出声来，可能是遗传的缘故吧，和龙剑飞一样，他从小就不怎么爱哭。

几个人忙前忙后，总算是喂小家伙吃过了早饭。龙剑飞抱起了孩子：“好儿子，走，我们去看妈妈去。”

西郊的陵园很大，清晨，园内没有什么人，四周望去，显得更加空旷。宁静了一晚，一层薄薄的晨雾飘散在地面，随着脚步而涌动，如入仙境般，给人一种腾云驾雾的感觉。

在娟子的墓碑前，龙剑飞默默站着，他腾出一只手来，轻轻地抚摸着那冷冷的碑石：“娟子，我们看你来了。”说着，将怀中的孩子向前举了举，“你看，我们的儿子也来了，他很健康，很强壮，长得很像你，特别是这双眼睛。”

龙剑飞弯下腰，一边用一只手清理着碑旁的杂草，一边继续低声说着：

“我知道，你虽然没有来得及说，但你还是放心不下你的父母家人。好娟子，你放心吧，我一定会代你照顾他们。两位老人在北京住不惯，我已将他们送回老家安置好了，现在和你哥哥他们住在一起，身边也好有人照应。只要有机会，我会常去看望他们的，你就放心吧。我已将你的三家店转了出去，并投资为你哥在老家开办了一家农具制造厂……”

“来，好儿子，你摸摸这儿。”说着，他低了低身子，让怀中的孩子用小手摸了摸碑石。小家伙可能是很少到外面来，看着这四周的绿色十分好奇，早没了睡意，竟争执着要下来在草地上玩耍，起先龙剑飞怕地上的草扎着孩子，没有放他下来，可小家伙一个劲儿的挣，非要下来不可，唉！那你就在妈妈身边玩儿一会儿吧，想着，龙剑飞便将儿子放了下来，自己默默地坐在一旁守候着，看着小家伙在草地上来回爬着。

不知过了多久，就在龙剑飞抱起儿子准备转身离去时，他突然望见远处隐隐约约出现了一个身影，只见那身影边寻找，边向这边慢慢走来。越来越近了，那身影也变得越来越大，越来越清晰，越来越眼熟。“啊！是她！”龙剑飞感到无比地吃惊。这怎么可能。怎么会是她！

看着对方一步步走来，龙剑飞百感交集，她当初就好像从天空中降落下来一般，将他的生活激起了阵阵波澜。她给了他爱，也拿走了他的爱，俩人爱得是那么的真、那么的纯，两人相互间是那样的难解难分；而就在他们沐浴在爱河中，尽情地享受着爱的春光时，她突然又从自己的生活中悄然而去，再无音讯，留给自己的是无尽的思念和痛楚。而今……

此时对方也发现了龙剑飞，同样大感意外，竟呆呆地怔在了那里。许久，她才一步步走了过来。只见她手中捧着一束白色的鲜花，满脸的凝重。来到近前，她并没有和龙剑飞说什么，而是先慢慢弯腰将花儿放在碑旁，这才站起身来轻轻说道："我是临回国打电话到店里时，才知道……真没有想到，会发生这样令人痛心的事情，娟子她竟然……竟然就这么走了。"

张凡满脸忧伤地望着那冷冷的墓碑，好久再没有说话。

"你……你还好吧?"龙剑飞面对张凡的突然出现一时乱了方寸，心情难以平静下来，震惊之余，竟不知说什么好。

"还好，老人家去年就过世了。我也算得到了解脱。"张凡并不想更多地述说自己，"这次回国办些事情，碰巧今天又是娟子的忌日，想着一定要来看看她。"

与过去相比，张凡并没有太大的变化，只是比离开龙剑飞时更加沉稳和成熟了，一身黑色的连衣裙使她显得还是那么苗条和优雅。龙剑飞呆呆地望着张凡，好长时间也没有说话。是啊，自打张凡从自己的生活中突然消失，几年来，自己经历了太多太多的变故，每当碰到难决之事，总是会想起张凡来，就是与娟子结婚一块儿生活后，张凡还是会不断地冲破自己对她的封存，时不时地在脑中出现。这么长时间了，龙剑飞有太多的话想和张凡诉说，可此时此地，特别是在娟子的墓前，面对着突然出现的张凡，他又不知说什么才好，可能是张凡数年前的不辞而别在他心中留下了太深的印刻，最后竟然脱口而出地问道："你还要走吗?"

张凡好像并没有听到龙剑飞的提问，也没有正面回答。她的目光默默地在龙剑飞的身上打量了一会儿，有意岔开了话题："公司情况还好吧?"

龙剑飞点了点头，没有说话，但他的双眼始终没有离开过张凡。仿佛要将对方用目光束缚起来一般，而这目光也确实使张凡感觉到了紧张和束缚的压力。

她好像突然想起了什么："对了，你当初为什么拒绝了和罗德公司的合作？我认为在当时的情况下，与罗德公司合作是一个很好的机会。"

"什么！你……你怎么知道这……"听张凡说到与罗德公司合作的

事儿，龙剑飞万分吃惊。

原来，张凡到美国后，从维兰特公司辞职出来没多久，就进了一家国际咨询公司，作为公司的研究人员，她的研究方向始终是中国大陆。也是她极力向自己的主要客户罗德公司推荐军友公司和龙剑飞的，还为此专门给罗德公司免费撰写了一份关于军友公司的咨询报告。

此时龙剑飞才恍然大悟，怪不得罗德公司对军友及自己那么了解，而且在会谈时，那个精瘦者还不时看看手中拿着的资料，那可能就是张凡写的吧。

张凡的双目又注视到了娟子那墓碑，低声说道："娟子是一个难得的好女人，她为你牺牲了自己的一切。"

龙剑飞没有说话，脸上也没有更多的表情，只是默默地点了点头。但在他的内心此刻却思潮翻滚，起伏剧烈。是啊，娟子牺牲了自己的一切，包括她那仅仅度过了二十九个春秋、充满阳光和活力的生命。留下来的只有这孩子，想到这儿，龙剑飞抱儿子的手更紧了些。

张凡也注意到了龙剑飞怀中的孩子，她走近了些，用充满母爱和怜悯的目光仔细端详着："小家伙好可爱，长得很像你，也有几分像娟子。"说着，她慢慢将双手伸了出来：

"来，小宝贝，让阿姨抱抱好吗?"

此时，太阳升了起来，红红的，在它的普照下，空气中的晨雾开始渐渐退去。

**图书在版编目（CIP）数据**

转业军人/维平著. －北京：作家出版社，2012.4
ISBN 978－7－5063－6119－4

Ⅰ.①转… Ⅱ.①维… Ⅲ.①长篇小说－中国－当代
Ⅳ.①I247.5

中国版本图书馆 CIP 数据核字（2012）第 239216 号

**转业军人**

**作　　者**：维　平
**责任编辑**：懿　翎
**装帧设计**：牡丹平面
**出版发行**：作家出版社
**社址**：北京农展馆南里 10 号　　　**邮编**：100125
**电话传真**：86－10－65930756（出版发行部）
86－10－65004079（总编室）
86－10－65015116（邮购部）
**E－mail**：**zuojia@ zuojia. net. cn**
**http**://**www. haozuojia. com**（作家在线）
**印刷**：北京明月印务有限责任公司
**成品尺寸**：152×230
**字数**：279 千
**印张**：17.75
**印数**：001－10000
**版次**：2012 年 4 月第 1 版
**印次**：2012 年 4 月第 1 次印刷
**ISBN**　978－7－5063－6119－4
**定价**：28.00 元